國家社科基金重大委托項目"《子海》整理與研究"成果

山東省社科規劃重大委托項目成果

子海精華編

主編　王承略　聶濟冬

避暑録話

[宋]　葉夢得　撰

[清]　葉德輝　校刊　涂謝權　點校

國家一級出版社　全國百佳圖書出版單位

山東人民出版社·濟南

圖書在版編目（CIP）數據

避暑録話/（宋）葉夢得撰；（清）葉德輝校刊；
涂謝權點校. -- 濟南：山東人民出版社，2018.2
　（子海精華編/王承略，聶濟冬主編）
　ISBN 978 - 7 - 209 - 11185 - 0

　Ⅰ. ①避… Ⅱ. ①葉… ②葉… ③涂… Ⅲ. ①筆記小説
—小説集—中國—宋代 Ⅳ. ①I242.1

中國版本圖書館 CIP 數據核字（2017）第 300800 號

責任編輯：楊雲雲　劉嬌嬌　李　濤
封面設計：武　斌

避暑録話

［宋］葉夢得 撰　　［清］葉德輝 校刊　涂謝權 點校

主管部門　山東出版傳媒股份有限公司
出版發行　山東人民出版社
社　　址　濟南市英雄山路 165 號
郵　　編　250002
電　　話　總編室（0531）82098914
　　　　　市場部（0531）82098027
網　　址　http：//www.sd - book.com.cn
印　　裝　山東臨沂新華印刷物流集團有限責任公司
經　　銷　新華書店

規　　格　32 開（148mm ×210mm）
印　　張　7.75
字　　數　140 千字
版　　次　2018 年 2 月第 1 版
印　　次　2018 年 2 月第 1 次
ISBN 978 - 7 - 209 - 11185 - 0
定　　價　54.00 圓
　　　　　如有印裝質量問題，請與出版社總編室聯繫調換。

國家社科基金重大委托項目"《子海》整理與研究"成果之一

《子海精華編》

工作委員會

主　　任：樊麗明　王清憲

副 主 任：李建軍　胡金焱　劉致福　張志華

委　　員（按姓氏筆畫排列）：

王　飛　王　偉　王君松　王學典　方　輝　巴金文

邢占軍　杜　福　李平生　李劍峰　吳　臻　胡長青

孫鳳收　陳宏偉　劉丕平　劉洪渭

編纂委員會

學術顧問：安平秋　周勛初　葉國良　林慶彰　池田知久

總 編 纂：鄭傑文（首席專家）　王培源

副總編纂：王承略　劉心明

委　　員（按姓氏筆畫排列）：

王　瑋　王　震　王小婷　王國良　李　梅　李士彪

李玉清　何　永　宋開玉　苗　菁　郝潤華　姜　濤

馬慶洲　秦躍宇　高海安　陳元峰　黃懷信　張　兵

張曉生　單承彬　蔡先金　漆永祥　鄧駿捷　劉　晨

聶濟冬　蘭　翠　竇秀豔

審稿專家：周立昇　鄭慶篤　王洲明　吳慶峰　林開甲　張崇琛

　　　　　徐有富　鄭傑文　唐子恒　晁岳佩

執行主編：王承略　聶濟冬

執行編纂（按姓氏筆畫排列）：

　　　　　王成厚　王　娜　尹思琦　曲娟娟　李　兵　宋恩來

　　　　　苗　露　柏　雲　柳湘瑜　張雨霏　賈　兵　蘇運蕾

編　務：張　櫻　劉　端　孫紅苑　沈　虎

本書審稿專家：徐有富

《子海精華編》出版説明

　　"子海"，即"子書淵海"的簡稱。"《子海》整理與研究"課題係國家社科基金重大委托項目、山東省社科規劃重大委托項目。該課題分《珍本編》《精華編》《研究編》《翻譯編》四個版塊，力圖把子部珍稀文獻、精華文獻進行深層次的整理、研究和譯介，挖掘子部文獻的價值，促進子學研究的發展。

　　山東大學向來以文史見長。古籍整理與子學研究，是其中的傳統研究方向。"《子海》整理與研究"，是在山東大學前輩學者高亨先生積三十年之力陸續做成的《先秦諸子研究文獻目録》的基礎上，由已故著名古籍整理與研究專家董治安先生參與策劃、設計的大型綜合研究課題。課題立項後，得到了宣傳部、教育部、財政部、山東省政府和山東大學的大力支持，學界同仁踴躍參與。《精華編》的整理研究團隊近兩百人，來自海内外四十八所高校和研究機構。在組織管理上，《精華編》努力探索傳統文化研究協同創新的新體制、新機制，現已呈現出活力和實效。

　　華夏文明是由多元文化構築而成的。中國古代子部典籍，以歷代士人個性化作品的形式,系統性地展示了華夏民族的世界觀和方法論,立體性地反映了中華民族對世界文明發展的貢獻。其中,無論是宏篇大論,還是叢殘小語,都激蕩着歷史的聲音,閃爍着智慧的光芒,構成中國古代思想、藝術、科技和生活方式的主體内容。《精華編》通過對子部最优秀的典籍的整理,一方面擷英取粹,爲華夏文明的傳播提供可靠的資源和文本;另一方面以古鑒今,爲當下社會的發展提供智力支持和精神支撐。並希望進而梳理中華傳統文化的多元結構,繼承中華優秀傳統文化的一貫文脈。

根據漢代以後子學發展和子部典籍的實際情況,參照官私目録的分類與著録,《精華編》選取先秦諸子、儒學、兵家、法家、農家、醫家、曆算、術數、藝術、雜家、小説家、譜録、釋道、類書等十四個類目的要籍幾百種,編爲目録,作爲整理的依據,而在成果展現上則不出現具體的類目。爲統一體例,便於工作,《精華編》編有詳細的《整理細則》,并有簡明的《整理要則》,供整理者遵循使用。

《精華編》整理原則是,對每種子書的整理,突出學術性、資料性和創新性,力求吸納已有的整理成果,推出更具參考價值、更方便閱讀的整理文本。所採用的整理方式,大體有三種:一、部頭較大且前人未曾整理者,採用標點、校勘的方式整理;二、前人曾經標點、校勘者,或采用抽换更好或别具學術特色底本的方式整理,或采用集校、集注的方式整理,或采用校箋、疏證的方式整理,或綜合使用以上方式;三、前人已有較好的注本者,則采用集注、彙評、補正等方式整理。

《精華編》采用五次校審、遞進推動的管理程式,即:一、初校全稿。子海編纂中心組織碩、博研究生,修改文稿錯別字,規範異體字,調整格式,發現並標明校點中的不妥之處。二、初審文稿。子海編纂中心的編纂人員根據情況,解決初校時發現的問題,並判斷書稿的整體質量。三、匿名評審。聘請資深教授通審全稿,全面進行學術把關,消滅硬傷,寫出審稿意見。四、修改文稿。子海編纂中心及時把專家審稿意見反饋給整理者。整理者根據審稿意見修改,做出新文稿。五、終審文稿。待新文稿返回子海編纂中心後,總編纂做最後的學術質量把關。五步程序完成後,將文稿交付出版社。

五次校審的目的是爲了保證學術質量,提高整理水平,減少錯訛硬傷。但校書如掃塵埃落葉,隨掃隨有,《精華編》雖經多道程序嚴加把關,仍難免有錯,懇請方家不吝指教。子海編纂中心將及時總結經驗,吸取教訓,把工作做得更好,以實現課題設計的初衷。

目　録

整理説明

一

《避暑録話》二卷，[①] 宋葉夢得撰。葉夢得，字少蘊，號石林居士、石林山人、石林老人，蘇州吳縣人。[②] 宋哲宗紹聖四年進士，徽宗朝累遷至翰林學士，南渡後遷户部尚書，

---

① 按《避暑録話》卷數，《宋史·藝文志》、馬端臨《文獻通考》均作二卷，《四庫全書總目·避暑録話》提要稱晁公武《郡齋讀書志》作十五卷，實爲誤將袁州本《郡齋讀書志》後趙希弁《讀書志附志》所記當成了晁公武所記，《郡齋讀書志》實未收録《避暑録話》，參見葉廷琯校刊《避暑録話》題識。葉文後亦收入其《吹網録》中，文字略有出入。又，《避暑録話》衆多版本中，商浚《稗海》本（以下簡稱商刻本）、毛晉汲古閣刻本（以下簡稱毛刻本）均作二卷，惟項德棻宛委山堂刻本（以下簡稱項刻本）及黄丕烈鈔校本（以下簡稱黄鈔本）作四卷，黄鈔本實爲承襲項刻本而來。

② 按，有關葉夢得的籍貫，歷來衆説紛紜，具體而言有蘇州吳縣説、縉雲説、烏程説以及蘇州長洲説四種。四種説法中，吳縣説一直是歷史主流且廣爲接受，但到了二十世紀九十年代卻受到了當代學者的質疑，最早對此提出疑議的是方建新先生。在其《葉夢得事迹考辨》一文中，方先生據《乾隆蘇州府志》（卷五五）有關葉夢得長洲人的記載與明代葉盛《水東日記》卷一八所録葉夢得爲《湖州葉氏族譜》撰前後二叙文，提出葉夢得籍貫長洲説的觀點。此一觀點爲王兆鵬先生《兩宋詞人年譜》所采信，其後主流學者皆持此觀點。詳參《葉夢得事迹考辨》，《文獻》1991 年第 1 期；王兆鵬《兩宋詞人年譜》，臺灣文津出版社 1994 年版，第 120—122 頁。然考諸《水東日記》，可知葉夢得曾祖葉參葬蘇州寶華山。（接下頁注）

1

官至尚書左丞，約旬日而罷。其後起爲江東安撫使，兩知建康。紹興十二年移帥福州，十六年拜崇信軍節度使致仕，歸卞山居所。紹興十八年八月二日卒，贈檢校少保。其生平事迹見《宋史·文苑傳》，此外李攸《宋朝事實》（卷十）、李幼武《宋名臣言行録》（別集卷四）、洪邁《夷堅志·甲志》（卷八）等宋人筆記中亦有零星記載，今人潘君昭《葉夢得評傳》①、方建新《葉夢得事迹考辨》②、王兆鵬《兩宋詞人年譜》③、潘殊閑《葉夢得研究》④有相關考述，可資參考。

作爲一名官員，葉夢得頗富爭議。其早年受知於蔡京，且因蔡京引薦而爲召對，獲遷祠部員外郎、翰林學士。因此葉夢得常被視爲蔡黨，史家甚而至於認爲其與强淵明、强浚

（接上頁注）范成大編《吳郡志》卷三十三"郭外寺"條有"智顯禪院在吳縣西南三十里寶華山"的記載；而程俱爲富延年作墓志銘亦有富延年去世後亦"葬吳縣之寶華山"；且晁補之《晁夫人墓志銘》亦云葉夢得母親葬"蘇州吳縣之靈岩鄉寶華山北"，則寶華山屬蘇州吳縣治下無疑。結合《水東日記》有關葉夢得曾祖葉綱墓地與晁補之有關葉夢得母親墓葬情況來看，我們可以得知，寶華山在蘇州吳縣靈岩鄉，自葉夢得曾祖葉綱之後，蘇州寶華山乃是葉夢得家族的墓地所在。因此，蘇州吳縣當爲葉夢得家族的遷居地，葉夢得確屬蘇州吳縣人無疑。

　①　見《中國歷代著名文學家評傳》（續編第二卷），山東教育出版社 1989 年版，第 155—163 頁。
　②　方建新：《葉夢得事迹考辨》，《文獻》1991 年第 1 期。
　③　王兆鵬：《兩宋詞人年譜》，臺灣文津出版社 1994 年版。
　④　潘殊閑：《葉夢得研究》，巴蜀書社 2007 年版。

明兄弟"締蔡京爲死交，立元祐籍，分三等定罪，皆三人所建，遂濟成黨禍"（《宋史·強淵明傳》）。正是如此，後人對葉夢得多有批評，朱熹認爲其平日"所爲極是亂道"，但"持論卻甚正，每進言，必勸人主以正心修身爲先"，是典型的言行不一致者，并因此視其所論爲"妖言"："其言之辨裁，雖前輩有說不及處，正如鬼出來念大悲咒相似，正所謂妖言也。"（《朱子語類》卷一百三）"黨蔡尊舒""紹述之徒"成爲其身份標籤，方回稱其"以妙年出蔡京之門……然《石林詩話》專主半山而陰抑蘇、黄，非正論也"，并稱其《送嚴婿侍郎北使》一詩"'楛矢石砮''豒誾析木'一聯佳，取之秦檜之和，萬世之下，知其非是。后四句含糊說過，無一毫忠義感慨之意，則猶是黨蔡尊舒、紹述之徒常態也"（《瀛奎律髓》卷二十四）。四庫館臣稱其"本爲蔡京之門客"，所作《避暑録話》"不免以門户之故，多陰抑元祐，而曲解紹聖"（《四庫全書總目·避暑録話》提要）；并將其與楊時做比較，稱楊時與葉夢得相同，"受蔡京之薦，雖朱子亦不能無疑"，但與葉夢得"南渡後作《避暑録話》《石林詩話》諸書尚袒護熙寧、紹聖之局"不同，楊時"於蔡京既敗以後，即力持公論"，疏詆"（蔡）京與王黼之亂政，而請罷王安石配享"，故而在四庫館臣看來，楊時雖"瑕瑜并見"，卻決非"始終黨附者比"（《四庫全書總目·龜山集》提要），

等等。儘管今人對葉夢得參與蔡京立元祐黨籍一事多有辯證，① 葉夢得與蔡京關係密切卻是不爭的事實。其《避暑録話》中對此亦多有記載，如"近世學者多言中庸"條載葉夢得見方士劉淳玉"爲蔡魯公言懲忿窒欲爲損之義"，葉夢得對此深表讚同，認爲"甚有理"；"蘇子瞻亦喜言神仙"條亦載有崇寧年間葉夢得在京師時，見道士姚丹元"與魯公言從子瞻事"；"宣和間道術既行"條載蔡京有寵妾，後出家爲尼，見葉夢得，并告知道士王老志"戒魯公速避位"事，且云"魯公頗信之"。能與蔡京寵妾熟識，且從其口中得知蔡京如此私密之事，葉夢得與蔡京之關係可見一斑。因此，方回《瀛奎律髓》稱葉夢得"以妙年出蔡京之門"（卷二四），當不爲無據。

與作爲官員富有爭議不同，作爲學者的葉夢得則相對較爲純粹得多，後人對其評價多以肯定爲主。葉夢得一生嗜好藏書，自稱"舊藏書三萬餘卷""藏碑千餘帙"（均見《避暑録話》卷上），因此而博學多聞。陳振孫稱其"博極群書，

---

① 按，對葉夢得是否參與元預定祐黨籍的名單一事，今人存有疑議。方建新先生即對此持否定觀點，理由主要有二：崇寧元年籍元符末上書人等第時，葉夢得尚在婺州教授任上；徐度《卻掃編》有葉夢得與蔡京論黨籍碑而對蔡京勸告的記載，則葉夢得不可能參預此事。與方建新先生不同，王兆鵬先生雖認可方先生所論，且云"楊仲良《通鑑長編紀事本末》卷一二一、卷一二二載元祐黨籍事甚詳，然未言及石林參與其事"，但對葉夢得參與元祐黨籍事持保留態度，認爲"陳均言之鑿鑿，《宋史·強淵明傳》更寫入傳記之中，必有所據，似無必要杜撰史實以誣石林"。

強記絕人"(《直齋書録解題》);《宋史》本傳稱其"嗜學蚤成,多識前言往行,談論亹亹不窮";四庫館臣認爲葉夢得爲宋室南渡之初時的"巋然耆宿",而正是由於"其藏書至三萬餘卷,亦甲於諸家",故能"通悉古今",其所論著,而"多有根柢"(《四庫全書總目·避暑録話》提要)。葉夢得一生著述頗富,學術著作涉及經、史、子各方面。陳振孫《直齋書録解題》録有《石林書傳》十卷、《春秋傳》十二卷(按,《宋史·藝文志》作二十卷)、《春秋考》三十卷、《春秋讞》三十卷、《老子解》二卷、《論語釋言》十卷,等等。正是如此,《宋史》將其列入《文苑傳》。關注《題石林詞》甚至將其譽爲一代儒家宗師:"右丞葉公以經術文章爲世宗儒。"至於其經學著作,多得前人好評,其"《書》與《春秋》之學,視諸儒最爲精詳"(《直齋書録解題》);其所作《春秋傳》,真德秀認爲此書"闢邪説,黜異端,有補世教不淺",四庫館臣亦認爲此書"參考三傳以求經,不得於事則考於義,不得於義則考於事",二者"更相發明"而"頗爲精核"(《四庫全書總目·春秋傳》提要)。其所著《春秋考》,四庫館臣認爲"所言皆論次周典,以求合於春秋之法。其文辨博縱橫而語有本原,率皆典核",并認爲陳振孫《直齋書録解題》對此書"辨定考究,無不精詳"的評價"殆不誣也"(《四庫全書總目·春秋考》提要)。

葉夢得亦是南北宋之交著名文人。陳振孫《直齋書録解題》録有其詩文集《石林總集》一百卷以及《石林詞》一卷。① 其中《石林總集》今已散佚，存《石林建康集》八卷。儘管批評葉夢得"爲蔡京門客、章惇姻家，當過江以後，公論大明，不敢復噓紹述之焰。而所著《詩話》尚尊熙寧而抑元祐，往往於言外見之"②，但四庫館臣亦不得不承認葉夢得"本晁氏之甥，猶及見張耒諸人，耳濡目染，終有典型"，因此其所作文章頗具高雅之氣，"猶存北宋之遺風"，爲"南渡以後，與陳與義可以肩隨"之人。四庫館臣甚而至於認爲中興四大詩人都不及葉夢得："尤、楊、范、陸諸人，皆莫能及。"因此"固未可以其紹聖餘黨遂掩其詞藻也"（《四庫全書總目·石林居士建康集》提要）。至於其詞作，關注指出其詞經歷了前後期變化，早期詞頗婉約："是時妙齡氣豪，未能忘懷也。味其詞，婉麗綽有溫李之風。"後期詞變婉約而簡淡，頗具陶淵明、蘇軾之妙："晚歲落其華而實之，能於簡淡時出雄傑，合處不減靖節、東坡之妙，豈近世樂府之流哉！"

---

① 分別見於《直齋書録解題》卷十八"別集類下"與卷二十一"歌詞類"。

② 按，葉夢得《石林詩話》"尊熙寧而抑元祐"的説法，今人多有疑議，如張毅就認爲："在兩宋之際的詩話作者中，葉夢得可謂立論比較全面的一位。在當時的黨爭中，他屬於紹聖餘黨，但論詩時對元祐諸人並未蓄意貶抑。"（詳見張毅：《宋代文學思想史》，中華書局1995年版，第167頁。）其後許興寶《從"陰抑蘇黃"到"顧把蘇氏之餘波"——論葉夢得早期貶蘇與後期學蘇的必然性》、王晴《葉夢得"陰抑元祐"考辨》、孫德賢《葉夢得〈石林詩話〉"陰抑元祐"説考辨》等文章都對此有所辯駁。許文見《內蒙古民族大學學報》（社會科學版）2012年第2期；王文見《台州學院學報》2012年第4期；孫文見《華中師範大學研究生學報》2014年第1期。

稱其詞雖爲"翰墨之餘",但"作爲歌調,亦妙天下"(《題石林詞》)。此種評論,雖有過譽之嫌,然亦可管窺其詞作之成就。此外,葉夢得的筆記著作也種類繁多且爲後人廣泛關注。據陳振孫《直齋書録解題》所録,葉夢得筆記主要有《石林家訓》《石林過庭録》《石林燕語》《玉澗雜書》《巖下放言》《維揚過江録》《避暑録話》《石林詩話》等。葉夢得的筆記著作,四庫館臣亦多讚美之詞,如對《石林燕語》予以全然肯定:"夢得爲紹聖舊人,徽宗時嘗司綸誥,於朝章國典夙所究心。故是書纂述舊聞,皆有關當時掌故,於官制科目言之尤詳,頗足以補史傳之闕。與宋敏求《春明退朝録》、徐度《卻掃編》可相表裏。"(《四庫全書總目·石林燕語》提要)至於《巖下放言》,四庫館臣雖批評葉夢得"老而歸田,耽心二氏,書中所述,多提唱釋老之旨",認爲葉夢得此舉開啓宋人"以禪説易"之風氣:"以禪説易,實萌芽於此。"并斷言此種風氣"殊不可以立訓"。但《巖下放言》卻也因"夢得學問博洽,又多知故事,其所記録,亦頗有可采",且其爲"宋人舊帙"而得以保留,"姑存以備一家焉"(《四庫全書總目·巖下放言》提要)。

二

在葉夢得所撰衆多筆記中,《避暑録話》是較爲重要的

一部。書名或稱《石林避暑録》，如尤袤《遂初堂書目》、
《宋史·藝文志》；或省稱《避暑録》，如王楙《野客叢書》、
《宋中興紀事本末》；明、清兩代又有稱《乙卯避暑録》者，
如晁瑮《晁氏寶文堂書目》、高儒《百川書志》、陸心源《皕
宋樓藏書志》；等等。

是書項德棻宛委堂刻本首條前有葉夢得自序云：

> 紹興五年五月，梅雨始過，暑氣頓盛，父老言數十
> 年所無有。余居既遠城市，巖居又在山半，異時蓋未嘗
> 病暑，今亦不能安其室。每旦起，從一僕夫負榻，擇泉
> 石深曠、松竹幽茂處，偃仰終日。賓客無與往來，唯棟
> 模二子、門生徐惇立挾書相從。間質疑請益，時爲酬酢；
> 亦或泛語古今雜事、耳目所接；論説平生出處，及道老
> 交、親戚之言，以爲歡笑，皆後生所未知。三子云："幸
> 有聞，不敢不識，以備遺忘。"屢請不已。乃使棟執筆，
> 取所欲記則書之，名曰《避暑録話》云。六月十一日石
> 林老人序。

由序可知，紹興五年（1135）五月葉夢得退居湖州卞山，是
時暑氣酷熱，葉夢得與其子葉棟、葉模及門生徐度（字惇
立）於山中"泉石深曠、松竹幽茂處"談論古今雜事、讀書
避暑，并由葉棟執筆記録而成書。書名"避暑録話"，正在
於此。一般認爲，是書成於紹興五年，如陳振孫《直齋書録
解題》明確指出"葉夢得紹興五年所作"（卷十一），清人程

庭鷺爲葉廷琯校刻《避暑録話》作序亦稱"書成於紹興五年退居卜山之日"。紹興五年爲乙卯年，故此書又有"乙卯避暑録"之稱。相較於前人而言，今人對《避暑録話》成書時間的研究有了進一步的深入，王兆鵬先生《兩宋詞人年譜·葉夢得年譜》雖持紹興五年説，但據是書卷二（按，此乃據四卷本而言）記有"六月二十日晚，忽雨至夜半，明日又雨"事的記載，推論"是歲石林作自序之六月十一日，乃是此書始撰之時，非成書之日"，而將成書時間斷至這年六月底："是書約成於是歲六月底。"① 方建新先生則根據此書卷上"裴晋公詩"條"吾山居又七年"、"陸希聲所居君陽山"條"今乃與汝曹從容燕息且六七年"、"老子莊列之言"條"爲丹徒尉……俯仰四十年"、卷下"歐陽文忠内制集"條"暑風冬日，享之此地乃十有一年"等内容，推論此書"開始於紹興五年五月，完成於紹興八年五月葉夢得再次擔任江南東路安撫制置大使之前"。② 此説有理，是書於紹興五年之後當略有增補。

至於《避暑録話》所載内容，如自序所云，多爲葉夢得與其二子及門生徐度之間"質疑請益，時爲酬酢；亦或泛語古今雜事、耳目所接；論説平生出處；及道老交、親戚之

① 王兆鵬：《兩宋詞人年譜》，臺灣文津出版社1994年版，第233頁。
② 方建新：《〈避暑録話〉考略》，《杭州大學學報》1991年第3期。

言"。與此相應，其所載内容自是不拘一格。其子及門生"質疑請益"者，多爲葉夢得自己的學術主張與心得，如"老子莊列之言"條："《逍遥游》何以先《齊物》？曰：見物之不齊而後齊之者，是猶有物也。若初未嘗有物，則不待齊而與適，則無往而不逍遥矣。《養生主》何以次《齊物》？生者，我也；物者，彼也。此《中庸》所謂盡己之性而後盡物之性者，充之則可贊天地之化育。"葉夢得關於《莊子》一書中《逍遥游》《齊物論》《養生主》的篇次安排的解釋是否合理尚且不論，其一問一答的形式，卻是當時葉夢得二子與門生等人就《莊子》向葉夢得"質疑請益"的生動記録。這也印證了《避暑録話》的"録話"性質。

其"泛語古今雜事、耳目所接"者，則或爲宋及宋前典章制度。如"祖宗故事"條，詳細記載了宋代館閣制度發展演變情況，其初候選人只要是"進士廷試第一人"或中"制科"者，可"一任回必入館"，"然須用人薦，且試而後除"，而考試内容爲"試詩賦一篇"，其後因富弼"以茂材異等起布衣，未嘗歷進士"而不善詩賦，乃改爲"試策、論各一"，且"自是遂爲故事，制科不試詩賦自富公始"。館閣制度至蘇軾而又一變："復不試策，而試論三篇。"亦有述及名人軼事者，如"蘇子瞻在黄州作蜜酒""王荆公不耐靜坐""文潞公知成都"等條皆爲蘇軾及王安石、文彦博等人日常生活瑣事的記載；"白樂天與楊虞卿爲姻家"條則詳細記載了白居易周旋於楊虞卿、元稹、牛僧孺、裴度、李文饒等人之間，而不爲諸人所累的高妙處世態度，同時也批評了白居易"賞物太深"而"未能全忘聲色杯酒"的生活習氣，以及其對王涯不能冰釋前嫌的心理："不能曠然一洗、電掃冰釋於無所有之地，習氣難除至是！"

其"論説平生出處"，則多爲葉氏自己生平仕履及交游的記録。如"余在許昌，歲適大水災傷"條乃是記載其救助因水災而遭父母遺棄小兒的事迹；"士大夫固不可輕言醫"條，則有其在許昌爲政時支係省錢"市藥材京師"，爲許昌軍民免費發放藥材的記録；"崇寧二年，霍侍郎端友榜"條則記載了其對安惇的勸誡等。其間亦有對事理物理的體認，如"婦人疾莫大於產蓐"條則是以自己妻子的經歷説明"古人處方神驗"；"天下真理日見於前，未嘗不昭然與人相接"條則通過自己"無事常早起，每旦必步户外"、考察"雲物景象與山川草木之秀"而判斷其天氣"爲陰，爲晴，爲風，爲霜，爲寒，爲温""未嘗不十中七八"的事例，説明"一靜"之法"大可以察天地，近可以候一身，而況理之至者乎"，等等。

至於"及道老交、親戚之言"，則多爲對其親戚朋友事迹言論的記録。如"曾從叔祖司空道卿"條，乃是記載其曾從叔祖葉清臣的生平仕履及其與宋仁宗之間的際遇；"叔祖度支諱温叟"條，則記載了其叔祖葉温叟與蘇軾因浙西各地分

發賑災錢糧而發生的沖突；"唐中世以前未盡以石爲研"與
"劉原甫博物多聞"條，則分別以劉敞據"天寶八年冬，端
州東溪石。刺史李元書"的銘文斷定李士衡家藏端硯爲贋品、
斷定人所莫識古鐵刀爲赫連勃勃所鑄龍雀刀等事説明劉敞博
聞多識；"歐文忠初以張氏事"條則記載蘇安世在審理歐陽
修的案件上頂住中貴勢力壓力，而對歐陽修"秋毫無所撓，
卒白公無他"，以致於"坐責泰州監税，五年不得調"；"李
亙字可久"與"趙俊字德進"條則分別記載了自己好友李
亙、趙俊抵制劉豫、忠於宋朝的高風亮節。

三

在評價《避暑録話》時，儘管四庫館臣指出其有偏頗之
處，但也肯定其優點：因葉夢得爲宋室南渡之初之"巋然耆
宿"，且"通悉古今，所論著多有根柢"，故"其所叙録，亦
多足資考證而裨見聞"。因此，儘管"善書竟從屏斥"，"而
是編則仍録存焉"。由是可知，"足資考證"實爲《避暑録
話》之最大優點。要而言之，主要有以下幾點：

一是有助於考證制度。如"唐制，取士用進士、明經二
科"條，可知與唐代科舉試進士、明經二科不同，宋初科舉
只試進士而罷明經："本朝初唯用進士，其罷明經，不知自何
時。"明經開科取士，則是自仁宗嘉祐三年始，其頻率爲隔年

試："仁宗慶曆後稍修取士法，患進士詩賦浮淺不本經術，嘉祐三年始復明經科，而限以間歲取士。"又"唐制，詔敕號令皆中書舍人之職"條，可知唐代翰林學士"但爲文辭"而不專詔命："學士未滿一年，猶未得爲知制誥，不與爲文。"而朝廷詔命（知制誥）爲中書舍人之職，故中書舍人的地位在翰林學士之上："蓋舍人……多自學士遷也。"而宋代則恰恰相反："本朝既重學士之選，率自知制誥遷。"

二是可考宋人風氣。宋朝開國之初，爲避免中晚唐藩鎮割據的亂象，太祖趙匡胤采取了重文抑武的方針政策，而游宴享樂也成爲文人士大夫的風尚，《避暑錄話》的相關記載也佐證了這點。如"歐陽文忠公在揚州作平山堂"條，記載了歐陽修在揚州時曾"每暑時輒凌晨攜客往游"平山堂，且"遣人走邵伯取荷花千餘朵，以畫盆分插百許盆，與客相間。遇酒行，即遣妓取一花傳客，以次摘其葉，盡處則飲酒，往往侵夜載月而歸"；"謝康樂云：'良辰、美景、賞心、樂事，四者難并'"條載有韓琦爲政許昌時，"常日設十客之具於西湖"，將郡事公務盡托付給屬吏，"即造湖上，使吏之湖門，有士大夫過即邀之入，滿九客而止，輒與樂飲終日，不問其何人也"。及時行樂爲韓琦所追求的人生目的："吾老矣，未知復有幾春，若待可與飲者而後飲，則吾之爲樂無幾，而春亦不吾待也。"葉夢得對此也深表認同："余時年四十三，猶未盡以爲然。自今思之，乃知其言爲有味也。"其他如"文潞公知成都"等條，亦皆是如此。又，"宣和間，道術既行""蘇州白樂天手植檜""宣和間，內府尚古器"等條，可考見徽宗朝崇道術、好花石、珍古玩的時代風氣；"三十年間，士大夫多以諱不言兵爲賢"條則可證南渡之後宋朝上下偏安江南的現狀；"張丞相天覺喜談禪"條則通過佛家弟子對張商英的推尊而批判了禪門"勢利之移人"；等等。

三是訂正史誤。如《新唐書·白居易傳贊》謂："居易在元和、長慶時，與元稹俱有名，最長於詩……而杜牧謂：'纖艷不逞，非莊士雅人所爲，流傳人間，子父女母，交口教授，淫言媟語，入人肌骨，不可去。'蓋救所失，不得不云。"葉夢得據杜牧作《李戡墓誌》認爲所謂"非莊人雅士所爲，淫言媟語，入人肌骨"者出自李戡之口而非杜牧："《新唐書》取爲牧語，論《樂天傳》以爲救失不得不然，蓋過矣"（"杜牧作《李戡墓志》"條）。考諸《四部叢刊》影明翻宋本杜牧《樊川集》第九，題名《李戡墓志》實作《唐故平盧軍節度巡官隴西李府君墓誌銘》，杜牧原文爲：

> （李戡）嘗曰："……嘗痛自元和已來，有元、白詩者，纖艷不逞，非莊士雅人，多爲其所破壞。流於民間，疏于屏壁，子父女母，交口教授，淫言媟語，冬寒夏熱，入人肌骨，不可除去。吾無位，不得用法以治之，欲使後代知有發憤者。"因集國朝已來類於古詩，得若干首，編爲三卷，目爲唐詩，爲序，以導其志。

從杜牧文中"吾無位"等語來看，所謂"非莊人雅士所爲，淫言媟語，入人肌骨"等評語的確出自李戡之口，杜牧只是加以援引，而《新唐書》以爲杜牧所説，實誤。儘管葉夢得所引文字與原文略有出入，但認爲"《新唐書》取爲牧語""蓋過矣"的説法是頗爲中肯的。其他如"《唐書·李藩傳》記筆滅密詔王鍔兼宰相事"條，從唐代宰相封駁制、給事中塗歸制度推論《新唐書》所載李藩"筆滅密詔王鍔兼宰相事"爲非，并據《新唐書·王鍔傳》與《唐會要》考證王鍔自河東節度使加平章事正是李藩爲宰相時，其説有理有據，頗能訂正《新唐書》之誤。而"歐文忠作范文正神道碑"條記載范仲淹爲帥西北邊疆時，曾與吕夷簡之間有過"二公歡然，相約平賊"的"釋憾"經歷，則可裨補史闕。

除此之外，還有不少條目記載了一些人物的生平軼事，可以作爲相關人物生平的佐證資料。如"柳永字耆卿"條可知柳永善爲歌辭而名滿天下，其曾"登科爲睦州掾官"，未滿秩，即被郡將、監司接連薦舉，而爲物議所阻；"張安道與歐文忠素不相能"條可知蘇洵父子三人受知於歐陽修，乃在於歐陽修政敵張方平（字安道）的推薦；"歐陽文忠公爲舉子時"條可知歐陽修倡導詩文革新運動之前，受當時文壇習氣影響也曾作過類似於"石言於晋，神降於莘，内蛇鬥而外蛇傷，新鬼大而故鬼小"奇奇怪怪的駢體文字；"歐陽文忠公平生詆佛老""歐陽氏子孫奉釋氏甚衆"條記載了歐陽修的思想由年少排佛向老年對佛家思想"不得不心與"的轉變;"子瞻在黃州"條則可視爲蘇軾詞《临江仙》(夜饮东坡醒复醉)的本事注脚等。是書亦是考證葉夢得身世、思想的重要材料,如"曾從叔祖司空道卿"條可知葉清臣爲其曾從叔祖,屬鶚《宋詩紀事》"清臣曾孫"① 説法有誤;"余在許昌"條載其爲政許昌時散藥救民,可見其爲官愛民之誠;"三十年間士大夫多以諱不言兵爲賢"條載其在許昌練兵備戰,可見其愛國之情;"今歲熱甚"條其讓人鈔寫沈存中所録中暑藥方一百多本"散揭遠近""婦人疾莫大於産蓐"條載其將獨活湯"不可不廣告人"等,可見其醫者仁心;"士大夫作小説"條反對宋人借小説之名而"暴人之短,私爲喜怒",以及"滕達道爲范文正公門客"條中對章惇欲杖擊紹聖中曾爲宰相的太學生隱去名姓的做法,都可見葉夢得的宅心仁厚;等等。

儘管《避暑録話》有着"足資考證"的優點,然而是書"録話體"過於隨意的性質也使得其不可避免地存在着一定的疏漏。方建新先生在其《〈避暑録話〉考略》一文中曾摘録訂正達十二條之多。② 類似的錯訛在《避暑録話》中比比皆是。大多爲誤記史實,如"唐制,詔敕號令皆中書舍人之

---

① 屬鶚:《宋詩紀事》,上海古籍出版社 1983 年版,第 892 頁。
② 詳見方建新《〈避暑録話〉考略》一文,《杭州大學學報》1991 年第 3 期。

職"條中有關宋人"知制誥不試而用"的記載，葉夢得以爲"梁周翰、薛映、梁鼎亦或不試而用"，實際上三人之中，只有梁周翰爲不試而用，薛映、梁鼎實際上是"與大年並命者，獨大年不試而後命"①。《宋史》本傳載程師孟自青州致仕，《錄話》誤作"自洪州致仕歸吴"（"程光禄師孟"條）。李絳奏請唐憲宗罷吐突承璀立安國寺聖德碑，《錄話》誤安國寺爲安南寺；唐憲宗命"百牛倒石"摧毁石碑的記載出《新唐書》，《錄話》誤爲"《唐舊史》"（"《唐書·李絳傳》"條）。新、舊《五代史》等典籍記載遼國皇帝"以帝朳歸"者皆爲遼太宗耶律德光，葉夢得誤作太祖阿保機（"自古夷狄亂華"條）。《明皇幸蜀圖》作者爲李昭道，《錄話》誤作李思訓（"《明皇幸蜀圖》"條）。《安禄山事迹》一書載《櫻桃詩》爲史思明作，《錄話》誤以爲安禄山（"楊文公《談苑》"條）。蘇軾《予以事系御史臺獄，獄吏稍見侵，自度不能堪，死獄中，不得一别子由，故作二詩，授獄卒梁成，以遺子由》二詩實見於蘇軾詩集，葉夢得誤以爲"二詩不載集中"。"凡人勉强於外，何所不至？惟考之其私，乃見真僞"一語，朱熹《三朝名臣言行録》卷二、文天祥《文山先生全

---

① 按，關於這點，費袞《梁溪漫志》就明確指出其錯誤："知制誥不試而命，實始於至道三年四月。真宗念梁周翰夙負詞名，令加獎擢，乃不試而入西閣。自國初以來，周翰實爲之首，而楊公繼之。葉左丞乃謂周翰與薛映、梁鼎皆不試而用，此亦誤。映、鼎蓋與大年並命者，獨大年不試而後命云。"

集》卷十《跋歐陽公與子綿衣帖》、明葉盛《水東日記》卷
七等皆指出其爲蘇軾跋歐陽與其侄通理書之語，葉夢得誤作
歐陽修之語（"人之操行"條）。也有對事理物理妄生異論
者，如認爲毒菌之毒性乃在於"蛇虺毒氣所薰蒸"（"四明温
台間山谷多産菌"條），認爲"深山大澤，龍蛇所居"，龍蛇
掌管雨水之職，且龍行雨有"勤惰、材不材"之分（"吳越
之俗"條），皆是無稽之談。至於將佛教中梵語歸命覺的音
譯"南無（南謨）"一詞解釋爲"居南方而拜"，顯然爲主觀
臆測。此外，《避暑録話》中還存在杜撰故事的情況，如
"歐文忠在滁州"條載通滁州判杜彬善彈琵琶事，歐陽修作
詩有"坐中醉客誰最賢，杜彬琵琶皮作絃"句而杜彬"頗病
之，祈公改去姓名"。考之歐陽修詩文集，二句詩題作《贈
沈博士歌》，下有"自從彬死世莫傳，玉練鎖聲入黃泉"之
語，則歐陽修作此詩時杜彬已死，所謂杜彬祈求歐陽修"改
去姓名"之説純屬杜撰了。由此可見，《避暑録話》雖有資
考證，但也並非完美無瑕，所謂"宋代口述史的經典之作"①
的評價很難實至名歸，因此，今人在引證時應多加甄別。

---

① 詳見潘殊閑:《〈避暑録話〉——宋代口述史的經典之作》,《西華大學學
報》(哲學社會科學版)2012 年第 6 期。

四

《避暑録話》的版本，據毛晋《津秘秘書》本跋云"得宋刻《避暑録話》，迥異坊本"，則明刻本之前實有宋刻本。又清陸心源《儀顧堂題跋》卷八《影宋本〈避暑録話〉跋》云：

> 《乙卯避暑録話》二卷，題曰"宋葉夢得少蘊著"。每半葉十行，每行二十一字。"慎"字注"御名"。凡遇太宗、真宗、仁宗等字，皆提行或空二格，蓋從宋孝宗時刊本影寫，即《津逮秘書》之祖本也。"敦"字亦缺末筆，刊板後所刻改也。

陸心源所見影宋本《避暑録話》是否爲毛晋《津逮秘書》所本，目前不得而知。不過從影宋本"慎"字注"御名"的避諱情況認爲其刊刻於宋孝宗時，陸心源所論極是，則是書至晚在孝宗朝即已刊刻印行，其書名爲《乙卯避暑録話》。從"敦"字缺末筆的情況來看，刊本在宋光宗朝後又有重印，陸心源所見影宋本即是根據此一重印本而來，惜乎此本不存，今不得見。

《避暑録話》現存刻本最早爲明刻本。明刻本主要有三種：商濬所輯《稗海本》本，項德棻宛委山堂本，毛晋《津逮秘書》本。商刻本所據不知爲何，題作《避暑録話》，署名"宋葉夢得少蘊"。分上、下卷，半頁九行，行二十字，宋刻原有避諱字皆不避，則商濬刻書時已有改動。商濬《稗海》刻版至清代爲振鷺堂收藏，1985 年臺灣地區大化書局據振鷺堂藏版影印刊行《稗海》時，《避暑録話》亦在其中，然而藏版破損有裂紋，多處字迹已漫漶不清。毛刻本題名、卷數與商刻本同，署名作“宋葉少蘊著，明毛晋訂”，半頁八行，行十九字，每頁版心下方刻有“汲古閣”三字。毛刻本後爲張海鵬翻刻，是爲《學津討源》本，而與毛刻本並無二致。項刻本出自陳仲醇手鈔，與商、毛二刻本略有不同。該刊本“遇宋帝諱、廟號悉缺、避、空格”，夏敬觀以爲是書“猶是沿宋槧之舊”；商、毛刻本皆作二卷，項刻本獨作四卷；項刻本卷一首条前有葉夢得自序，商、毛刻本無。是書卷一、卷四尾題作《石林避暑録》，其他卷首及卷尾皆作《石林避暑録話》。從其卷數及題名不一且錯訛不少的情況來看，項刻本雖保留了宋刻本的一些特征，然而決非是宋刻本原貌，這也是明人好妄改古書的陋習所致。該刻本半頁八行，行十八字，每頁版心下方刻有“項氏宛委堂笈”六字。刻本後爲商務印書館翻刻，題作《石林避暑録話》，並參以清葉廷琯楸花盦校本所注而成，是爲涵芬樓本，可視爲項刻本之改進本。清代《避暑録話》新校刻者，只有葉夢得裔孫葉廷琯校楸花盦本。楸花盦本以商、毛刻本爲底本，結合黄丕烈所録孫潛夫校鈔本、惠棟校録吳岫家藏本以及徐源、徐澄兄弟藏荷葉裝舊鈔本校録而成。楸花盦本“取一時之名本薈萃於一編”，而“至爲精詳”，爲《避暑録話》諸刻本中最好的

版本。此一版本 1909 年爲葉德輝觀古堂重新刊刻，除增加葉
德輝重刊序文外，其他内容葉德輝"不敢别下己意"，總體
上是"仍其舊而刻之"，則可知觀古堂刻本實際上就是葉廷
琯桊花盦本。該本左右雙邊，黑口雙魚尾，半頁十一行，行
二十二字。卷首列潘曾沂、程庭鷺、釋祖觀、彭翊等爲葉廷
琯校刻《避暑録話》所作序并記，葉廷琯於道光庚子仲春所
寫題識并記則置於該書總目之下。該書分上、下兩卷，并據
黄丕烈校録孫潛夫鈔本於卷上之首補齊葉夢得自序。除刊本
外，《避暑録話》還存在着大量鈔本，如俞弁寫本、黄丕烈
録孫潛夫校本、瓜涇徐氏荷葉裝舊鈔本等。因鈔本或已刊刻，
或爲校刊時所采入，或只是沿襲舊刊（如《四庫全書》本，
只是對毛刻本略加改動等），故此次整理以葉德輝觀古堂刊桊
花盦本爲底本，以商、毛、項刻本及涵芬樓校刻本作校本，
各鈔本則不作考慮。

　　《避暑録話》的整理出版，已有多家，其中以商務印書
館《叢書集成初編》（以下簡稱《初編》）與上海古籍出版社
《歷代筆記小説大觀》爲代表。《初编》以毛刻本爲底本，並
第一次對《録話》進行句讀出版。1985 年中華書局重新刊印
《初编》，《避暑録話》亦在其中，版本、句讀仍舊。《歷代筆
記小説大觀》則以涵芬樓四卷本爲底本，第一次采用簡體横
排以及現代標點的方式於 2007 年出版印行。二者皆開風氣之
先，功不可没，尤以《初編》爲著。後之整理者句讀多以

《初編》本爲基礎，或完全因襲，或略作改動。然而由於底本錯訛及其他原因，《初編》本句讀中的錯訛亦不少，如"蘇子瞻在黃州作蜜酒"條，"劉禹錫《傳信方》有桂漿法，善造者暑月極快美"，《初編》誤爲"劉禹錫《傳信方》有桂漿法善造者，暑月極快美"。"宜興善權"條，"而逐部兼行，尚書省皆不自行也"，《初編》誤爲"而逐部兼行尚書省，皆不自行也"；同條"惟司徒崔與司徒兼太保無姓及曹確後，又有工部尚書韋旁書'使'，亦當爲見宰相。三人，《紀》及《表》皆不載，不應有遺脱，此不可解"，誤爲"惟司徒崔與司徒兼太保無姓及曹確後有工部尚書韋，旁書使，亦當爲又見宰相三人紀其表皆不載，不應有遺脱，此不可解"。"蘇明允本好言兵"條，"荆公後微聞之，因不樂子瞻兄弟。兩家之隙，遂不可解"，《初編》誤爲"荆公後微聞之因不樂，子瞻兄弟兩家之隙，遂不可解"。"子瞻山光寺詩"條，"蓋爲哲宗初即位，聞父老頌美之言而云。神宗奉諱在南京，而詩作於揚州"，《初編》誤爲"蓋爲哲宗初即位，聞父老頌美之言。而云神宗奉諱在南京，而詩作於揚州"。"國朝監察御史"條，"乃請舉京官以爲裏行，遂薦王觀文陶。治平初，御史缺"，《初編》誤作"乃請舉京官以爲裏行，遂薦王觀文、陶治平。初，御史缺"。"大樂舊無匏、土二音"條，"笙以木刻其本而不用匏。塤亦木爲之"，《初編》誤爲"笙以木刻其本而不用，匏、塤亦木爲之"。如此等等，本次整理，將一併更正。

序

潘曾沂

同邑葉君廷琯，三十年舊交也。一日，以手校石林先生《避暑録話》授其族弟鍾刊行，而求爲序言曰："君閒人也，可以序此書矣。"余曰："諾。"

孔子曰："益者三友。"益者，有益於我之謂。不然，彼自直諒多聞，於我奚益哉？觀書亦然。今姑言其益有四焉：

所論與其性所近者，讀之易入，一益也。裴晋公之一甌，韓持國之九客，先生得之以爲幸，而吾亦樂得之，此性所近也。

以閒淡之筆而動人知足之思，二益也。先生畏客，欲杜門，每坐輒終日，至足痺乃起，聞趙清獻公舉動，欣然慕之，自言日用略能追公一二。今余讀先生書，又欣然慕先生，此足動其知足之思矣。

物各有情理，以妙悟引之而入勝，三益也。先生常早起，必步户外，往往童僕皆未興，其中既洞然無事，仰觀雲物景象與山川草木之秀，而志其一日爲陰、爲晴、爲風、爲霜、爲寒、爲溫，未嘗不十中七八。先生於世間事多得曲折，晚乃悟外物之累，曰："正恐解則好之。好之，非大勇不能絶。"此窮極情理之論也。

凡人當以仁存心，不言人過，而導之以小小方便，四益也。先生觀《碧雲騢》，恨不焚其書，是不願子孫聞人過也。好談醫藥，輒及《千金方》，而謂陸宣公之集方書，"是殆援人於疾苦死亡而不得者，猶欲以是見之"，此非導人以方便乎？

僕真閒人也，嘗入浮渡山，樂其幽靜，幾不欲返，故甚知此書中之閒趣而得其益最多。非能若僕者，必挾先入之見觀此書，譬入浮渡而尋洞宗，方謂遠録公初所從入者不在是而議之矣。而君知此書之獨有益於我而乞爲一言，然則君亦閒人也，故樂爲之序。時乙巳孟秋，小浮山人潘曾沂書於鳳池園之船庵。

先生是書所載古今雜事，固足資博識。而其中述大陽洞山一宗，獨與余平生相印證爲切。蓋余嘗夢至一處，曰小浮山，故自稱小浮山人，意其爲樅陽之浮渡山也。丁酉十月，在餘杭，將往徑山之前夕，夢"曹洞心印"四字。後數日，從洞霄宮歸，於寓舍破書中得《浮渡山志》一册閲之，則知兹山華嚴寺法遠號圓鑑大師，實得大陽之傳，而授之義青禪師，以續曹洞宗旨者。戊戌六月，楚游返，至皖口，取道至

浮渡山，留宿華嚴寺者三日。因得遍探巖洞，悉其顛末。先
生所稱"遠錄公"即法遠，"清華嚴"即義青。蓋遠錄公夢
感青鷹而得義青禪師，因師嘗入洛聽《華嚴經》而悟，故以
"青華嚴"呼之，遂以名其寺。而歐陽文忠嘗詣寺請遠錄公
因棋説法，言下大悟。先生稱文忠晚罷政事，守亳，將老矣，
更罹憂患，遂有超然物外之志，不言其得之遠錄公也。而曹
洞心印，來者孰可追以嗣公，則於先生言外見之。山谷《書
價禪師新豐吟後》云："今日偶味此文，乃知此老。人作百
衲被，歲久天寒，方知用處。"① 所云此書之有益於我，又奚
能盡哉！小浮山人並記。

---

① 按，語出黃庭堅《書洞山价禪師新豐吟後》，見《豫章黃先生文集》第二十
六卷。又《四部叢刊》影宋乾道刊本"今日偶味此文"下有"皆吾家日用事"六字，
此處所引有脱漏。又，此段句讀，今人通常作"今日偶味此文，皆吾家日用事。乃
知此老人作百衲被，歲久天寒，方知用處"，詳見劉林、李勇先、王蓉貴校點的《黃
庭堅全集》，四川大學出版社 2001 年版，第 671 頁。察其題目與開篇"余舊不喜曹
洞言句，常懷涇渭不同流之意"句，此老當指洞山良价，其後所言人作百衲被以備
禦寒之急，乃是以譬喻方法説明黃庭堅對洞山良价言句逐漸理解的過程，故句讀
如此。

重刊《避暑録話》序①

葉德輝

吾家石林公《避暑録話》一書，前明有商維濬《稗海》刻本、毛晋《津逮秘書》刻本，嘉慶中有張海鵬《學津討原》重刻毛本。張之於毛，無所校正。迨道光乙巳，家調笙先生從族人之請，合諸刻本及惠定宇校録吳方山本、黃蕘圃所録孫潛夫校鈔本、瓜涇徐氏荷葉裝舊鈔本校定刊行，即世所傳楙花盦本是也。吾家所藏，僅有商、毛兩本，苦無善本可正其得失，因思楙花盦所據吳、孫、惠、黃諸家，皆勝國藏書及近世校書之有名者，其所傳録，猶存宋諱，則是流傳有緒，來歷分明，必非商、毛諸本沿訛襲謬之可比。故仍其舊而刻之，不敢別下己意也。

是書自明迄今，凡經四刻，惟楙花盦本至爲精詳，由其時承乾嘉累葉文物之流風；吳中故家，藏書最富，故得取一時之名本薈萃於一編。斯固是書之一幸也。乃刻甫竣工，而

---

① 楙花盦本原無此序，此爲葉德輝重刻時加。

東南粤寇起，三吳被禍尤烈。衣冠甲第，蕩焉無存，何有於析薪之板片！吾向從京師書估、吳門故人求其書不可得，且有不能舉其名者，乃今得與《燕語》《放言》諸書次第刊成，斯又是書之一幸也。嗟乎！著書之傳不傳，① 誠有幸有不幸；即刻書之傳不傳，亦有幸有不幸焉。石林之書不得楋花盦而傳幾失，楋花盦之書不得吾而傳亦將失。吾願爲子姓者時時懼其書之失傳，珍重而流播之，庶有以存家學而揚世德也，豈非宗乘之美談哉！

宣統元年己酉歲嘉平月大寒節，葉德輝序。

---

① “著”，原作“箸”，今改。

校刻《避暑録話》序

程庭鷺

宋人雜説書類，皆足資博識，而石林老人《避暑録話》尤備軼事遺聞，復饒名言雋旨，昔人故多稱引之。吾友調生，石林之裔，病此書世所傳刻脱誤滋多，嘗搜集善本，旁及他書，精心讎勘，畢使完整。昨歲族人已爲刻所校《建康集》《石林詩話》，今其族弟安山鍾請於調生，更舉此書鋟諸版，俾先澤罔替，意足媺矣。書成於紹興五年退居卞山之日，故《述古堂書目》作《乙卯避暑録》。抑聞檇李項氏宛委堂有刊本，得之陳仲醇手鈔，與毛本間有異同，然卷數不符，疑經仲醇删節，非復宋刻之舊，固不若是本之多所訂補爲可寶也。余素嗜讀此書，樂觀厥成，爲志其緣起如此。

道光二十五年孟陬之月，嘉定程庭鷺。

附記二則

　　《避暑録話》所載遺聞佚事，足補《宋史》之缺。毛子晋以書中説詩處如匡衡，余謂此老信口説禪，牙頰間別具一副鑪鞲。宋世士大夫喜學禪，蘇、黄、晁三君子，皆以文字般若隨喜法門。無咎《齒臼佛》一贊，[①]深得慈心三昧。石林爲無咎甥，而見地超妙如此，可謂酷似其舅。惟以大陽玄作“延”，[②]投子青作“清”，不知所據何書。湖音“玄”“延”不分，“青”與“清”尤易混，豈當時傳寫之誤耶？至以“南無”作“南拜”，“依蒲”作“優婆塞”，横生異解，近於杜撰。是以佛門既悟之後，貴充之以學也。道光乙巳秋八月，雨窗清暇，讀枞花盫精校本漫題。釋祖觀。

---

　　①　“無咎”，枞花盫本作“无咎”。今改，下同。
　　②　“玄”，枞花盫本作“糸”，今改，下一“玄”字同。按，明崇禎十四年刻明人周聖楷《楚寶》卷四十五作“大陽警玄”，此條後附有周聖楷按語，叙投子義青續大陽禪師衣鉢事，與《避暑録話》記載合，則此字當爲“玄”字，枞花盫本當爲避康熙諱改。

　　"士大夫作小説，雜記所聞見，本以爲游戲"，《録話》中語。① 而前朝掌故名流軼事時見其中。傳之既久，或可據以訂史書之訛，誠不可廢也。然苟無善本，則傳寫之誤日多，適以滋疑，安能訂訛？宋石林葉先生《避暑録話》，向刻於《稗海》《津逮》二書，得其裔孫廷琯精校，而後雲翳全消，精神畢露。小説雖小道，而廷琯之用心良苦矣，是急宜付梓者也。道光乙巳孟冬，長洲彭翊。

---

① 　此處夾注爲桊花盒本原有，今不做改動，以存其舊，全書同。

總　目

　　《避暑録話》二卷，遠祖石林先生所著。① 宋刻久不可見，世傳惟商氏《稗海》、毛氏《津逮秘書》兩本。近時又有張氏《學津討原》本，即從毛刻翻版，初無是正，故三本駁誤略相等。曩聞郡中某氏藏有二本，一爲孫潛夫依舊鈔善本手校於《稗海》本上者，一爲鈔本而未校者。孫氏所見舊鈔善本，不知爲前代何人手筆，是否原於宋槧？其所校《稗海》本今已不可復睹。近始輾轉借得未校之本，帙尾有黃蕘翁手跋，謂"自序一篇，商、毛二刻所無，孫氏據鈔本補入"。此本似即黃氏所録孫潛夫校本，書中駁誤抉摘良多。後又見友人所藏惠定宇徵君校閲《津逮》本，惠氏跋云："雍正六年六月十三日，從守約居士俞弁録本校過一次，是書蓋吳方山岫家藏也。東吳惠棟。"又録唐子畏舊跋云："正德辛巳夏五月，晉昌唐寅借俞子容家

---

① "著"，原作"箸"，今改。

藏書，於桃花塢之夢墨亭勘畢。"及瓜涇徐氏荷葉裝舊鈔本，頗有詳略互異之處，因並乞借，合前各本對勘一過，補正闕疑，隨文注明。前人辯證之語，亦間附數則，以資論列。雖未必遽臻完善，自謂比之舊刻諸本固稍殊矣。毛氏自言得宋刻，"迥異坊本"，然所刊《津逮》本脱誤視《稗海》本無異。惠徵君校出十餘處，兹從鈔本訂補尤多，蓋毛氏所得，寔非宋本之善者。貿然付梓，故承訛襲謬如此。跋語徒自誇耳。惟《書録解題》《文獻通考》載是書皆作二卷，毛氏跋言宋刻卷數亦同，而黄氏鈔本乃分四卷，未知何據。[①] 今校録是本，仍依商、毛諸刻，以上、下分卷，用存其舊云。道光庚子仲春，裔孫廷琯敬識。[②]

　　謹按：《四庫全書總目》内《避暑録話》提要云："晁公武《讀書志》載此書作十五卷，與此本卷數多寡懸殊，知《讀書志》爲傳寫之謬。"考《讀書志》實未載《避暑録話》，近時我郡汪氏所刻，係用衢本審校，似無遺漏，而各類中於石林先生所著諸書概未收入。[③] 提要之言，或别有所指耶？[④] 廷琯附記。

---

　　① 按，項德棻宛委堂刻本作四卷，且該書黄鈔本錯訛處基本上與項刻本一致，則黄丕烈所據實爲項刻本但有校改。

　　② 此段文字收入葉廷琯《吹網録》卷第六"避暑録話"條中，内容大致相同，而補入項德棻宛委堂舊藏陳仲醇手鈔本簡介。參見黄永年校點：《吹網録·鷗陂漁話》，遼寧教育出版社 1998 年版，第 135 頁。

　　③ "著"，原作"箸"，今改。

　　④ 按，葉廷琯此説甚是。《四庫全書總目·郡齋讀書志》提要稱《讀書志》作十五卷，乃是從袁州本《郡齋讀書志》後所附録趙希弁《讀書附志》誤記而來。晁公武《讀書志》並無葉夢得著述記載，更無十五卷《避暑録話》之説。清同治八年刻葉廷琯《吹網録》卷六"避暑録話"條對此論説甚明，此處置疑，當爲葉廷琯此時尚未見袁州本《郡齋讀書志》故。提要誤。

卷　上①

宋葉夢得　撰

裔孫德輝　校刊

　　紹興五年五月，梅雨始過，暑氣頓盛，父老言數十年所無有。余居既遠城市，巖居又在山半，異時蓋未嘗病暑，今亦不能安其室。每旦起，從一僕夫負榻，擇泉石深曠、松竹幽茂處，偃仰終日。賓客無與往來，唯棟模二子、門生徐惇立挾書相從。間質疑請益，時爲酬酢，亦或泛語古今雜事。耳目所接，論説平生出處，及道老交、親戚之言，以爲歡笑，皆後生所未知。三子云：“幸有聞，不敢不識，以備遺忘。”②屢請不已。乃使棟執筆，取所欲記則書之，名曰《避暑録話》云。六月十一日石林老人序。商、毛、張各刻本無此序，黃氏所藏鈔本全書分四卷，此序即列卷一之首，不另葉，今仍其舊。③

---

　　①　按，項刻本作卷一，涵芬樓校刻時亦作卷一，毛刻本作卷上。
　　②　“忘”，項刻本原作“亡”，涵芬樓校刻時據黃鈔本改。
　　③　按，項刻本有此序。涵芬樓校刻本序後夾注云：“黃本與此同，諸本皆無此序。”

杜子美《飲中八仙歌》，賀知章、汝陽王璡、崔宗之、
蘇晉、李白、張長史旭、焦遂、李適之也。適之坐李林甫譖，
求爲散職，乃以太子少保罷政事。命下，與親^{黃鈔本"親"作}
^{"諸"。}① 戚故人歡飲，賦詩曰："避賢初罷相，樂聖且銜杯。
爲問門前客，今朝幾個來。"可以見其超然無所芥蒂之意，則
子美詩所謂"銜杯樂聖稱避賢"者是也。適之以天寶五載罷
相，既貶死袁州，而子美十載方以獻賦得官，② 疑非相與周
旋者，蓋但記能飲者耳。惟焦遂名迹不見他書。適之之去，
自爲得計，而終不免於③^{徐鈔本"於"作"貶"。}死，不能遂其
詩意，④ 林甫之怨，豈至是哉！冰炭不可同器，不論怨有深
淺也。⑤ 乃知棄宰相之重，而求一杯之樂，有不能自謀者。
欲碌碌求爲焦遂，其可得乎？今峴山有適之湦樽，顏魯公諸
人嘗爲聯句。而傳不載其嘗至湖州，⑥ 疑爲刺史，而史失

---

① 項刻本与黃鈔本同，亦作"諸"。商、毛刻本作"親"。
② "獻"，項刻本原作"秋"，涵芬樓校刻時據諸本改。
③ 楙花盦本中"於"字，項、毛刻本皆作"于"，下不出注。
④ "遂"，項刻本原作"終"，涵芬樓校刻時據諸本改。
⑤ "深淺"，商、項、毛刻本作"淺深"。
⑥ 按，"今峴山有適之湦樽，顏魯公諸人嘗爲聯句。而傳不載其嘗至湖州"句，"其"當指李適之，故句讀如此。初編本此句句讀爲"顏魯公諸人嘗爲聯句，而傳不載，其嘗至湖州"，"其"則指代顏真卿，誤。《舊唐書》顏真卿本傳載顏真卿以"以祭器不修言於朝，(元)載坐以誹謗貶硤州別駕、撫州、湖州刺史"，則史書明言顏真卿因元載作梗嘗被貶至湖州爲刺史，葉夢得氏不得有所謂"傳不載其嘗至湖州，疑爲刺史"的言論。又湖州有"峴山有適之湦樽"，則李適之應至湖州，而《新》《舊唐書》未見記載，則史傳不載是針對李適之而言明確無疑。

之也。

李文定公坐與丁晉公不相能，① 黃鈔本"公"下作"不合"二
字。中常鬱鬱不樂。② 舊中書省壁間有其手題詩一聯云："灰
心緣忍事，霜鬢爲論兵。"凡數十處。此裴晉公詩也，初不見
全篇。在許昌，偶得其集，云："有意效承平，無功答聖明。
灰心緣忍事，霜鬢爲論兵。道直身還在，恩深命轉輕。鹽梅
非擬議，葵藿是平生。白日長懸照，蒼蠅漫發聲。③ 嵩陽舊
田里，終使謝歸耕。"裴公之言猶及此，④ 豈坐李逢吉、⑤ 元
稹故耶？集中又有在太原題廳壁一絕句云："危事經非一，浮
榮得是空。白頭官舍裏，今日又春風。"則此公胸中亦未得全
爲無事人。綠野之游，豈易得哉！裴公固不特以文字名世，
然詩辭皆整齊閒雅，⑥ 忠義端亮之氣，凜然時見，覽之每可
喜也。

裴晉公詩云："飽食緩行初睡覺，一甌新茗侍兒煎。脫巾
斜倚繩床坐，風送水聲來耳邊。"公爲此詩，必自以爲得
志。⑦ 然吾山居黃鈔本"居"下有"又"字。⑧ 七年，享此多矣。

---

① "不相能"，項刻本與黃鈔本同，亦作"不合"。
② "常"，商、毛刻同，項刻本作"嘗"。
③ "漫"，商、項、毛刻本作"謾"。
④ "公"，商、毛刻本同，項刻本作"氏"。
⑤ "逢"，項、毛刻本同，商刻本誤作"逄"。
⑥ "辭"，商、毛刻本同，項刻本原作"詞"，涵芬樓校刻據諸本改。
⑦ "得志"，商、毛刻本同，項刻本作"得意"。
⑧ 項刻本亦有"又"字，商、毛刻本無。

今歲新茶適佳，夏初作小池，導安樂泉注之，得常熟破山重臺白蓮植其間，葉已覆水，雖無淙潺之聲，然亦澄澈可喜。此晉公之所誦咏而吾得之，可不爲幸乎？

歐陽文忠公在揚州作平山堂，壯麗爲淮南第一。堂黃鈔本"堂"作"上"。① 據蜀岡，下臨江南數百里，真、潤、金陵三州隱隱若黃鈔本無"若"字。可見。公每暑時輒凌晨攜客往游，遣人走邵伯取荷花千餘朵，以畫盆分插百許盆，與客相間。遇酒行，即遣妓取一花傳客，以次摘其葉，盡處則飲酒，往往侵夜載月而歸。余紹聖初始登第，嘗以六、七月之間館於此堂者幾月。是黃鈔本"是"作"屬"。② 歲大暑，環堂左右，老木參天，後有竹千餘竿，大如椽，不復見日色，蘇子瞻詩所謂"稚節可專車"是也。寺有一僧，年八十餘，及見公，猶能道公時事甚詳。邇來幾四十年，念之猶在目。今余小池植蓮雖不多，③ 來歲花開，當與山中一二客修此故事。

余家舊藏書三萬餘卷，喪亂以來，所亡幾半。山居狹隘，餘地置書囊無幾。④ 雨漏鼠嚙，日復蠹敗。今歲出曝之，閱兩旬纔畢。其間往往多余手自鈔，覽之如隔世事。因日取所

① "堂"，商、毛刻本同，項刻本作"上"。
② "是"，商、毛刻本同，項刻本作"屬"。
③ "今余"，商、毛刻本同，項刻本作"余今"。
④ "餘地"，商、毛刻本同，項刻本原作"地餘"，涵芬樓校刻時據諸本改。

14

喜觀者數十卷，命門生等從旁讀之，不覺至日昃。① 舊得釀
法極簡易，盛夏三日輒成，色如渾醴，② 不減玉友，僕夫爲
作之。每晚涼即相與飲，三杯而散，亦復盎然。讀書避暑，
固是一佳事，況有此釀！忽記歐商刻本缺“記歐”二字，依黃鈔本
補。毛刻本“記”誤作“看”。③ 文忠詩有“一生勤苦書千卷，萬
事消磨酒十分”之句，慨然有當其心。公名德著天下，何感
於此乎？鄒湛有言：“如湛輩，乃當如公言耳。”此公始退休
之時寄北門韓魏公詩也。④

　　蘇子瞻在黃州作蜜酒，不甚佳，飲者輒暴下，蜜水腐敗
者爾。嘗一試之，後不復作。在惠州，作桂酒。嘗問其二子
邁、過，云：“亦一試之而止，大抵氣味似屠蘇酒。”二子語
及，亦自撫掌大笑。二方未必不佳，但公性不耐事，不能盡
如其節度，姑爲好事借以爲詩，⑤ 故世喜其名。⑥ 要之，酒非
麴蘗，何可以他物爲之？若不類酒，孰若以蜜漬木瓜、櫨、
橙等爲之，自可口，不必似酒也。⑦ 劉禹錫《傳信方》有桂
漿法，善造者暑月極快美。凡酒用藥，未有不奪其味，況桂

---

① “昃”，商、項刻本同，毛刻本作“仄”。
② “渾”，商、毛刻本同，項刻本原作“潼”，涵芬樓校刻時據諸本改。
③ “記”，商、項刻本同，毛刻本作“看”。
④ “之”，商、毛刻本同，項刻本原作“於”，涵芬樓校刻時據諸本改。
⑤ 上“爲”字，項刻本原無，涵芬樓校刻時據諸本補。
⑥ “喜”，項刻本原作“善”，涵芬樓校刻時據諸本改。
⑦ “似”，商、毛刻本同，項刻本作“以”。

之烈？楚人所謂桂酒椒漿者，安知其爲美酒？但土俗所尚，今欲因其名以求美，亦過矣。

王荊公不耐靜坐，非臥即行。晚卜居鍾山謝公墩，自山距州城適相半，① 謂之半山。畜一驢，每食罷，必日一至鍾山，縱步山間，倦則即定林而睡，往往至日昃乃歸，率以爲常。有不及終往，亦必跨驢中道而還，未嘗已也。余見蔡天啓、薛肇明，備能言之。子瞻在黃州及嶺表，每旦起，不招客相與語，則必出而訪客。所與游者亦不盡擇，各隨其人高下，談諧放蕩，不復爲畛畦。有不能談者，則強之説鬼。② 或辭無有，則曰姑妄言之。於是聞者無不絕倒，皆盡歡而後黃鈔本無“後”字。③ 去。設一日無客，④ 則歉然若有疾。其家子弟嘗爲余言之如此也。⑤ 吾獨異此，固無二公經營四海之志，但畏客，欲杜門，每坐輒終日，至足痹乃起。兩巖相去無三百步，閱數日纔能一往。一榻所據，如荊公之睡則有之矣。陶淵明云：“園日涉而黃鈔本“而”作“以”，蓋從《昭明文選》此辭原本。按，《晋書·陶潛傳》作“而”。⑥ 成趣。”豈仁人志

---

① “適”，商、毛刻本同，項刻本作“邊”。
② 項刻本“之”下有“使”字，商、毛刻本無。商刻本“鬼”下空一格。
③ 項刻本亦無“後”字。
④ 項刻本“客”下有“者”字，商、毛刻本無。
⑤ “余”，商、項、毛刻本皆作“予”。
⑥ “而”，商、毛刻本同，項刻本作“以”。

士所存各異，非余頹惰者所及乎？①　各刻本此條皆誤連下條，今依黃鈔本分。②

萬法皆從心生，心苟不動，外境何自而入？雖寒暑可敵也。嬰兒未嘗求附火揺扇，此豈無寒暑乎？蓋不知爾。余見世有畏暑者，③席地袒裼，終日遷徙，求避百計，④卒不得所欲。而道塗之役，⑤正晝烈日，衣以厚衲，挽車負擔，馳騁不停，竟亦無他，但心所安爾。近有道人常悟，住惠林，得風痺疾，歸寓許昌天寧寺。⑥足不能行，雖三伏必具三衣而坐，自旦至暮，未嘗欹偃。每食時，弟子扶掖，稍伸縮即復跏趺如故。室中不置扇，拱手若對大賓客，而神觀澄穆，膚理融暢，疾雖不差，亦不復作，如是七年。一日，告其徒，語絕即化。余嘗盛暑屢過之，問：“重衣而不扇，亦覺熱乎？”但笑而不答。夫心無避就，雖嬰兒、役夫猶不能累，況如若人者乎？

盧鴻《草堂圖》，舊藏中貴人劉有方家。余往有慶曆中

---

① “惰”，商、毛刻本同，項刻本作“隳”。

② 項刻本亦於此分爲兩條。

③ “余”，商、項刻本同，毛刻本作“近”。

④ “求避百計”，商刻本同，項、毛刻本皆作“百計求避”。

⑤ “塗”，商刻本同，項刻本、毛刻本皆作“途”。

⑥ “天寧”，楙花盦本原作“天甯”，商、毛刻本皆作“天寧”，此應爲避道光旻寧諱改。按，全書“寧”或作“甯”，或作“寗”，今一併改正，下不出注。

摹本,① 亦名手精妙。猶記後載唐人題跋云:"相國鄒平段公家藏圖書,並用所歷方鎮印記。咸通初,余爲荆州從事,與柯古同在蘭陵公幕下閲此軸。今所歷歲祀,倏逾二紀,薦罹多難,② 編軸尚存,物在時遷,所宜興嘆。丁未年,駕在岐山,涿郡子謩記。"又書:"己酉歲重九日,專謁大儀,遂載覽閲。累經多難,頓釋愁襟。子謩再題。"鄒平公,段文公也。柯古,其子成式字也。子謩,不知何人。涿郡蓋亦盧氏望。③ 蘭陵公,或云蕭鄴,其罷相、出爲荆州節度使,④ 正咸通初。成式終太常少卿,則所謂"大儀"也。丁未,僖宗光啓三年。⑤ 己酉,昭宗龍紀元年。此畫宣和庚子余在楚州爲賀方回取去不歸。⑥ 當時余方自許昌得請洞霄,思卜築於此山之下,視圖中草堂、樾館、桃烟、磴羃、翠亭等,渺然若不可及。⑦ 今余東西兩巖,略有亭堂十餘所,比年松竹稍環合,每杖策登山,奇石森聳左右,詰曲行雲霞中,不知視鴻

王應麟《困學紀聞》載:"石林序盧鴻一《草堂圖》云:'《唐舊史》鴻一

---

① 按,楙花盦本全書"曆"均作"厤",應爲避乾隆弘曆諱而用古字,今一併改正,下不出注。

② "薦",項刻本同,商刻本作"荐",毛刻本作"洊"。

③ "盧氏望",項刻本原作"盧望氏",涵芬樓校刻時據諸本改。

④ "州",項刻本作"南"。

⑤ "僖宗",項刻本原作"禧宗",涵芬樓校刻時據諸本改。"三",商、項、毛刻本皆誤作"二"。按,丁未實爲僖宗光啓三年。

⑥ "畫",商、項刻本同,毛刻本作"画"。

⑦ "渺",毛刻本同,商刻本作"眇"。項刻本原亦作"眇",涵芬樓校刻時改作"渺"。

蓋二名，與中岳劉真人碑所書合。《新史》删去一字，不知何據。當以《舊史》爲正。'"按，公圖序所言如此，則此條兩"鴻"字下宜皆有"一"字，爲俗本誤删無疑。居爲如何？但恨水泉不壯，無雲錦池、① 金碧潭耳。各刻本此條皆誤連下條，今依黄鈔本分。②

謝康樂云："良辰，美景，賞心，樂事，四者難并。"天下咏之，以爲口實。韓魏公在北門，作四并堂。公功名富貴，無一不滿所欲，故無時不可樂，亦以是爲貴乎？余游行四方，當其少時，蓋未知光景爲可惜，亦不以是四者爲難得也。在許昌見故老，言韓持國爲守，每入春，常日設十客之具於西湖，且以郡事委僚吏，③ 即造湖上，使吏之湖門，有士大夫過即邀之入，滿九客而止，輒與樂飲終日，不問其何人也。曾存之常以問公曰："無乃有不得已者乎？"公曰："汝少年安知此？吾老矣，未知復有幾春，若待可與飲者而後飲，④ 則各刻本"飲"作"從"，無"則"字。今依黄鈔本改並補。⑤ 吾之爲樂無幾，而春亦不吾待也。"余時年四十三，猶未盡以爲然。自今思之，乃知其言爲有味也。

近世學者多言中庸。中庸之不可廢久矣，何待今日？非特子思言之，堯之告舜曰："人心惟危，道心惟微。惟精惟

---

① "池"，商、毛刻本同，項刻本作"淙"。
② 按，項刻本亦從此斷爲兩條。
③ "且"，商、毛刻本同，項刻本作"且"。
④ "後"，商、毛刻本同，項刻本無。
⑤ 按，項刻本與黄鈔本同。

一，允執厥中。"所謂人心者，喜怒哀樂之已發者也；道心者，喜怒哀樂之未發者也。人能治其心常於未發之前，不爲其發之所亂，則不流於人心而道心常存，非所謂中乎？通此説者，不惟了然於性命之正，① 徐鈔本"正"作"際"。亦自可以養生盡年。《素問》以喜、怒、悲、憂、恐配肝、心、脾、肺、腎，而更言其所勝所傷，每使節其過而養其正，以全生保形。夫性已得矣，生與形固優爲之，特論養生者分於五臟而吾儒一於心。五臟非心孰爲之制？是亦一道也。往歲有方士劉淳珤，年百歲餘，及以給使事夏英公。② 余嘗見其爲蔡魯公言懲忿窒欲爲損之義，甚有理，蓋深於《素問》者。嘉祐末，有黥卒亦百餘歲，不知其姓名，時人以"郝老"呼之。善醫，自言授法於至人。往來許、洛間，程文簡公尤厚禮之。爲文簡診脈，預告其死期於期歲之前，不差旬日。常語人年六十始知醫，七十而見《素問》。每撫髀太息曰："使吾早得此書與醫俱，吾不死矣。"惜其見之晚，而已傷者不可復也。孔子曰："仁者壽。"此固盡性之言，何疑於醫乎？

　　林下衲子談禪，類以吾儒爲未盡，彼固未知吾言之深也。各刻本無"也"字，③ 今依黄鈔本補。然吾儒拒之亦太過矣。各刻本

---

① "正"，商、毛刻本同，項刻本作"際"。
② "及"，項刻本同，商、毛刻本作"乃"。
③ 項刻本有"也"字，商、毛刻本無。

無"矣"字，① 今依黄鈔本補。《易》曰："精氣爲物，游魂爲變，是故知鬼神之情狀。原始要終，故知死生之説。"按，《繫辭傳》本文"原始"二句在前，"精氣"三句在後，此誤倒，而各刻本、鈔本皆同。"要"字應作"反"，亦皆訛。蓋拉雜稱引，不復拘經文章次字句，今姑仍之，以存其舊。此何等語乎？② 若作善，降之百祥；作不善，降之百殃。"積善之家，必有餘慶；積不善之家，必有餘殃"，③ 則因果報應之説，亦未嘗廢也。晉宋間，佛學始入中國而未知禪，一時名流，乃有爲"神不滅"之論，又有非之者，何其陋乎！自唐言禪者寖廣，④ 而其術亦少異。大抵儒以言傳，而佛以意解。非不可以言傳，謂以言傳各刻本"傳"誤"得"，今依黄鈔本正。⑤ 者未必真解，其守之必不堅，信之必不篤，且墮於言，以爲對執而不能變通旁達爾。此不幾吾儒所謂"默而識之""不言而信"者乎？⑥ 兩者未嘗不通。自言而達其意者，吾儒世間法也；以意而該其言者，佛氏出世間法也。若"朝聞道，夕可以死"，則意與言兩莫爲之礙，亦

① 項刻本有"矣"字，商、毛刻本無。

② "語"，項刻本原作"説"，涵芬樓校刻時據諸本改。

③ 商、毛刻本與此同，項刻本"殃"下有"者"字。

④ "寖"，商、項刻本同，毛刻本作"寢"。

⑤ "以言傳"，商、毛刻本皆作"以言得"，項刻本與黄鈔本作"以言傳"。從下文"未必真解""墮於言"等語來看，此當指所傳之道的接受者而言，而非是指傳道者，因此"以言得"似不誤，項刻本爲妄改。黄鈔本則因襲項刻本而誤，此爲項刻本、黄鈔本爲同一版本的證據之一。

⑥ "默"，項、毛刻本同，商刻本作"嘿"。"不言而信"，項刻本原無，涵芬樓校刻時據諸本補。

何彼是之辨哉？吾嘗爲其徒高勝者言之，彼亦心以爲然而有不得同者，其教然也。

　　歐陽文忠公平生詆佛老，少作《本論》三篇，於二氏蓋未嘗有別。晚罷政事，守亳，將老矣，更罹憂患，遂有超然物外之志。在郡不復事事，每以閒適飲酒爲樂。[①] 時陸子履知潁州，公客也，潁且其所卜居，嘗以詩寄之，頗道其意。末云："寄語瀛州未歸客，醉翁今已作仙翁。"此雖戲言，然神仙非老氏説乎？世多言公爲西京留守推官時，嘗與尹師魯諸人游嵩山，見蘚書成文，有若"神清之洞"四字者，他人莫見。然苟無神仙則已，果有，非公等爲之而誰？其言未足病也。公既登政路，法當得墳寺。極難之，久不敢請，已，乃乞爲道宫。凡執政以道宫守墳墓，惟公一人。韓魏公初見奏牘，戲公曰："道家以超升不死爲貴，[②] 公乃使在邱壠之側，[③] 老君無乃卻辭行乎？"公不覺失聲大笑。

　　歐陽氏子孫奉釋氏甚衆，往往各刻本無"甚衆往往"四字，今依黃鈔本補。尤嚴於他士大夫家。[④] 余在汝陰，嘗訪公之子棐於其家。入門，聞歌唄鐘磬聲自堂而發。[⑤] 棐移時出，手猶

　　　① "以"，商、毛刻本同，項刻本作"日"。
　　　② "升"，楙花盦本及商、毛刻本作"昇"，項刻本作"生"，今改。
　　　③ "邱"，楙花盦本"丘"旁有缺筆，爲避孔子諱改。又，商、項、毛刻本作"丘"。
　　　④ "他"，商、項、毛刻本作"它"。
　　　⑤ "鐘"，項、毛刻本同，商刻本作"鍾"。

持數珠，諷佛名具謝："今日適齋日，與家人共爲佛事方
畢。"問之，云："公無恙時，薛夫人已自爾，公不禁也。及
公薨，遂率其家無良賤悉行之。"汝陰有老書生，猶及從公
游，爲余言：[1]"公晚聞富韓公得道於淨慈本老，執禮甚恭，
以爲富公非苟下人者，因心動。時法顯[2]各刻本"法顯"誤"與
法"，[3] 今依黃鈔本正。師住薦福寺，所謂顯華嚴者，本之高
弟。[4] 公稍從問其説，顯使觀《華嚴》，讀未終而薨。"則知
韓退之與大顛事真不誣。公雖爲世教立言，要之，其不可奪
處，不唯少貶於老氏，雖佛，亦不得不心與也。

　　白樂天集自載李浙東言海上有仙館待其來之説，作詩云：
"吾學空門非學仙，恐君此説是虛傳。海山不是吾歸處，歸則
須歸兜率天。"頃讀盧肇《逸史》，記此事差詳。李浙東，李
君稷也，會昌初爲浙東觀察使，言有海賈遭風飄海中一大
山，[5] 視其殿，榜曰蓬萊。旁有一院，扃鎖甚嚴，花木盈庭，
中設几案。或人告之曰："此白樂天院。在中國，未來耳。"
唐小説事多誕，此既自見於樂天詩，當不謬。近世多傳王平
甫館宿，夢至靈芝宮，亦自爲詩紀之曰："萬頃波濤木葉飛，

---

　　① "余"，商、項、毛刻本皆作"予"。
　　② 按，刻本全書"顯"字頁旁原缺末兩點，爲避嘉慶皇帝顒琰諱省，商、項、
毛刻本皆作"顯"。今一併改正，下不出注。
　　③ 商、毛刻本作"與法"，項刻本作"法顯"。
　　④ "弟"，項、毛刻本同，商刻本作"第"。
　　⑤ 項刻本"中"下有"至"字，他本均無。

笙歌宮殿號靈芝。揮毫不似人間世，長樂鐘聲夢覺時。"① 與
白樂天事各刻本"事"作"院"，② 今依黄鈔本改。絶相類。乃知天
地間英靈之氣亦無幾，爲人爲仙，不在此則在彼，更去迭來，
無足怪者。

　　蘇子瞻亦喜言神仙。元祐初，有束人喬全自言與晋賀水
部游，且言賀嘗見公密州道上，意若欲相聞。子瞻大喜。全
時客京師，貧甚。子瞻索囊中得二黄鈔本"二"作"四"。③ 十
縑，即以贈之。作五詩，使全寄賀，子由亦同作。全去，訖
不復見，或傳妄人也。按，陳後山集有《賀水部傳》云："後全復來，
出賀書曰：'將使若人通言於君。'"據此則全非去不復見也。晚因王鞏
又得姚丹元者，尤奇之，直以爲李太白所化，各刻本"化"誤
"作"，④ 今依黄鈔本正。贈詩數十篇，待之甚恭。各刻本無"待之甚
恭"四字，⑤ 今依黄鈔本補。徐鈔本"恭"作"嚴"。姚本京師富人王
氏子，不肖，爲父所逐去，各刻本無"去"字，⑥ 今依黄鈔本補。
事建隆觀一道士。⑦ 天資慧，因取道藏遍讀，或能成誦，⑧ 又

---

① "鐘"，項、毛刻本同，商刻本作"鍾"。
② 項刻本作"事"，商、毛刻本作"院"。
③ 項刻本"二"亦作"四"。
④ 商、毛刻本作"作"，項刻本作"化"。
⑤ 項刻本有"待之甚恭"四字，商、毛刻本無。
⑥ 項刻本有"去"字，商、毛刻本無。
⑦ "建"，項刻本原作"見"，涵芬樓校刻時據諸本改。
⑧ "能"，商、毛刻本同，項刻本無。

多得其方術丹藥。大抵有口才，各刻本無"有口才"三字，① 今依黃鈔本補。好大言。作詩間有放蕩奇譎語，故能成其説。浮沈淮南，② 屢易姓名，子瞻初不能辨也。③《東坡集》中有《次丹元姚先生韻二首》，又有《次秦少游韻贈姚安世》七律，所言皆神仙事。查注云："姚安世，疑既姚丹元。"又有《次韻王定國書丹元子寧極齋》一詩，中云："願挂神虎冠，往卜飲馬鄰。"王注引趙次公云："蘇州有飲馬橋，丹元子蓋蘇州人也。"後復其姓名王繹。崇寧間，余在京師，則已用技術進爲醫官矣。出入蔡魯公門下，醫多奇中。余猶及見其與魯公言從子瞻事，且云："海上神仙宮闕，吾皆能以説致之，可使空中立見。"蔡公亦微信之。坐事編置楚州。梁師成從求子瞻書帖，且薦其有術。宣和末，復爲道士，名元城，黃鈔本"城"作"誠"。④ 力詆林靈素，爲所毒，嘔血死。

　　張平子作《歸田賦》，興意雖蕭散，⑤ 然序所懷，乃在"仰飛纖繳，俯釣長流"，⑥ 各刻本、鈔本作"俯瞰清流"，今依《文選》原文。"落雲間之逸禽，⑦ 懸淵沈各本"淵沈"作"清淵"，今

① 項刻本有"有口才"三字，商、毛刻本無。
② "沈"，商、項、毛刻本作"沉"。
③ "辨"，項、毛刻本同，商刻本誤作"辯"。
④ "城"，項刻本作"誠"。
⑤ "意"，商、毛刻本同，項刻本作"致"。
⑥ 項刻本與此同，惟下句作"俯釣清流"。
⑦ "間"，楸花盦本作"閒"，今從商、項、毛刻本改。

依《文選》原文。之鮂鰡"。① 吾謂釣弋亦何足爲樂?② 人生天地之間,要當各刻本無"當"字,③ 今依黄鈔本補。與萬物各得其欲,不但適一己也。必殘暴禽魚以自快,此與馳騁弋獵者各刻本脱"者"字,④ 今依黄鈔本補。何異? 如陶淵明言"攜幼入室,有酒盈樽""悦親戚之情話,樂琴書以消憂",此真得事外之趣。讀之能使人盎然,⑤ 覺其左右草木無情物亦皆舒暢和豫。平子本見漢室多事,欲去以遠禍,未必志在田園,姑有激而言耳。宜其發於胸中者與淵明不類也。

揚子雲言谷口鄭子真耕乎巖石之下,⑥ 名震於京師,世以爲賢。吾謂子真非真隱遁者也,使真隱遁者,各刻本脱"隱遁者"三字,⑦ 今依黄鈔本補。方且逃名之各刻本"逃"作"遯","名"下無"之"字,今依黄鈔本改並補。⑧ 未暇,尚何京師之聞乎? 若司馬季主、李仲元乃當近之,然猶使各刻本"使"作"是",⑨ 今依黄鈔本改。世間知有是人也。彼世所不得知,如哭龔勝老人,言"龔生竟夭天年,非吾徒"者,或其人乎?⑩

----

① "鮂",項刻本作"鯊",商、毛刻本作"鮂"。
② "釣弋",商、毛刻本同,項刻本作"此"。
③ 項刻本有"當"字,商、毛刻本無。
④ 項刻本有"者"字,商、毛刻本無。
⑤ "能",商、毛刻本同,項刻本無。
⑥ "揚",項、毛刻本同,商刻本作"楊"。
⑦ 項刻本有"隱遁者"三字,商、毛刻本無。
⑧ 項刻本與黄鈔本同。
⑨ 項刻本作"使",商、毛刻作"是"。
⑩ "乎",項、毛刻本同,商刻本作"一"。

乃知此一流世固未嘗乏，亦不必在山林巖穴也。自晨門、荷
蓧、長沮、桀溺之徒，孔子固志之矣。雖其道不可以訓天下，
非孔子所樂各刻本"樂"作"得"，① 今依黃鈔本改。與，然每相與
聞而載其言，亦微以示後世也。但士之涉世者欲爲此不可得，
能爲黃叔度，其猶庶幾乎！蓋雖未嘗絕世，而世終不能爲之
累，所謂"汪汪若萬頃之波"② 各刻本此句作"萬頃陂"。按，
"萬"字與《後漢書》原文不合，今依黃鈔本正。蓋《録話》自用袁宏
《後漢紀》之文。③ 者，非郭林宗無以知之，④ 似優於子真，管
幼安亦其次也。此二三人者，幸生孔孟時，必皆有以處之。
自唐而後不復有此類，往往皆流入爲浮屠氏，故其間傑然有
不可跂各刻本"跂"誤"拔"，黃鈔本作"企"。⑤ 者。惜其非吾黨，
難與並論。⑥ 吾謂雲門、臨濟、趙州數十人，雖以爲晨門、
荷蓧之徒可也。各刻本此條皆誤連下條，今依黃鈔本分。⑦

　　白樂天與楊虞卿爲姻家，而不累於虞卿；與元稹、⑧ 牛
僧孺相厚善，而不黨於元稹、僧孺；爲裴晉公所愛重，而不

---

① 項刻本作"樂"，商、毛刻本作"得"。
② "萬頃之波"，毛刻本作"萬頃波"，商刻本作"萬頃陂"，項刻本作"萬頃之
陂"。
③ 按，此句《後漢書》實作"萬頃之波"，各刻本"萬頃陂"中"萬"字實不誤，
而"陂"爲"波"字形近而誤。因此夾注中"萬"字當爲"陂"之誤。
④ 項刻本"之"下有"也"字，商、毛刻本無。
⑤ 項刻本與黃鈔本同，作"企"。
⑥ "並"，商、項、毛刻本作"竝"。
⑦ 項刻本亦自此分爲兩條。
⑧ "稹"，商、項刻本同，毛刻本作"稹"，下同。

因晋公以進；李文饒素不相各刻本、鈔本皆無“相”字，依羅大經
《鶴林玉露》所引補。樂，而不爲文饒所深害，① 處世者各刻本
“者”字在上，“害”字下，今依黃鈔本改。② 如是人亦足矣。推其所
由得，惟不汲汲於進而志在於退，是以能安於去就愛憎之際，
每裕然有餘也。自刑部侍郎以病求分司時，年纔五十八，自
是蓋不復出。中間一爲河南尹，期年輒去。③ 再除同州刺史，
不拜。雍容無事，順適其意而滿足其欲者十有六年。方大和、
開成、會昌之間，天下變故，所更不一。元積以廢黜死，李
文饒以讒嫉死，雖裴晋公猶懷疑畏，而牛僧孺、李宗閔皆不
免萬里之行。所謂李逢吉、④ 令狐楚、李珏之徒，泛泛非素
與游者，其冰炭低昂，未嘗有虛日。顧樂天所得，豈不多哉？
然吾猶有微恨：似未能全忘聲色杯酒之纇，⑤ 徐鈔本纇作“累”。
賞物太深，若猶有待而後遣者，故小蠻、樊素每見於歌咏；
至甘露十家之禍，乃有“當君白首同歸日，是我青山獨往
時”之句，得非爲王涯發乎？覽之使人太息。空花妄想，初
何所有，而況冤親相尋，繳繞何已？樂天不唯能外世故，固
自以爲深得於佛氏，猶不能曠然一洗、電掃冰釋於無所有之

---

① 項刻本同，商、毛刻本“害”下有“者”字。
② “者”，商、項、毛刻本皆無。
③ “輒”，項刻本作“輙”。
④ “逢”，項、毛刻本同，商刻本誤作“逢”。
⑤ “纇”，商、毛刻本同，項刻本作“累”。

地,① 習氣難除至是!② 黄鈔本"除"下作"有至是乎"四字。要之, 若飄瓦之擊, 虚舟之觸, 莊周以爲至人之用心也, 宜乎!

　　世言歙州具文房四寶, 謂筆、墨、紙、硯也, 其實三耳。歙本不出筆, 蓋出於宣州, 自唐惟諸葛一姓世傳其業。治平、嘉祐前, 有得諸葛筆者, 率以爲珍玩, 云一枝可敵它筆數枝。熙寧後, 世始用無心散卓筆, 其風一變。諸葛氏以三副力守家法不易, 於是寖不見貴,③ 而家亦衰矣。歙州之三物,④ 硯久無良材, 所謂羅文、⑤ 眉子者不復見, 惟龍尾石捍堅拒墨, 與凡石無異。歐文忠作《硯譜》, 推歙石在端石上, 世多不然之, 蓋各因所見爾。方文忠時, 二地舊石尚多, 豈公所有適歙之良而端之不良者乎? 紙則近歲取之者多, 無復佳品。余素自不喜用, 蓋不受墨, 正與麻紙相反, 雖用極濃墨, 終不能作黑字。惟黄山松豐腴堅縝, 與他州松不類, 又多漆。古未有用漆烟者, 三十年來人始爲之, 以松漬漆並燒。余大觀間令墨工高慶和取煤於山, 不復計其直。又嘗被命館三韓使人, 得其貢墨, 碎之, 參以三之一。既成, 潘、張二谷, 陳瞻之徒, 皆不及。喪亂以來, 雖素好事者,⑥ 類不盡留意

---

① "掃", 商刻本同, 項、毛刻本作"埽"。
② 項刻本此句作"習氣難除, 有至是乎"。
③ "寖", 項刻本同, 商、毛刻本作"浸"。
④ 項刻本"歙"前有"而"字, 下無"州"字。
⑤ "文", 商、毛刻本同, 項刻本作"紋"。
⑥ "事", 項刻本原作"業", 涵芬樓校刻時據諸本改。

於諸物。余頃有端硯三四枚，奇甚，杭州兵亂，亡之，慶和所作墨亦無遺。每用退墨硯磨，不黑，滯筆墨，如以病目剩員御老鈍馬。今世不留意墨者，[①] <small>各刻本自"世不"以下誤提行，別作一條。今依黃鈔本合，並補"世"上"今"字。</small>[②] 多言未有不黑，何足多較。此正不然。黑者正難得，[③] 但未嘗細別之耳。不論古墨，惟近歲潘谷親造者黑，他如張谷、[④] 陳瞻與潘使其徒造以應人所求者，皆不黑也。寫字不黑，視之毳毳然，使人不快意。平生嗜好屏除略盡，惟此物未能忘。數年來乞墨於人，[⑤] 無復如意。近有授余油烟墨法者，用麻油然密室中，[⑥] 以一瓦覆其上即得煤，極簡易。膠用常法，不多以外料參之。試其所作，良佳。大抵麻油則黑，桐油則不黑。世多以桐油賤，不復用麻油，故油烟無佳者。黃山松煤雖密邇，度余力恐未易致。秋冬間，中外或無事，當求淨人中一了了者試使爲之，余自與之爲膠劑，必有可喜者。<small>各刻本缺"黃山"以下至末四十七字，</small>[⑦] <small>今依黃鈔本補。</small>

宣和初，有潘衡者賣墨江西，[⑧] 自言嘗爲子瞻造墨海上，

---

① "今"，商、毛刻本均無。
② 項刻本與黃鈔本同。
③ "正"，商、毛刻本同，項刻本作"極"。
④ "他"，商、項、毛刻本作"它"。
⑤ "墨"，商、毛刻本同，項刻本原誤作"食"，涵芬樓校刻時據諸本改。
⑥ "然"，項刻本同，商、毛刻本作"燃"。
⑦ 按，項刻本有"黃山"以下至末四十七字，商、毛刻本無。
⑧ "墨"，商、毛刻本同，項刻本作"油"。

得其秘法，故人爭趨之。余在許昌，見子瞻諸子，因問其季子過，求其法。過大笑曰："先人安有法！在儋耳無聊，衡適來見，因使之別室爲煤。中夜遺火，幾焚廬。翌日，① 煨燼中得煤數兩，而無膠和，② 取牛皮膠以意自和之，不能爲各刻本脱"爲"字，③ 今依黄鈔本補。挺，磊塊僅如指者數十。公亦絶倒，衡因是謝去。"④ 蓋後別自得法，⑤ 借子瞻以行也。天下事名實相蒙類如此，子瞻乃以善墨聞耶？各刻本脱"天下"以下十八字，⑥ 今依黄鈔本補。按，陸友《墨史》引此亦有"天下事"一句。衡今在錢塘，竟以子瞻故售墨，價數倍於前。然衡墨自佳，亦由墨以得名，其各刻本"其"誤"尤"，⑦ 今依黄鈔本正。用功可與九華朱覬各刻本"覬"作"僅"，⑧ 今依黄鈔本改。上下也。黄鈔本列此條於以下二十九條之後，爲第二卷之首。今依各刻本原次編入，仍與前條以類相從。

　　慶曆後，歐陽文忠以文章擅天下，世莫敢有抗衡者。劉原甫雖出其後，以博學通經自許。文忠亦以是推之，作《五代史》《新唐書》凡例，多問《春秋》於原甫。及書梁入閣

---

① "翌日"，商、毛刻本同，項刻本全書皆作"翼日"，下不出注。
② "和"，商刻本同，項、毛刻本作"法"。
③ 項刻本有"爲"字，商、毛刻本無。
④ "是"，商、毛刻本同，項刻本無。
⑤ "蓋"，項、毛刻本同，商刻本作"盖"。
⑥ 按，項刻本有"天下"以下十八字，商、毛刻本無。
⑦ 項刻本作"其"，商、毛刻本作"尤"。
⑧ 項刻本作"覬"，商、毛刻本作"僅"。

事之類，原甫即爲剖析，辭辨風生。文忠論《春秋》多取平易，而原甫每深言經旨。文忠有不同，原甫間以謔語酬之，文忠久或不能平。原甫復忤韓魏公，終不得爲翰林學士。將死，戒其子弟無得遽出其集，曰："後百餘年，世好定，當有知我者。"故貢父次其集，藏之不肯出，私謚曰"公是先生"。貢父平生亦好諧謔，慢侮公卿，與王荆公素厚，坐是亦相失。及死，子弟次其文，亦私謚曰"公非先生"。原甫百七十五卷，貢父五十卷。○此十二字似是原注，各本俱接寫"公非先生"下作正文。今依惠校本所引吳方山本，仍作夾注。按，馬貴與《通考》引此條亦無此二語。①

宜興善權、②張公兩洞，天下絕境也。壬子夏，余罷建康歸，大雨中枉道過之。張公洞有觀，訪其舊事，惟南唐李氏時碑，言張道陵嘗居爾。善權洞各刻本缺"洞"字，③今依黄鈔本補。有咸通八年昭義軍節度使李蠙贖寺碑，蓋嘗廢於會昌中，蠙以己俸贖之。蠙自言大和中嘗於此親見白龍自洞中出。④洞之勝處不可盡名，但恨通明處少，略行三十步，即須秉火而後可見，大抵與張公洞相似。蠙當時藩鎮，名迹合

---

① 按，"原甫百七十五卷，貢父五十卷"，項刻本亦作文中夾注。又，涵芬樓校刻項刻本注云："以上小注十二字，諸本均接寫'公是（按，"是"當爲"非"之誤）先生'下作正文，惠定宇校本所引吳方山本與此同。"
② 項刻本"權"下原衍"洞"字，涵芬樓校刻時據諸本删。
③ 項刻本有"洞"字，商、毛刻無。
④ "大和"，項刻本同，商、毛刻作"太和"。

見於史，而略無有。惟碑先載蟻奏狀，後具敕書云：①"中書
門下牒，牒奉敕云云。宜依各刻本"依"誤"於"，② 今依黃鈔本
正。所奏，仍令浙西觀察使速準此處分。牒至準勅，故牒。"
與今尚書省行事不同。今四方奏請，事出有司者，畫旨付逐
部符下；因人以請者，以札子直付其人，而逐部兼行，尚書
省皆不自行也。敕後列平章事十人，稱"司徒"者三：一曰
崔，二曰杜，三曰令狐。稱"司徒兼太保"、不出姓、旁書
"使"者一。稱"左僕射杜"者一。稱"司空夏侯"者一。③
皆帶檢校，不名。司徒杜者，悰也；令狐者，綯也；左僕射
杜者，審權也；司空夏侯者，孜也；此皆以平章事，故繫銜。
商刻本"銜"作"姓"，今依毛、張兩刻本及黃鈔本改。有稱"中書侍
郎兼刑部尚書路"者，巖也；"門下侍郎兼戶部尚書曹"者，
確也；"中書侍郎兼工部尚書盧"者，商也，此皆見宰相也，
七人與史皆合。惟"司徒崔"與"司徒兼太保"無姓及曹確
後，④ 又各刻本無"又"字，今依黃鈔本補。有"工部尚書韋"旁
書"使"，亦當爲見宰相。⑤ 三人，《紀》及各刻本"及"誤
"其"，⑥ 今依黃鈔本正。《表》皆不載，不應有遺脫，此不可解。

---

① "敕"，商、項、毛刻本皆作"勅"，今改。全書同，下不出注。
② 項刻本作"依"，商、毛刻本作"於"。
③ 此處及下一"司空"，商、毛刻本同，項刻本皆作"司徒"。
④ "後"，項刻本原在"旁書使"三字下，涵芬樓校刻時據諸本改。
⑤ 商、項、毛刻本"爲"下有"又"字。
⑥ 項刻本作"及"，商、毛刻本作"其"。

錢宮詹大昕《潛研堂文集》有《避暑録話跋》云："宜興善權洞有唐咸通
八年中書門下牒敕，後列平章事十人，石林以史考之，僅得其七。余以新、
舊《史》《通鑑》證之，其云'檢校司徒崔'者，慎由也；云'檢校司徒
兼太保'而不出姓者，幽州節度使張允伸也；其云'工部尚書韋'者，嶺
南東道節度使宙也。是時見任宰相惟路巖、曹確、徐商三人，若杜悰、令
狐綯、夏侯孜、杜審權、崔慎由、張允伸、韋宙皆使相也。此七人皆當旁
書'使'字，而石林僅舉其二，又誤以徐商爲盧商，此非石刻之誤，石林
偶誤記耳。盧商，宣宗時宰相，卒於大中十三年，不得到咸通也。此碑不
審今尚存否，因讀石林所紀，特辯正之。"余家藏碑千餘帙，[1] 多得
前世故事與史違誤，[2] 嘗爲《金石類考》五十卷。此後所得，
不及録也。

　士大夫於天下事，苟聰明自信，無不可爲，惟醫不可強。
本朝公卿能醫者，高文莊一人而已，尤長於傷寒，其所從得
者不可知矣。而孫兆、杜壬之徒始聞其緒餘，[3] 猶足名一世。
文莊，鄆州人，至今鄆多醫，[4] 尤工傷寒，皆本高氏。余崇
寧、大觀間在京師見董汲、劉寅輩，[5] 皆精曉張仲景方術，
試之數驗，非江淮以來俗工可比也。子瞻在黄州，蘄州醫龐
安常亦善醫傷寒，得仲景意。蜀人巢谷出《聖散子方》，初

---

① "帙"，商刻本同，毛刻本作"軼"。項刻本原作"秩"，涵芬樓校刻時據諸
本改。
② "誤"，項刻本同，毛刻本作"悮"，商刻本誤作"俁"。
③ "徒"，商、毛刻本同，項刻本作"流"。
④ 項刻本"鄆"下有"人"字，商、毛刻本無。
⑤ "間"，觀古堂刻楙花盦本原作"閒"，今改。

不見於前世商刻本作“世間”，毛刻本誤“世前”，今依黃鈔本正。①
醫書，自言得之於異人，凡傷寒，不問證候如何，一以是治
之，無不愈。子瞻奇之，爲作序，比之孫思邈《三建散》，②
雖安常不敢非也。乃附其所著《傷寒論》中，③ 天下信以爲
然。疾之毫釐不可差，無甚於傷寒，用藥一失其度，則立死
者皆是，安有不問證候而可用者乎？宣和後，此藥盛行於京
師，太學諸生信之尤篤，殺人無數。今醫者悟，始廢不用。
巢谷本任俠好奇，從陝西將韓存寶出入兵間，不得志，客黃
州，子瞻以故與之游。子瞻以谷奇俠而取其方，天下以子瞻
文章而信其言，④ 事本不相因，而趨名者又至於忘性命而試
其藥，⑤ 人之惑，蓋有至是也。按，陳無擇《三因方》亦極言此方
之謬。

　　天下之禍，莫甚於殺人。爲陰德者，亦莫大於活人。世
多傳元豐間有監黃河埽武臣射殺埽下一黿，未幾，死而還魂，
云爲黿訴於陰府，力自辯：⑥ 黿數敗埽，以其職殺之。故得
免。而陰官，韓魏公也，⑦ 冥間呼爲真人。余始不信，後得

---

①　項刻本與黃鈔本同，作“前世”。
②　“三”，項刻本原誤作“王”，涵芬樓校刻時依諸本改。
③　“著”，觀古堂刻楸花盦本原作“箸”，今改。
④　“言”，商、項刻本同，毛刻本作“方”。
⑤　“趨”，項、毛刻本同，商刻本作“通”。
⑥　“辯”，商刻本同，項、毛刻本皆作“辨”。
⑦　“公”，項刻本原無，涵芬樓校刻時從諸本補。

《韓氏家傳》，載其事云"裕陵所宣諭"，乃不疑。蔡絛《鐵圍山叢談》紀其妻父韓粹彥語云："先公魏國薨，後有家吏孫勩日主灑埽，因射大黿，死被追，故有紫府真人事。"按，所述與此云監黃河埽武臣異。又，周煇《清波雜志》引《魏公別録》所書熙寧中侍禁孫勉監澶洲堤殺黿事，亦云故吏以壽未盡放還。惟所引《魏公家傳》則云右侍禁孫勉監元城埽，以巨黿陷埽，射殺之。被追至紫府真人宫，見魏公，語以"殺之，汝職"云云，與《録話》正合而稍詳。且殺一黿猶能訴，而況人乎？兵興以來，[1] 士大夫多喜言兵，人人自謂有將略，且相謂必敢於殺人。余蓋聞而懼也。余在江東，兼領淮西事。淮西收復，郡前率用招降盜賊就付之，安於凶殘，至縛人更相饋，以爲犒設，此前世亂亡之極未有也。余力察而禁之，且言於秦丞相，幸朝廷大爲約束。會余罷帥，不能終。此曹如犬豕，菹醢相繼，未有能久。殺人殆自殺，固不足論。吾士大夫何至漸漬此習乎？各刻本、黃鈔本俱缺"余在江東"以下一百七字，今依徐鈔本補。[2] 兵事雖以嚴終，而孫武著書列智、仁、信、勇、嚴五物，[3] 而不以嚴先四者，蓋孫武猶知之。《書》所謂"威克厥愛允濟，愛克厥威允罔功"者，臨敵誓師之言，非平居御衆之辭，世每托此以爲説，亦未之思也。

余在許昌，歲適大水災傷，西京徐鈔本作"京西"。尤甚，

---

① 按，項刻本"兵興"以下斷爲一條。
② "自余在江東"以下一百字項刻本原無，涵芬樓校刻時亦據徐鈔本補。
③ "著"，枞花盦本原作"箸"，今改。

流殍自鄧、唐入吾境，① 不可勝計。余盡發常平所儲，奏乞越常制黄鈔本“制”作“例”。② 賑之，幾十餘萬人稍能全活，惟遺棄小兒無由皆得之。一日，詢左右曰：“人之無子者，何不收以自畜乎？”曰：“人固願得之，但患既長成，各刻本缺“成”字，③ 今依黄鈔本補。或來歲稔，父母來識認爾。”余爲閲法例，④ 凡因災傷遺棄小兒，⑤ 父母不得復取。各刻本“取”誤“出”，⑥ 今依黄鈔本正。乃知爲此法者，亦仁人也。夫彼既棄而不育，父母之恩則已絶，⑦ 若人不收之，其誰與活乎？遂作空券數千，具載本法，印給内外厢界保伍。凡得兒者，使自言所從來，明書於券付之，略爲籍記，使以時上其數，給多者賞。且分常平餘粟，貧者量授以爲資。事定，按籍給券，凡三千八百人，皆奪之溝壑，置之襁褓。此雖細事不足道，然每以告臨民者，恐緩急不知有此法，或不能出此術也。

老子、莊、列之言，皆與釋氏暗合，第學者讀之不精，不能以意通爲一。古書名篇，多出後人，故無甚理。老氏別《道德》爲上下篇，⑧ 其本意也，若逐章之名則各刻本“則”下

---

① “鄧唐”，商、毛刻本同，項刻本作“唐鄧”。
② 項刻本與黄鈔本同，“制”亦作“例”。
③ 項刻本有“成”字，商、毛刻本無。
④ “例”，商刻本同，項、毛刻本作“則”。
⑤ “遺棄”，商、項刻本同，毛刻作“棄遺”。
⑥ 項刻本作“取”，商、毛刻本作“出”。
⑦ “父母之恩則已絶”，商、毛刻本同，項刻本作“則父母之恩已絶”。
⑧ “上下篇”，商、毛刻本同，項刻本作“上下兩篇”。

有"爲"字，① 似衍文，今依黃鈔本删。非矣。惟《莊》《列》似出其自名，何以知之？《莊子》以内、外自別，内篇始於《逍遙游》，次《齊物》，又其次《養生主》，然後曰《人間世》，繼之以《德充符》《應帝王》，而内各刻本脱"内"字，② 今依黃鈔本補。篇盡矣。《列子》不別内外，而首名其篇曰《天瑞》。③ 瑞與符比，言非相謀而相同。自《養生主》而上，釋氏言，出世間法也；自《人間世》而下，人與天有辨矣。④ 夫安知有吻各刻本"吻"誤"昭"，⑤ 今依黃鈔本正。然而一契者？《莊子》謂之"符"，《列子》謂之"瑞"，釋氏有言"信心而相與然許，謂之印可"者，其道一也。自熙寧以來，學者爭信老莊，⑥ 又參之釋氏之近似者，與吾儒更相附會，是以虛誕矯妄之弊，語實學者群起而攻之。此固學者之罪，然知此道者，亦不可人人皆責之也。《逍遙游》何以先《齊物》？曰：見物之不齊而後齊之者，是猶有物也。若初各刻本"初"誤"物"，⑦ 今依黃鈔本正。未嘗有物，則不待齊而與適，則無往而不逍遙矣。《養生主》何以次《齊物》？生者，我也；物

---

① 項刻本與黃鈔本同，亦無"爲"字。
② 項刻本有"内"字，商、毛刻本無。
③ "首"，毛刻本爲墨釘。
④ "辨"，項、毛刻本同，商刻本作"辯"。
⑤ 按，吻契，即契合。"昭"字誤。又，項刻本作"吻"，商、毛刻本作"昭"。
⑥ "信"，商、項、毛刻本作"言"。
⑦ 項刻本作"初"，商、毛刻本作"物"。

者，彼也。此《中庸》所謂盡己之性而後盡物之性者，充之則可贊天地之化育。然則是亦世間法耳，何足爲出世間法乎？曰：非也。氣之爲雲也，雲之爲雨也，由地而升者也。方雲雨之在上，謂之地可乎？及其降於地，則亦雨而已。列子言其全，莊子言其別，此列子所以混內外而直言天瑞，莊子列其序而後見其符。合是三者而更爲用，則天與人莫之有間矣。吾爲舉子時，不免隨眾讀此二書，心獨有見於此。爲丹徒尉，甘露仲宣師授法於圓照本，①　久從佛印了元游，得其聰明妙解。吾常爲言之，每撫掌大笑，默以吾説爲然。②　俯仰四十年，今老矣，③　欲求如宣者時與論方外之事，未之得也。

　　莊子言：“舉天下譽之不加勸，舉天下非之不加沮。”又曰：“與其譽堯而非桀，不若兩忘而化其道。”自我言，雖天下不能易；自人言，雖堯、桀無與辨。④　處毀譽者如是，亦足矣乎？曰：此非忘毀譽之言，不勝毀譽之言也。夫莊周安知有毀譽哉？彼蓋不勝天下之顚倒反覆於名實者，故激而爲是言耳。孔子曰：“吾之於人也，誰毀誰譽？如有所譽者，其有所試矣。”⑤　毀譽之來，不考其實而逆以其名，折之以求其

---

　　①　圓照本，諱宗本，出於管氏，常州無錫人。參見宋惠洪《僧寶傳》卷十四“慧林圓照本禪師”條。

　　②　“爲然”，商、項刻本同，毛刻本作“爲爲然”，誤衍一“爲”字。

　　③　“今”，商、毛刻本同，項刻本作“吾”。

　　④　“桀”，商刻本同，項、毛刻本作“舜”。

　　⑤　按，項刻本後有“斯民也，三代之所以直道而行也”十三字，諸本皆無。

當，雖三代無是法也。進九官者視其所譽以爲賢，斥四凶者審其所不與以各刻本脱"以"字，[1] 今依黃鈔本補。爲罪，如是而已矣。此中道而人之所常行也。至於所不能勝，則孔子亦無可奈何，置之而不言焉。各刻本無"焉"字，[2] 今依黃鈔本補。置而不言，與夫無所勸沮而忘之，皆所以深著其不然也。孔子正言之，莊周激言之，其志則一爾。叔孫武叔毀孔子於朝，何傷於孔子乎？

　士大夫固不可輕言醫，然人疾苟無大故，貧不可得藥，能各隨其證而施之，亦不爲小補。蓋疾雖未必死，無藥不能速愈。呻吟無聊者固可憫，[3] 其不幸遲延苟變而生他證，[4] 因以致死者多矣。方其急時，有以濟之，雖謂之起死可也。今列郡每夏歲支係省錢二百千，合藥散軍民，韓魏公爲諫官時所請也。爲郡者類不經意，多爲庸醫盜其直，或有藥而不及貧下人。余在許昌，歲適多疾，使有司修故事，而前五歲皆忘不及舉，可以知其怠也。遂併出千緡，市藥材京師，余親督衆醫分治，率幕官輪日給散，蓋不以爲職而責之，人人皆喜從事，此何憚而不爲乎？自余居此山，常欲歲以私錢百千行之於一鄉，患無人主其事，余力不能自爲，每求僧或淨人

---

① 項刻本有"以"字，商、毛刻本無。
② 項刻本有"焉"字，商、毛刻本無。
③ "吟"，椒花盦本作原"唫"，今改。
④ "延"，商、毛刻本同，項刻本作"久"。

中一二成余志，未能也。然今年余家奴各刻本脱"奴"字，① 今依黄鈔本補。婢多疾，視藥囊嘗試有驗者，② 審其證用之，十人而十愈，終幸推此以及鄰里乎？各刻本此條皆誤連下條，今依黄鈔本分。③

　　陸宣公在忠州，集古方書五十篇。史云"避謗不著書，④故事爾"，⑤ 徐鈔本無"避謗"以下八字。避謗不著書可也，何用集方書哉？或曰"忠州邊蠻夷，⑥ 多瘴癘，宣公多疾，蓋將以自治"，尤非也。宣公豈以一己爲休戚者乎？是殆援人於疾苦死亡而不得者，⑦ 猶欲以是見之。在他人不可知，⑧ 若宣公，此志必矣。古之名醫扁鵲、和、緩之術，⑨ 世不得知。

---

① 項刻本有"奴"字，商、毛刻本無。
② "嘗"，商刻本同，項、毛刻本皆作"常"。
③ 項刻本與黄鈔本同，亦斷爲兩條。
④ "著"，枞花盦本原作"箸"，今改，下同。
⑤ "事"，項刻本原作"云"，涵芬樓校刻時從諸本改。
⑥ "蠻"，毛刻本爲空格，似爲清人所剜，存疑。
⑦ "苦"，項刻本同，商、毛刻本作"若"。
⑧ "他"，商、項、毛刻本作"它"。
⑨ 按，"和、緩"爲醫和、醫緩的省稱，二者爲春秋時秦國良醫。醫和見《左傳·昭公元年》："晉侯求醫於秦……秦伯使醫和視之……出告趙孟……對曰：'……和聞之……'……趙孟曰：'良醫也。'厚其禮而歸之。"醫緩見《左傳·成公十年》："公疾病，求醫於秦。秦伯使醫緩爲之。未至，公夢疾爲二豎子，曰：'彼良醫也。懼傷我，焉逃之？'其一曰：'居肓之上，膏之下，若我何？'醫至，曰：'疾不可爲也。在肓之上，膏之下，攻之不可，達之不及，藥不至焉，不可爲也。'公曰：'良醫也。'厚爲之禮而歸之。"後和、緩並稱，與扁鵲同爲神醫之代名詞，如葛洪《抱樸子》內篇卷五："喻跗、扁鵲、和、緩、倉公之流必能治病，何不勿死？"《抱樸子》內篇卷十二："附、扁、和、緩，治疾之聖也。"因此，此處"扁鵲、和、緩之術"代指神醫醫術，故句讀如上。

自張仲景、華佗、胡洽、深師、徐彦伯有名一世者，其方術
皆醫之六經。① 其傳直至於今，② 皆後之好事者纂集之力也。
孫真人爲《千金方》兩部，説者謂凡修道養生者，必以陰功
協濟，而後可得成仙。思邈爲《千金前方》時已百餘歲，固
已妙盡古今方書之要，③ 獨傷寒未之盡，似未能_{各刻本缺"能"}
字，④ _{今依黄鈔本補。}盡通仲景之言，故不敢深論。後三十年作
《千金翼》，論傷寒者居半，蓋始得之。其用志精審不苟如
此！今通天下言醫者，皆以二書爲司命也。思邈之爲神仙固
無可疑，然唐人猶記中間有用蝱蟲、水蛭之類諸生物命，不
得升舉。天之惡殺物者如是，則欲活人者豈不知之，況宣公
之志乎？

　　古方施之富貴人多驗，貧下人多不驗；俗方施之貧下人
多驗，富貴人多不驗。吾始疑之，乃卒然而悟曰："富貴人平
日自護持甚謹，其疾致之必有漸，發於中而見於外，非以古
方術求之不能盡得。貧下人驟得於寒暑、燥濕、飢飽、勞逸
之間者，未必皆真疾，不待深求其故，苟一物相對，皆可爲
也。而古方節度，或與之不相契。"今小人無知，疾苟無大
故，但意所習熟，知某疾服某藥，得百錢鬻之市人，無不愈

---

① "方術"，商、項刻本同，毛刻本作"才術"。
② "直"，商刻本同，項、毛刻本作"有"。
③ "已"，商、項、毛刻本作"以"。
④ 項刻本有"能"字，商、毛刻本無。

者。設與之以非其所知，蓋有疑而不肯服者矣。況古方分劑、湯液與今多不同，四方藥物所産及人之稟賦亦異，《素問》有爲異法方法立論者，言一病治各不同而皆愈。即此理推之，以俗方治庸俗人，亦不可盡廢也。

今歲熱甚，聞道路城市間多昏仆而死者。[①] 此皆虚人、勞人，或飢飽失節，或素有疾，一爲暑氣所中不得泄，則關竅皆窒，[②] 非暑氣使然，氣閉塞而死也。産婦、嬰兒尤甚。古方治暑無他法，但用辛甘發散疏導，心氣與水流行，則無復能爲害矣。各刻本此句作"則無能害之矣"，[③] 今依黄鈔本改。因記崇寧乙各刻本、鈔本"乙"皆誤"己"。按，崇寧四年爲乙酉，己酉則建炎三年也。酉歲余爲書局時，[④] 一養馬僕各刻本"養"下誤"僕爲"二字，今依黄鈔本正。[⑤] 馳馬至局中，忽仆地，氣即絶，急以五苓大順散等灌之，皆不驗。已逾時，同舍王相使取大蒜一握、道上熱土雜研爛，以新水和之，[⑥] 濾去滓，[⑦] 刔其齒灌之，有頃即蘇。至暮，此僕復爲余御而歸，[⑧] 乃知藥病相對有如此

---

① "昏"，梻花盦本、毛刻本作"昬"，全書同，今改，下不出注。
② "窒"，商、項刻本同，毛刻本誤作"室"。
③ 項刻本亦作"則無復能爲害矣"。
④ 按，項刻本原作"崇寧歲己酉"，"歲"在"崇寧"下。涵芬樓校刻時據觀古堂刻本改"己酉"爲"乙酉"。
⑤ 按，項刻本與黄鈔本同。
⑥ "以新水和之"，商、毛刻本同，項刻本作"和以新水"。
⑦ "濾"，商、項刻本同，毛刻本誤作"攄"。
⑧ "復爲"，項、毛刻本同，商刻本作"度中"。

者。此方本徐州沛縣城門忽有板書釘其上，或傳神仙欲以救人者。沈存中、王聖美皆著其説，[①] 按，此方見《蘇沈良方》，即所云沈存中著説也。而余親驗之。乃使書百許本散揭遠近，[②] 庶幾有救其急者也。各刻本缺"乃使"以下十八字，今依黃鈔本補，惠校本亦依吳方山本增入。

滕達道爲范文正公門客，文正奇其才，謂他日必能爲帥，乃以將略授之。達道亦不辭，然任氣使酒，頡頏公前，無所顧避。久之，稍遨游無度，[③] 侵夜歸，必被酒。文正雖意不甚樂，終不禁也。一日，伺其出，先坐書室中，熒然一燈，取《漢書》默讀，意將以愧之。有頃，達道自外至，已大醉。見公，長揖曰："讀何書？"公曰："《漢書》。"即舉手攘袂曰："高皇各刻本無"皇"字，[④] 今依黃鈔本補。帝何如人也？"公微笑，徐引去，然愛之如故。章子厚嘗延商刻本"延"作"館"，今依毛刻本、黃鈔本改。一太學生在門下。[⑤] 元豐末，學者正崇虛誕，子厚極惡之。適至書室，見其講《易》，略問其説，其人總以性命荒忽之言爲對。[⑥] 子厚大怒曰："何敢對吾亂道！"嗢取杖，命左右擒，欲擊之。其人哀鳴，乃得釋。達

---

① "著"，楙花盦本原作"箸"，今改，下同。
② "揭"，項刻本作"給"。
③ "稍"，商、毛刻同，項刻本作"猶"。
④ 項刻本有"皇"字，商、毛刻本無。
⑤ "在"，商、項刻本同，毛刻本誤作"右"。
⑥ "總"，商、項、毛刻本作"縱"。

道後卒爲名臣，多得文正規模。故子瞻挽詞云："高平風烈
在。"而子厚所欲杖者，紹聖間爲相，亦使爲館職，然終無聞
焉。文正之待士與子厚之暴雖有間，然要之亦各因其人爾。

　　宣和間，道術既行，四方矯僞之徒，乘間因人以進者相
繼，皆假古神仙爲言。公卿從而和之，信而不疑。有王資息
者，淮甸間人，《鐵圍山叢談》云："王仔昔，豫章人。"最狂妄，言
師許旌陽；王老志者，濮州人，本出胥吏，① 言師鍾離先生；
劉棟者，棣州人，嘗爲舉子，言師韓君文，② 三人皆小有術
動人。③ 資息後有罪誅死。棟爲直龍圖閣，宣和末，林靈素
敗，乞歸。唯老志狡獪有智數，不肯爲已甚，館於蔡魯公家。
自言鍾離先生日相與往來，自始至即日求去。每戒魯公速避
位，若將禍及者，魯公頗信之。或言此反而求奇中者也。一
日，苦口爲魯公言其故。翌日，魯公見之，輒瘖不能言，索
紙書云其師怒泄天機，故瘖之。魯公爲是力請，乃能於盛時
遽自引退。魯公有妾爲尼，嘗語余親見老志事。魯公每聞其
言亦懼，常密語所親妾，④ 喟然云："吾未知他日竟如何。"
惜其聽之不果也。

──────────

① "吏"，項刻本同，商、毛刻本作"史"。
② "師"，項刻本原作"歸"，誤，涵芬樓校刻時從諸本改。"文"，項刻本原作
"丈"，涵芬樓校刻時從諸本改。
③ "三"，項刻本原無，涵芬樓校刻時從諸本補。
④ "常"，商、項刻本同，毛刻本作"嘗"。

劉貢父言杜子美詩所謂"功曹非復漢蕭何"，以爲誤用
鄧禹事，雖近似，然鄧氏子何不掾功曹是光武語，[1] 非鄧禹
實爲功曹，則子美亦未必誠用此事。今日見王洋舍人，云：
"《漢書·高帝紀》言'蕭何爲主吏'，[2] 孟康注：'主吏，功
曹也。'"吾初不省，取閱之，信然。則知子美用事精審，未
易輕議。讀史書者亦不可不詳也。各刻本缺末句"讀史"以下九
字，[3] 今依黄鈔本補。

蘇明允本好言兵，見元昊叛，西方用事久無功，天下事
有當改作，因挾其所著書，嘉祐初來京師，一時推其文章。
王荆公爲知制誥，方談經術，獨不喜之，[4] 屢詆於衆，以故
明允惡荆公甚於仇讎。會張安道亦爲荆公所排，二人素相善，
明允作《辨奸》一篇密獻安道，以荆公比王衍、盧杞，而不
以示歐文忠。荆公後微聞之，因不樂子瞻兄弟。兩家之隙，
遂不可解。《辨奸》久不出。元豐間，子由從安道辟南京，
請爲明允墓表，特全載之，蘇氏亦不入石。比年，少傳於
世。[5] 荆公性固簡率不緣飾，然而謂之食狗彘之食、囚首喪

---

① "是"，商、毛刻本同，項刻本作"自"。
② "帝"，商、毛刻本同，項刻本作"祖"。"主吏"，商、毛刻本同，項刻本
作"主史"，下同。
③ 項刻本有"讀史"以下九字，商、毛刻本無。
④ "喜"，項刻本同，商、毛刻本作"嘉"。
⑤ "少"，項刻本作"稍"。

面者，亦不至是也。韓魏公至和中還朝，① 爲樞密使，時軍
政久弛，士卒驕惰，欲稍裁制，恐其忤怨而生變，方陰圖以
計爲之。會明允自蜀來，乃探公意，遂爲書顯載其説，且聲
言教公先誅斬。公覽之，大駭，謝不敢再見，微以咎歐文忠。
而富鄭公當國，亦不樂之，故明允久之無成而歸。累年始得
召，辭不至，而爲書上之，乃除試秘書省校書郎。時魏公已
爲相，復移書魏公，訴貧且老，不能從州縣，待改官，譬豫
章橘柚，非老人所種，且言“天下官，豈以某故冗耶”。歐
文忠亦爲言，遂以霸州文安縣主簿同姚闢編修《太常因革
禮》云。

　　楊文公《談苑》載周世宗嘗爲小詩示竇儼，儼言：“今
四方僭僞主各能爲之，若求工則廢務，不工則爲所窺。”世宗
遂不復作。度當時所作詩必不甚佳，故儼云爾。非世宗英偉
識帝王大略，豈得不以儼言爲忤？又安能即棄去？信爲天下
者在此不在彼也。安禄山亦好作詩，作《櫻桃詩》云：“櫻
桃一籃子，一半青一半黄。② 一半寄懷王，一半寄周贄。”或

---

① “至”，項刻本原誤作“宣”，涵芬樓校刻時從諸本改。

② 上“一”字，商、項、毛刻本皆無。又，商刻本“籃子”與“半青”之間有空
格。又，清宣統三年葉氏刻本姚汝能《安禄山事迹》卷下載此詩本事云：“思明本
不識文字，忽然好吟詩。每就一章，必驛宣示，皆可絶倒。嘗欲以櫻桃賜其子朝義
及周贄，以彩箋敕左右，書之曰：‘櫻桃一籠子，半赤一半黄。一半與懷王，一半與
周贄。’小吏龍譚進曰：‘請改爲“一半與周贄，一半與懷王。”則聲韻相協。’思明
曰：‘韻是何物？豈可以我兒在周贄之下！’則“一”字衍。

請以"一半寄周贄"句在上則協韻，禄山怒曰："豈肯使周
贄壓我兒耶？"使世宗不能用儇言，其詩未必如是之陋，亦不
過如禄山爾。各刻本無"使世宗"以下二十三字，① 今依徐、黄兩鈔本
補。然"其詩"二句似有脱誤，難解。② 因讀《禄山事迹》及之，
聊發千載一笑。昆山李蓀曰："按《櫻桃詩》，《禄山事迹》所載係史思
明作，懷王即思明子朝義也。此云禄山作，似誤。又'籃'作'籠'，
'青'作'赤'，'寄'作'與'，字亦不同。"

《唐書》載陸餘慶與趙正固、盧藏用、陳子昂、杜審言、
宋之問、畢御名、③ ○按餘慶本傳此爲"畢構"，今依各本原注，以存
宋本之舊。郭襲微、司馬子微、釋懷一爲方外十友。正固、襲
微名迹不甚顯，審言、之問輩皆一時文士傑出，子微超然物
外，懷一又佛氏。人固患交游多則多事，④ 然亦何可盡絶？
誠使有審言、之問之徒賦詩論文，子微談方外之事，懷一論
釋氏之説，朝夕相與，從容於無事之境，其樂豈可既乎？史
言方武后、中宗時，士多暴貴驟顯，其禍敗誅死亦不旋踵。

---

① 項刻本有"使世宗"以下二十三字，商、毛刻本無。

② 按，"其詩"二句是指周世宗的詩未必如史思明櫻桃詩那樣鄙陋，但若作
一味以詩爲事，亦比史思明（安禄山）好不到哪兒去。因此此二句并無脱誤，葉廷
琯誤注。

③ "御名"二字，商、毛刻本皆作正文，項刻本與此同爲夾注。

④ "懷一又佛氏。人固患交游多則多事"，初編本句讀爲"懷一又佛氏人，
固患交游多則多事"。按，從下文交游"何可盡絶""誠使有審言、之問之徒賦詩論
文，子微談方外之事，懷一論釋氏之説，朝夕相與，從容於無事之境"來看，"固患
交游多則多事"是指一般情況而言，並非單純地就懷一立論，故"人"字當從下爲
主語，初編本句讀誤。

獨餘慶官太子詹事，雖不甚顯，訖無咎悔。觀其所處若此，世間憂患，其孰能累之？吾去市朝久，竄迹深山窮谷之間，不復與當世士相接，士亦莫肯從吾游。獨念有如此十人者，或可庶幾餘慶之志。而唯故人子二三輩與門生時時相過，文采議論，燦然可觀。^①求子微、懷一，蓋沅江九肋也。王定保《摭言》：“盧肇初舉，先達或問所來。肇曰：‘我，袁民也。’或曰：‘袁州出舉人耶？’肇曰：‘袁州出舉人，亦猶沅江出龜甲九肋者，蓋希矣。’”按，此語蓋引以喻其人難得之意。後人書中罕用，故著之。餘慶有子璪，爲中書令蕭嵩所知。嵩罷宰相，後來者使陰求其短。璪乃曰：“與人交，過且不可言，而況無有乎？”蓋璪猶有餘慶風烈。吾諸兒雖碌碌，^②亦若修謹厚重者，^③尚能推吾志，爲陸璪否耶？

道士楊大均，蔡州人，善醫，能默誦《素問》《本草》及兩部《千金方》四書，不遺一字。與人治病，診脈不出藥，但云此病若何，當服何藥，是在《千金》某部第幾卷。即取紙書授之，分兩不少差。余在蔡州親見其事，類若此。余嘗問：“《素問》，有記性者或能誦，《本草》則固難矣。若《千金》，但藥名與分兩劑料，此有何義而可記乎？”大均言：“古之處方，皆因病用藥，精深微妙。苟通其意，其文理有甚

---

① “燦”，項刻本原作“粲”，涵芬樓校刻時從諸本改。

② 項刻本“雖”下有“若”字，各本皆無。

③ “厚重”，商、毛刻本同，項刻本作“重厚”。

於章句偶儷，一見何可忘也?”大均本染家子，事父孝，醫不受賕謝。積其齋施之餘，葬內外親三十八喪。方宣和間，道教盛行，自匿名迹，惟恐人知。蔡魯公聞之，親以手書各刻本此四字作“親手以書”，① 今依黃鈔本改。延致，使者數十返。不得已一往，留數日即歸，不受一錢。余在南京，嘗許余避難來山中，未及行，而虜陷蔡州。後聞虜知其名，厚禮之，與之俱去，今不知存亡。使其果來，雖未可遽爲司馬子微，此亦一勝士也。因論餘慶事，悵然懷之。②

晋人貴竹林七賢，竹林在今懷州修武縣。③ 初若欲避世遠禍者，然反由此得名，嵇叔夜所以終不免也。自東漢末，世人以名節爲重，而“三君”“八顧”之論起，及黨錮興，天下豪傑，無一人全者。④ 孔北海雖不在其間，而不容於曹操，亦坐名高故也。當時雍容隱顯皆不失其操者，惟管幼安爾。七人如向秀、阮咸，亦碌碌常材無足道，但依附此數人以竊聲譽。山巨源自有志於世，王戎尚愛錢，豈不愛官? 故天下少定，皆復出。巨源豈戎比哉! 而顏延之概黜此二人，乃其躁忿私情，非爲二各刻本脱“二”字，⑤ 今依黃鈔本補。人而

---

① “親以手書”，項刻本同，商、毛刻本作“親手以書”。
② “悵”，商、毛刻本同，項刻本作“慨”。
③ “在今”，商、毛刻本同，項刻本作“今在”。
④ “全”，商、項刻本同，毛刻本作“免”。
⑤ 項刻本有“二”字，商、毛刻本無。

設也。① 唯叔夜似真不屈於晋者，故力辭吏部，可見其意。又魏宗室婿，安得保其身？惜其不能深默、絶去圭角如管幼安，則庶幾矣。阮籍不肯爲東平相，而爲晋文帝從事中郎，後卒爲公卿作《勸進表》，若論於嵇康前，自宜杖死。顔延之不論此而論濤、戎，可見其陋也！

《高僧傳》略載孫綽《道賢論》，以當時七僧比七賢。竺法護比山巨源，帛法祖比嵇叔夜，竺法乘比王濬沖，② 竺法深比劉伯倫，支道林比向子期，竺法蘭比阮嗣宗，③ 于道邃比仲容，④ 各以名迹相類者爲配，惜不見全文。七人，支道林最著，其餘亦班班見《世説》。晋人本超逸，更能以佛理佐之，宜其高勝不凡。但恨當時未有禪，經文傳者亦未廣，猶以老莊爲宗。竺法深，王敦之弟，賢於王氏諸人遠矣，即支遁求買沃州，報云“未聞巢、由買山而隱”者。⑤ 蓋遁猶輸此一著，想見其人物也。

陸機以齊王冏矜功自伐，作《豪士賦》刺之，乃托身於成都王穎，謂可康隆晋室，此在恩怨愛憎之間爾。處危亂之

---

① “而”，商、毛刻本同，項刻本無。
② “沖”，項、毛刻本同，商刻本作“中”，誤。
③ “竺法蘭”，商、毛刻本同，項刻本原作“于法簡”。又，“竺法蘭”《高僧傳》卷四引孫綽《道賢論》作“于法蘭”，涵芬樓校刻項刻本時從《高僧傳》改“于法簡”作“于法蘭”。
④ “仲容”，商、毛刻本同，項刻本作“阮仲容”。
⑤ “云”，商、項、毛刻本作“之”。

世而用心若此，又濟之以貪權喜功，雖欲苟全，可乎？機初入朝，盧志問："陸遜、陸抗於君遠近？"機曰："如君於盧毓、盧珽。"①各刻本、鈔本"珽"俱誤"珏"。按，《晋書·盧欽》附傳弟珽，字子笏，與"珽"義協。珽子志。既起，陸雲曰："殊邦遐遠，容不刻本"容不"二字俱作"容主未"三字。今依《晋書》陸機本傳。②相悉，何至於此？"機曰："我祖、父名播四海，豈不知耶？"《晋史》以爲議者以此定二陸優劣。③畢竟各刻本脱"畢"字，"竟"誤"意"，今依黄鈔本補並正。④機優乎？雲優乎？度《晋史》意，不書於雲《傳》而書於機《傳》，蓋謂機優也。以吾觀之，機不逮雲遠矣。人斥其祖、父名，固非是。吾能少忍，未必爲不孝。而亦從而斥之，是一言之間，志在報復而自忘其過，尚能置大恩怨乎？若河橋之敗，使機所怨者當之，亦必殺矣。雲愛士，不競，真有過機者，不但此一事。方穎欲殺雲，遲之，三日不決。以趙王倫殺趙浚、赦其子驤而復擊倫事勸穎殺雲者，乃盧志也。兄弟之禍，志應有力，哀哉！人惟不爭於勝負強弱，而後不役於恩怨愛憎。雲累於機，爲可痛也！盛如梓《庶齋老學叢談》云："機、云兄弟托身於成都

① "珽"，商、毛刻本作"珏"。又，項刻本原亦作"珏"，涵芬樓校刻時從觀古堂刻改爲"珽"。

② 按，"容不"，商、項、毛刻本皆作"客主未"而並非夾注所云"容主未"，"容"字誤。又，"客主未"三字當爲葉夢得原文，此爲葉廷琯妄改。

③ "爲"，商、毛刻本同，項刻本作"謂"。

④ 按，項刻本與黄鈔本同。

王穎。《避暑録》云：‘當亂危之世，貪權喜功，雖欲苟全，可乎？’斯言
是也。謂盧志稱其祖、父名，機怒，亦稱盧祖、父名以報；河橋之敗，志
因譖之，父子兄弟皆誅死。此説非也。使機當日無此語亦被禍。不思機乃
亡國人，至中原，在賈謐二十四友之列，及誅謐，機亦有功，人得以議之。
倫將篡位，機在中書，九錫文、禪詔亦與焉。減死徙邊，遇赦而止。晋室
多故，機昧‘亂邦不居’之戒，欲取功名，圖富貴，愚矣！顧榮、戴若思
等勸其還吳，孫惠勸其讓都督於王粹，皆不從。機之禍，其在此矣，故志
等得以害之。其《豪士賦》云：‘身危由於勢過，而不知去勢以求安；禍
積起於寵盛，而不知辭寵以招福。’適足以自道也，哀哉！”

　　阮籍既爲司馬昭大將軍從事，聞步兵厨酒美，復求爲校
尉。史言雖去職，常游府内，朝晏必預，[①] 以能遺落世事爲
美談。以吾觀之，此正其詭譎。佯欲遠昭而陰實附之，故示
戀戀之意，以重相諧結。小人情僞，有千載不可掩者。不然，
籍與嵇康，當時一流人物也，何禮法之士各刻本缺“之士”二
字，[②] 今依黄鈔本補。疾籍如仇，昭則每爲保護，康乃遂至於殺
身？各刻本無“殺身”二字，單作一“是”字，[③] 今依黄鈔本改。籍何
以獨得於昭如是耶？至《勸進》之文，真情乃見。籍著《大
人論》，[④] 比禮法士爲群蝨之處裩中。吾謂籍附昭，乃裩中之

① “晏”，商刻本同，項、毛刻本作“宴”。
② 項刻本有“之士”二字，商、毛刻本無。
③ “殺身”，項刻本同，商、毛刻本作“是”。
④ “著”，㭰花盦本原作“箸”，今改。

蟲，① 但偶不遭火焚耳。使王淩、毋丘儉等一得志，② 籍尚有
噍類哉！

《洛陽伽籃記》載河東人劉白墮善釀酒，雖盛暑曝之日
中，③ 經旬不壞，今玉友之佳者亦如是也。吾在蔡州，每歲
夏，以其法造，寄京師親舊，陸走七程不少變。又嘗以餉范
德孺於許昌，德孺愛之，藏其一壺，忘飲。明年夏復見，發
視如新者。白墮酒，當時謂之鶴觴，謂其可千里遺人，如鶴
一飛千里。或曰騎驢酒，當是以驢載之而行也。白墮乃人
名，④ 子瞻詩云“獨看紅蕖傾白墮”，恐難便作酒用。“吳下
有饌鵝設客”，用王逸少故事，言請過共食右軍，相傳以爲
戲。“傾白墮”得無與“食右軍”爲偶耶？⑤ 王尚書士禎《池北
偶談》謂“此例正多，如山谷詩‘春網薦琴高’，‘琴高’亦人名。皆自曹
瞞‘惟有杜康’作俑。”

《續漢・禮儀志》記歲八月，民年八十，賜玉杖，端以
鳩爲飾。鳩者，不噎之鳥，⑥ 欲老人不噎。而《風俗記》又

---

① “裩”，商、項刻本同，毛刻本誤作“見”。

② “丘”，刻本爲避孔子諱原有缺筆，今一併改正，下不出注。又，商刻亦缺筆，毛刻本作“邱”。

③ “曝”，商、項刻本同，毛刻本作“暴”。

④ “乃”，涵芬樓校刻本作“及”，誤。

⑤ 按，商、毛刻本“傾”下有一“曰”字。

⑥ “鳩者”，商、毛刻本同。項刻本作“者鳩”，如此則應句讀爲“端以鳩爲飾者。鳩，不噎之鳥”。

言漢高帝與項籍戰京、索間，兵敗，伏叢薄中，① 有鳩鳴其上，追者不疑，得免。即位，作鳩杖賜老人。此絕無稽考，高祖雖敗，其肯伏叢薄耶？余親戚有爲光州守，② 得古銅鳩一，大半掌許，俯首斂翼，具尾足，若蹲伏。腹虛，其中有圈穿腹，正可受杖，制作甚工。③ 以遺余，疑即漢鳩杖之飾。因以爲杖，良是。首輕而尾重，舉之則探前而各刻本無"而"字，④ 今依黃鈔本補。偃後，蓋如此乃可取力，此所以佐老人也。

　　陸希聲所隱君陽山，⑤ 或曰頤山，在宜興湖濆。各刻本"濆"作"汱"，今依黃鈔本改，下同。⑥ 今金沙寺，其故宅也。建炎己酉春，虜犯維揚。余從大駕渡江，夜相失，從吏皆亡去。與劉希範各刻本"範"作"范"，今依黃鈔本改。徒步間道，至常州南，遇潰兵，欲爲劫，遮余二人，不得去。適有小校馳馬自旁過，則余錢塘舊麾下也。亟下拜，餘卒乃其所隸，⑦ 亟叱去。挽小舟授余，⑧ 教使入荆溪、走長興。是日，微小校，幾不免。夜抵湖濆，因求宿金沙寺。中夕不能寐，起行寺外，

---

①　"中"，商、毛刻本同，項刻本作"間"。

②　"光"，商、項本同，毛刻本誤作"先"。

③　"制"，商、毛刻本同。項刻本原作"製"，涵芬樓校刻時從諸本改爲"制"。

④　項刻本有"而"字，商、毛刻本無。

⑤　"隱"，商、毛刻本同，項刻本作"居"。

⑥　按，項刻本與黃鈔本同，作"濆"，商、毛刻本作"汱"。

⑦　"餘"，商、毛刻本同。項刻本作"余"，如此則應句讀爲"亟下拜余，卒乃其所隸"。

⑧　"余"，項刻本同，商、毛刻本作"予"。

月色翳翳然，因記希聲舊廬。時余慕此山久矣，[①] 望之若不可得，安知今乃與汝曹從容燕息且六七年乎？[②] 余家有希聲自著《君陽山記》一卷，叙其景物亭館，略有二十餘處如輞川，即爲兵火所焚毁矣。後爲相，既罷，迫鳳翔李茂貞兵，避難死道上，蓋不能終有其居也。希聲材本無他長，隱操亦無可録，故不量力，幸於苟得，以喪其身。與朱朴、[③] 陸魯望同召，其志趣略與朱朴相類，尚不如魯望能辭行，卒各刻本"卒"作"即"，[④] 今依黄鈔本改。老甫里也。方閒居時，內供奉僧辯光以善書得幸，嘗從希聲授筆法。[⑤] 祈使援己，乃以詩寄之云："筆下龍蛇似有神，天池雷雨變逡巡。寄言昔日不龜手，應念江頭洴澼人。"辯光即以名達貴倖，乃得召。昭宗末年，求士甚急，[⑥] 其志良可哀。觀其傾倒於朱朴，則待希聲宜亦然矣。[⑦] 各刻本無"矣"字，今依黄鈔本補。不得已取之左右，正坐盧攜、崔緇郎輩不能致天下賢者故爾。然所獲乃如希聲，能無愧其君乎？[⑧] 辯事亦見楊文公《談苑》。國初去唐未遠，

---

① "余"，商、項、毛刻本皆作"予"。"慕"，商、毛刻本同。項刻本原作"得"，涵芬樓校刻時從諸本改爲"慕"。

② "燕"，商、毛刻本同，項刻本作"宴"。

③ 秫花盦本及諸本皆作"朴"，下同。

④ 項刻本作"卒"，商、毛刻本作"即"。

⑤ "嘗"，毛刻本同，商、項刻本作"常"。

⑥ "士"，項刻本原作"仕"，涵芬樓校刻時從諸本改爲"士"。

⑦ "亦"，商、毛刻本同，項刻本無。

⑧ "君"，商、毛刻本同。項刻本原作"居"，涵芬樓校刻時從諸本改爲"君"。

猶有所傳聞，文公之言，宜可取信。而修《新唐書》無取以
獻者，故傳辭甚略，後世猶得借其山以爲重也。

　　杜子美詩云："張公一生江海客，身長九尺鬚眉蒼。徵起
適值風雲會，扶顛始知籌策良。"此謂張鎬也。《舊史》載鎬
風儀偉岸，廓落有大志，好談王霸大略。讀子美詩，尚可想
見其人。杜周士《人物志》云："至德初，詔朝臣各舉所知。
蕭昕爲起居舍人，薦鎬。以布各刻本"布"作"褐"，① 今依黃鈔
本改。衣召見，拜左拾遺。來瑱爲贊善大夫，昕各刻本、黃鈔本
"昕"俱作"鎬"，② 今依徐鈔本所引《人物志》。薦材堪將帥。"《唐
書》鎬、瑱傳皆不載。而鎬傳云："天寶末，楊國忠執政，
求天下士爲己重，聞鎬材，薦之，釋褐，拜左拾遺。"二書言
鎬得官略同。若天寶末果已用於國忠，則至德初安得更用各刻
本"用"作"爲"，今依黃鈔本改。③ 昕薦耶？國忠爲相，在天寶
十二載，去亂先一年，正淫湎極惡之際，豈知以天下士爲重？
亦非子美所謂"徵起適值風雲會"者也。至瑱傳乃云始用張
鎬薦爲潁川太守，以母憂去；禄山反，再用張垍薦，奪喪，
復爲潁川。今《紀》書瑱自贊善大夫爲潁川太守在天寶十五

---

　　①　項刻本作"布"，商、毛刻本作"褐"。
　　②　按，項刻本亦作"鎬"，據上下文意，來瑱爲蕭昕薦，而非張鎬，葉氏所駁
史書之誤正在於此，"鎬"應爲傳寫刊刻之誤。
　　③　項刻本作"用"，商、毛刻本作"爲"。

各刻本"五"皆誤"四",① 今依新、舊《唐書·本紀》。載,即至德元年祿山反後,與《人物志》合。是鎬方起家,② 何能遽各刻本無"遽"字,③ 今依黃鈔本補。及瑱? 而張垍兄弟自京師陷即從祿山,未嘗見明皇,亦何爲復薦瑱? 史於瑱事謬誤如此,④ 黃鈔本此句作"史之謬戾如是,何也?"⑤ 則鎬之失無足怪。昕亦可謂知人矣! 昕本篤厚長者,造次不失臣節,此二事尤奇特,⑥ 恨史不能表出之。⑦ 按,新、舊《唐書》蕭昕本傳皆載其薦張鎬、來瑱事。天下多事,⑧ 左右近臣皆能爲國得將相如昕,亂何足平也。⑨ 徐鈔本"尚可想見其人"句下至末一段云:"然鎬爲相,期年而罷。方收復兩京時,不聞別有大功,惟策史思明以范陽降、爲僞知許叔冀臨難必變二事。豈肅宗用之不專,不能盡其材耶? 天寶、至德間,開元儲養人材略盡,倉猝倔起如鎬與李泌,⑩ 實可繫時治亂者,然皆不免讒邪所間。鎬用固晚矣,其去而復來,市一嗣岐王第,何足道? 遽以散官廢,意肅宗

---

① "五",項刻本亦作"四"。
② 項刻本"是"後有"時"字,諸本皆無。
③ 項刻本有"遽"字,商、毛刻本無。
④ "謬",栜花盦本原作"繆",今改,下同。又,商、項、毛刻本亦作"繆"。
⑤ 項刻本此句亦作"史之繆戾如是,何也?"
⑥ "奇特",商、毛刻本同,項刻本作"特奇"。
⑦ 項刻本"能"下有"少"字,商、毛刻本無。
⑧ "事",項刻本同,商、毛刻本作"士"。
⑨ 按,此條內容項刻本本條無"則鎬之失無足怪"以下內容。又,自"杜周士"以下內容項刻本復見於第四卷"劉惔盛暑見王導"條之上,而文字略有出入,"史之繆戾如是,何也"第四卷作"史於瑱事繆誤如此"。涵芬樓校刻時據第四卷改並補。
⑩ 栜花盦本原即作"倔"。

惡之，別自有故，史不及知。李泌若元載不死，其後日所爲，亦未必有見
也。史載鎬始用，爲楊國忠所引，余讀杜周士《人物志》，蓋與來瑱同出蕭
昕薦，二説不同，當以周士之言爲□而史失之也。"按，此與各刻本、黄鈔
本詳略互異，其所據何本，惜莫可考矣。

　　元次山父延祖，爲春陵丞，輒棄官去，曰："人生衣食，
可適飢飽，不宜復有所須。每灌園掇薪，以爲有生之役，外
黄鈔本"外"作"過"。① 此吾不思也。"余少觀此，未嘗不三復
其言。今叨冒已過多，乃得復行延祖之志，自安一壑，其愧
之深矣。然安禄山反，延祖召次山等戒之曰："而曹逢世多
故，② 不得自安山林。勉勵名節，無近羞辱。"則知古之君臣
父子相期，亦不必皆出一道，但問義所安否如何。故次山出
舉進士制科，慨然以當世爲念。隨其所爲，皆有以表見，豈
延祖亦固知次山可語是耶？余老矣，自度無補於世，但恨汝
等材不逮次山，不敢爲延祖之言。今從吾於此，固善。苟自
激昂，雖州縣簿書米鹽之役，粗有一事可施於民，亦不禁毛刻
本"禁"作"廢"，③ 今依商刻本、黄鈔本改。汝曹仕也。若非其義，
雖一日九遷，不特爲士者恥之，正恐不免羞辱，亦延祖之所
畏也。

---

① 項刻本"外"亦作"過"。
② "逢"，項、毛刻本同，商刻本誤作"逢"。
③ 項刻本"禁"亦作"廢"。

蘇州白樂天手植檜，在州宅後池光亭前池中。① 各刻本、
鈔本無"池中"二字，今依惠校本增。按，范成大《吳郡志》作"水中"。
余政和初嘗見之，已槁瘁。高不滿二丈，意非四百年物，真
偽未可各刻本無"可"字，今依黃鈔本補。② 知也。後爲朱沖取獻，
聞槁死於道中，③ 乃以他檜易之，禁中初不知。④ 又有言華亭
悟空禪師塔前檜亦唐物，詔沖取之。檜大，不可越橋梁，乃
以大舟即華亭泛海，出楚州，以入汴。既行一日，⑤ 張帆風
猛，檜枝與帆低昂不可制，舟與人皆没。長興大雄寺陳霸先
宅庭亦有大檜，中空，裂爲四，枝蔭半庭，質如金石，相傳
以爲霸先所植。又欲取以獻，會聞悟空檜沉海，乃已。賢者
因"因"似"固"字形誤，各本皆同。物幸托以不朽，然此三檜一
槁死於道，一沉於海，一僅以免，蓋欲爲道旁樲株不可得也。

前輩嘗記太宗命待詔蔡裔增琴、阮絃各二，皆以爲然，
獨朱文濟執不可。帝怒，屢折辱之。樂成，以示文濟，終不
肯彈，二樂後亦竟廢不行。⑥ 崇寧初，大樂闕徵調，有獻議
請補者，併以命教坊燕樂同爲之。大使丁仙現云：⑦ "音已久

---

① 按，毛刻本"池"與"光"字間有一"□"，商刻本亦作空白。
② 項刻本有"可"字，商、毛刻本無。
③ "於"，商刻本同，項刻本無，毛刻本作"于"。
④ "初"，項刻本作同，商、毛刻本作"多"。
⑤ "既"，項刻本同，商、毛刻本作"即"。
⑥ "亦竟"，商、毛刻本同，項刻本作"竟以"。
⑦ "云"，商、毛刻本同，項刻本作"言"。

亡，非樂工所能爲，不可以意妄增，徒爲後人笑。”蔡魯公亦不喜。蹇授之嘗語余云：① “見元長，屢使度曲，皆辭不能。遂使以次樂工爲之。逾旬，獻數曲，即今《黃河清》之類，而聲終不諧，② 末音寄殺他調。魯公本不通聲律，但果於必爲，大喜，亟召衆工按試尚書省庭，③ 使仙現在旁聽之。④ 樂闋，有得色，問仙現何如。仙現徐前，環顧坐中，曰：‘曲甚好，只是落韻。’坐客不覺失笑。”⑤

　　鄭處誨《明皇雜録》記張曲江與李林甫爭牛仙客實封：“時方秋，⑥ 上命高力士以白羽扇賜之。九齡惶恐，作賦以獻。”意若言明皇以忤旨將廢黜，故方秋賜扇以見意。《新書》取載之本傳。據《曲江集》賦序云：“開元二十四年盛夏，奉敕，大將軍高力士賜宰相白羽扇，九齡與焉。”⑦ 則非秋賜。商刻本“賜”作“矣”，毛刻本誤“陽”，今依黃鈔本正。⑧ 且通

---

① “余”，商、項、毛刻本作“予”。

② “聲終不諧”，商、項刻本同，毛刻本作“終聲不諧”。

③ “省”，項刻本同，商、毛刻本作“少”。

④ “旁”，項、毛刻本同，商刻作“傍”。

⑤ 項刻本自此條下作卷二。

⑥ “時”，項刻本作“事”，則當句讀爲“李林甫爭牛仙客實封事”。按，“時方秋，上命高力士以白羽扇賜之”爲《明皇雜録》原文，司馬光《資治通鑑考異》所引亦作“時方秋”，則項刻本誤。又，毛刻本作“自”，誤。

⑦ 按，四部叢刊景明成化本《曲江集》原文作“開元二十四年夏，盛暑，奉敕，使大將軍高力士賜宰臣白羽扇，某與焉”，引文略有出入。

⑧ 項刻本與黃鈔本同，亦作“賜”。

言宰相，則林甫亦在，非特爲曲江而設也。① 所謂"縱秋氣之移奪，終感恩於篋中"者，彼自知仙客之忤，而懼林甫之讒，故因致意爾。不然，帝果將廢黜而迫之以扇，不亟引退，猶獻賦云云，乃是顧戀不忍去，托祈哀以幸苟容，尚何足爲曲江哉！此正君子大節進退，此四字應是"進退大節"而誤倒。而一言之誤，遂使善惡相反，不可不辨。乃知小説記事，苟非耳目所接，安可輕書也！黃鈔本此條之前有"宣和初潘衡賣墨"一條，爲第二卷之首，② 今依各刻本原次移前。

　祖宗故事，進士廷試第一人及制科一任回必入館，然須用人薦且試而後除。進士，聲律固其習，而制科亦多由進士，故皆試詩賦一篇。唯富鄭公以茂材異等起布衣，未嘗歷進士。既召試，乃以不能爲詩賦懇辭，詔試策、論各一，自是遂爲故事。制科不試詩賦，自富公始。至子瞻，復不試策，③ 而試論三篇。

　人欲常和豫快適，莫若使胸中秋毫無所歉。孟子言"仰不愧天，俯不怍人"爲一樂，④ 此非身履之，⑤ 無以知聖賢之言爲不妄也。吾少從峽州一老先生樂君嘉問學，樂君好舉東

---

① "特"，商刻本同，項、毛刻本皆作"獨"。
② 項刻本與黃鈔本同。
③ "試策"，商、項刻本同，毛刻本作"落策"。
④ "仰不愧天，俯不怍人"，商、毛刻本同，項刻本此二句作"仰不愧於天，俯不怍於人"。
⑤ "此"，商、毛刻本同，項刻本無。

海延篤書語人曰："篤云：'吾昧爽梳櫛，坐於客堂，朝則誦羲文之《易》、虞夏之《書》，歷姬旦之典禮，覽仲尼之《春秋》；夕則逍遥内階，咏《詩》南軒，百家衆氏，投間而作。不知天之爲蓋、地之爲輿，不知世之有人、己之有軀。其所以然者，乃在於自束脩以來，[①] 爲人臣不陷於不忠，爲人子不陷於不孝，上交不諂，下交不瀆。'"因自謂有得於篤者。今士大夫出入憂患之域，艱險百罹，未嘗獲伸眉一笑，其間雖或出於非意，然推其故，非得罪於君親，則必不能無愧於上下之交。苟免此四事，未有不休休然者。童子之所聞，久而後知也。

《歸去來辭》云："雲無心而出岫，鳥倦飛而知還。"此陶淵明出處大節，非胸中實有此境，不能爲此言也。前輩論賈島《送炭詩》云："'暖得曲身成直身'，蓋雖微事，苟出其情，終與摹寫仿效牽率而成者異也。"今或内實躁忿而故爲閒肆之言，内實柔懦而強作雄健之語，雖用盡力，使人讀之，終無味。杜子美云："水流心不競，雲在意俱遲。"吾嘗三復，愛之。或曰："子美安能至此？"是非知子美者。方至德、大曆之間，天下鼎沸，士固有不幸罹其禍者，然乘間蹈利、竊名取寵亦不少矣。子美聞難，間關盡室遠去，及一召用，不得志，卒飢寒轉徙巴峽之間而不悔，終不肯一引頸而

---

① "束脩"，商、項、毛刻本作"束修"。

西笑，① 非有不競遲留之心安能然？耳目所接，宜其了然自
與心會，此固與淵明同一出處之趣也。

　　杜佑各刻本“佑”誤“祐”，今依黄鈔本正。② 爲司徒，年過七
十未請老。裴晉公爲舍人，因高郢致仕命辭曰：“以年致仕，
抑有前聞。近代寡廉，罕由斯道。”蓋譏之也。元祐初，詔起
范蜀公爲提舉萬壽觀，力辭不至，其表曰：“六十三而致仕，
抑有前聞。七十四而復來，豈云得體？”③ 蜀公性真純，暮年
文字尤簡直，不甚經意。時文潞公方以太師入爲平章軍國重
事，覽之，笑曰：“景仁也不看脚下。”知其意不在己也。

　　司馬温公作獨樂園，朝夕燕息其間。已而游嵩山叠石溪
而樂之，復買地於旁，以爲別館。然每至不過數日復歸，不
能常有。故其詩有“暫來還似客，歸去不成家”之句。今余
既家於此，客至留連，未嘗不愛賞顧戀不能去，而余浩然日
各本無“日”字，今依徐鈔本補。④ 自以爲主，有公之適而無公之
恨，豈不快惠校本“快”作“幸”耶！⑤

　　舊學士院在樞密院之後，其南廡洪遵《翰苑遺事》引此作
“廊廡”與樞密後廊中分，門乃西向。玉堂本以待乘輿行幸，

---

① “西笑”，商、毛刻本同，項刻本作“盰顧”。
② 項刻本原作“祐”，涵芬樓校刻時據黄鈔本改。
③ “體”，商、毛刻本同，項刻本作“禮”。
④ 項刻本有“日”字。
⑤ “快”，商、毛刻本同，項刻本作亦作“幸”。

非學士所得常居，惟禮上之日，得略坐其東，受院吏參謁而已。其後爲主廊，北出直集英殿，則所謂北門也。學士僅有直舍，分於門之兩旁。每鎖院受詔，乃與中使坐主廊。余爲學士時，始請闢兩直舍，各分其一間與北門通爲三，以照壁限其中。屏間命待詔鮑詢畫花竹於上，與玉堂郭熙春江晚景屏相配，當時以爲美談。後聞王丞相將明爲承旨，太上皇眷愛之厚，乃旁取西省右正言廊以廣之，中爲殿曰右文，則非復余前日所見矣。同時流輩殆盡，爲之慨然也。

歐文忠《内制集序》歷記其爲學士時事，[①]幸藏其稿，以爲退居談笑之資。[②]略云：“涼竹簟之暑風，曝茅檐之冬日。睡餘支枕，顧瞻玉堂，如在天上。時覽所載，以誇田夫野老。”士大夫爭誦之，蓋願欲爲公而不可得也。然公屢請得謝歸，不及年而薨，未必能償此志。而余向者辱出公後，亦獲挂名於石刻之末，暑風冬日，享之此地乃十有一年。如公所云，實飽之矣。但比歲戎馬之餘，觸事興念，不能盡終前日之志爲可恨。每念爲學士者不爲不多，未必皆知此適。如公知之而不及享，余享之而不得久，則天下如意事，豈易得耶？

晁任道自天台來，以石橋藤杖二爲贈，自言親取於懸崖

①　“序”，商、毛刻本同，項刻本原作“叙”，涵芬樓校刻時從諸本改爲“序”。
②　“居”，商、毛刻本同，項刻本作“歸”。

間，柔韌而輕，堅如束筋。余往自許昌歸，得天壇藤杖數十，外圓實，與此不類，[①] 而中相若。時余年四十三，足力尚強，知商刻本"知"作"聊"，毛刻本脱，今依惠校本補。[②] 以爲好而非所須，置之室中，不及用，悉爲好事者取去。今老矣，行十許步輒一歇，[③] 每念之，不可復致，而得任道之惠，蓋喜不自勝也。門生邵大受復遺淳安木竹枝六，[④] 節密而内實，[⑤] 略如天壇藤，間有突起如鶴膝者，非峭勁敵風霜不能爾也。此即贊寧《筍譜》，各刻本、鈔本此處皆有脱文。本出錢塘靈隱山，今不知有否。當求其種，植之以爲後計。晋人謂許遠游健於登陟，不特有勝情，亦有濟勝之具。今吾所以濟勝者，不求之足而求之杖，亦安知杖之非吾足乎？若遇遠游，當不免一笑。使孔光見之，可免爲靈壽之辱也。

歐文忠作范文正神道碑，累年未成，范丞相兄弟數趣之。文忠以書報曰："此文極難作。敵兵尚強，須字字與之對壘。"蓋是時吕許毛刻本"許"作"申"，今依商刻本改。按《宋史·吕夷簡傳》：初封申，後封許。稱應從後。公客向衆也。[⑥] 余嘗於范

---

① 按，上二句初編本句讀爲"外圓，實與此不類"，可備一説。
② 項刻本作"知"。
③ "十"，商、毛刻本同，項刻本原作"拾"，涵芬樓校刻時從諸本改爲"十"。
④ "枝"，商、項、毛刻本作"杖"。
⑤ "門生邵大受復遺淳安木竹枝(杖)六，節密而内實"，初編本句讀作"門生邵大受復遺淳安木竹杖六節，密而内實"，誤。
⑥ "許公"，項、毛刻本作"申公"，下一"許公"字同。"向"，商、項、毛刻本作"尚"。

氏家見此帖，其後碑載初爲西帥時與許公釋憾事，曰：“二公
歡然，相約平賊。”丞相得之，曰：“無是。吾翁未嘗與吕公
平也。”請文忠易之。文忠怫然曰：“此吾所目擊。公等少
年，何從知之？”丞相即自刊去二十餘字，乃入石。既以碑獻
文忠，文忠卻之曰：“非吾文也。”然碑載章獻太后朝正事，
謂仁宗欲率百官拜殿下，因公爭而止。蘇明允修《因革禮》，
見此禮實嘗行，① 公亦自知其誤。則銘志書事，固不容無誤，
前輩所以不輕許人也。范公忠義，欲以身任社稷，當西方謀
帥時，不受命則已，苟任其責，將相豈可不同心？歡然釋憾，
乃是美事，亦何傷乎？然余觀文正奏議，每訴有言，多爲中
沮不得行。未幾，例改授觀察使，韓魏公等皆受而公獨辭甚
力，至欲自械繫以聽命，蓋疑以俸厚啖之。其後卒以擅答元
昊書罷帥奪官，則許公不爲無意也。文忠蓋録其本意，而丞
相兄弟不得不正其末，② 兩者自不妨，惜文忠不能少損益之，
解後世之疑。豈碑作於仁宗之末，猶有諱而不可盡言者，是
以難之耶？③

　　子瞻山光寺詩“野花鳴鳥亦欣然”之句，④ 其辯説甚

---

① “嘗”，商、毛刻本同，項刻本作“常”。

② “正”，商、項刻本同，毛刻本誤作“王”。

③ 按，此條振鷺堂藏商刻本字多漫漶不可識。

④ 按，明成化本《蘇文忠公全集》卷十五此詩題爲《歸宜興留題竹西寺》，作
“野花啼鳥亦欣然”。“鳴”，商、毛刻本同，項刻本作“啼”。

明。① 蓋爲哲宗初即位，聞父老頌美之言而云。神宗奉諱在
南京，而詩作於揚州。余嘗至其寺，親見當時詩刻，後書作
詩日月，② 今猶有其本，蓋自南京回陽羨時也。始過揚州，
則未聞諱；既歸自揚州，則奉諱在南京，事不相及，尚何疑
乎？近見子由作《子瞻墓志》載此事，乃云公至揚州，常州
人爲公買田，書至，公喜而作詩，有"聞好語"之句，乃與
辯辭異。③ 且聞買田而喜可矣，野花啼鳥何與而亦欣然？尤
與本意不類。豈爲《志》時未嘗深考而誤耶？然此言出於子
由，不可有二，以啓後世之疑。余在許昌時，《志》猶未出，
不及見，不然，當以告迨與過也。

　子瞻在黃州，病赤眼，逾月不出。或疑有他疾，過客遂
傳以爲死矣。有語范景仁於許昌者，景仁絶不置疑，④ 即舉
袂大慟，召子弟具金帛，遣人賵其家。子弟徐言："此傳聞未
審，當先書以問其安否。得實，吊恤之未晚。"乃走僕以往。
子瞻發書，大笑。故後量移汝州，謝表有云："疾病連年，人
皆相傳爲已死。"未幾，復與數客飲江上。夜歸，江面際天，
風露浩然，有當其意，乃作歌辭，所謂"夜闌風靜商刻本下衍
"後"字，毛、張兩刻本、黃鈔本俱無之。按，與東坡詞原文合。縠紋

---

① "辯"，商、項刻本同，毛刻本作"辨"。
② "日月"，商、毛刻本同，項刻本作"月日"。
③ "辯"，項刻本同，商、毛刻本作"辨"。
④ 項刻本此句原作"純至不疑"，涵芬樓校刻時從諸本改。

平，小舟從此逝，江海寄餘生”者。與客大歌數過而散。翌日，喧傳子瞻夜作此辭，① 挂冠服江邊，② 拏舟長嘯去矣。郡守徐君猷聞之驚且懼，以爲州失罪人，急命駕往謁，則子瞻鼻鼾如雷，猶未興也。然此語卒傳至京師，雖裕陵亦聞而疑之。

文潞公知成都，偶大雪，意喜之，連夕會客達旦。帳下卒倦於應侍，③ 有違言，忿起拆其井亭，④ 共燒以禦寒。⑤ 守衙軍將以聞，⑥ 公曰：“今夜誠寒，更有一亭可拆，以付餘卒。”復飲，至常時而罷。翌日，徐問先拆亭者何人，皆杖脊配之。

沈翰林文通喜吏事，每覺有疾，藥餌未驗，亟取難決詞狀，連判數百紙，落筆如風雨，意便欣然。韓持國喜聲樂，遇極暑輒求避，屢徒不如意，則臥一榻，使婢執板緩歌不絕聲，展轉徐聽，或頷首撫掌，與之相應，往往不復揮扇。范德孺喜琵琶，暮年苦夜不得睡，家有琵琶、箏二婢，每就枕，即使雜奏於前，至熟寐乃各刻本乃下衍“方”字，⑦ 今依黃鈔本刪。

---

① “辭”，商、毛刻本同，項刻本作“詞”。
② “挂”，項、毛刻本同，商刻本作“掛”。
③ “侍”，商、項、毛刻本作“待”。
④ “拆”，項刻本同，商、毛刻本作“折”，下同。
⑤ “禦”，商、項刻本同，毛刻本作“御”。項刻本“寒”下有“者”字，商、毛刻本無。
⑥ “守”，商、項刻本同，毛刻本誤作“好”。
⑦ 商、毛刻本有“方”字，項刻本無。

得去。人性固不能無喜好,① 亦是不能處閒,② 故必待一物而後遣。余少時苦上氣,每作輒不能臥,藥餌起居,須人乃能辦。按,劉昌詩《蘆浦筆記》有“喘藥方”一條云:“嘗見知臨江葉守端卿,言其祖石林病此,專服大黃而愈。”蓋即此書所云“苦上氣”也。侍先君官上饒,一日秋晚,游鵝湖,中夕疾作,使令既非素所役,各刻本“役”作“知”,③ 今依黃鈔本改。篋中適不以藥行,喘懣頃刻不可④各刻本脱“可”字,⑤ 今依黃鈔本補。度。起,吹燈據案,偶見一《易》册,取讀數十板,不覺遂平。自是每疾作輒用此術,多愈於服藥,然均不免三公之累也。

前輩作四六,不肯多用全經語,惡其近賦也。然意有適會,亦有不得避者,但不當各刻本、黃鈔本“當”作“得”,⑥ 今依徐鈔本改。強用之爾。子瞻作《呂申公制》云:“既得天下之大老,彼將安歸?乃至國人皆曰賢,夫然後用。”氣象雄傑,格律超然,固不可及。劉丞相莘老舊以詩賦知名,晚爲表章,尤温潤閒雅。《青州謝上表》云:“雖進退必由其道,每願學於古人;然功烈如此其卑,終難收於士論。”何傷其用經語

---

① “喜好”,商、毛刻本同,項刻本作“累”。
② 按,商刻本“喜好亦是”四字爲小字雙行並列,當爲刊刻遺漏後所補。
③ 項刻本作“役”,商、毛刻本作“知”。
④ “懣”,商、毛刻本同。項刻本作“滿”。
⑤ 項刻本有“可”字,商、毛刻本無。
⑥ 項刻本實作“當”。

也！自大觀後，時流爭以用經語爲工，① 於是相與裒次排比，預蓄以待用，② 不問其如何，粗可牽合則必用之，雖有甚工者，而文氣掃地矣。③

孫龍圖莘老喜讀書，晚年病目，乃擇卒伍中識字稍解事者二人，使其子端取《西漢》《左氏》等數書，授以句讀。每瞑目危坐室中，命二人更讀於旁，④ 終一策，則易一人，飲之酒一杯使退。卒亦自喜，不爲各刻本無"爲"字，⑤ 今依徐、黃兩鈔本補。難。今吾雖力屏俗事，然至書帙則習氣未除，亦不能遽忘此累。幸左右無此點者以益其疾，每顧一二村童，殆是良藥也。⑥

仙都觀在縉雲縣東四十里，舊傳黃帝煉丹其上，今爲道觀，唐李陽冰爲令時書"黃帝祠宇"四大字尚存。山水奇秀，見之圖畫，殆不可名狀。己酉冬，避地將之處州，道縉雲，暫舍於縣南之靈峰院，束裝欲往游，⑦ 聞潰兵入境，遽止。其東十里有崇元各刻本缺"元"字，今依徐鈔本補。道院，謂之小仙都，一日可往返。兵既退，乃乘間冒微雪過之，⑧ 時

---

① "語"，商、項、毛刻本作"句"。
② "用"，項刻本同，商、毛刻本作"問"。
③ "掃"，商刻本同，項、毛刻本作"埽"。
④ "旁"，項、毛刻本同，商刻本誤作"傍"。
⑤ 項刻本有"爲"字，商、毛刻本無。
⑥ "藥"，商、毛刻本同，項刻本作"醫"。
⑦ "游"，商、項刻本同，毛刻本誤作"逝"。
⑧ "雪"，商、項刻本同，毛刻本誤作"雲"。

臘已窮矣。迂折行山峽中，兩旁壁立,[①] 溪水貫其下，多灘瀨。遵溪而行，峻屬悍激，與雪相亂。山木攙天，每聞谷中號聲，風輒自上下，雪橫至擊面，僕夫卻立，幾不得前。既至，山愈險，雪愈猛，溪流益急。傍溪有數石拔起數百丈,[②] 不相依附。[③] 其最大者二，略如人行，俯而相先後，俗名新婦阿黃鈔本"阿"作"附"。家石，望之如玉筍。擁鼻仰視，神觀聳然，欲與之俱升。寒甚，不可久留，乃還。至家已入夜，四山晃蕩盡白，不能辨道。索酒飲，無有。然松明半車,[④] 僅得溫。今日熱甚，聊爲一談，望梅尚可止渴，聞此當灑然也。

唐制，取士用進士、明經二科。本朝初唯用進士，其罷明經，不知自何時。仁宗慶曆後稍修取士法，患進士詩賦浮淺不本經術，嘉祐三年始復明經科，而限以間歲取士。舊進士工於詩賦、有聲場屋者，往往一時皆莫與之敵。如王沂公、鄭毅夫數人，取解、省試、殿試[⑤]各刻本脱"殿試"二字，今依黃鈔本補。皆爲第一，謂之"三元"。王簽書巖叟記問絕人，首應明經，鄉貢及南省、殿試亦皆第一，復科以來，一人而已，

---

① "旁"，項、毛刻本同,商刻本誤作"傍"。
② "傍"，項刻本同,商、毛刻本作"旁"。
③ "依"，商、項、毛刻本作"倚"。
④ "然"，商、項、毛刻本作"燃"。"明"，商、毛刻本同,項刻本作"盡"。
⑤ "取解、省試、殿試"，項刻本同,商、毛刻本作"取解者試"。

謂之"明經三元"。

　　士大夫作小說，雜記所聞見，本以爲游戲，而或者暴人之短，私爲喜怒，此何理哉！世傳《碧雲騢》一卷爲梅聖俞作，皆歷詆慶曆以來公卿隱過，雖范文正亦不免。議者遂謂聖俞游諸公間，官竟不達，懟而爲此以報之。君子成人之美，正使萬有一不至，猶當爲賢者諱，《清波雜志》論此云："石林蓋亦未免置疑。邵公濟亦引聖俞《聞范文正公訃》詩云：'一出夔更郡，人皆望酒壺。俗情難可學，奏記向來無。貧賤嘗甘分，崇高皆解諛。雖然門館隔，泣與衆人殊。'謂爲郡以酒悦人，樂奏記納諛，豈所以論文正者？以是又疑真出於聖俞也。"按，《石林燕語》嘗云聖俞有《靈鳥後賦》，責文正不薦己而作，世頗以爲慊然。則《碧雲騢》之嫁名，豈無故哉！況未必有實！聖俞賢者，豈至是哉！後聞之，乃襄陽魏泰所爲，嫁之聖俞也。此豈特累諸公，又將以誣聖俞。歐文忠《歸田錄》自言以唐李肇爲法而少異者，不記人之過惡，君子之用心當如此也。

　　國初猶右武，廷試進士，多不過二十人，少或六七人。自建隆至太平興國二年，更十五榜，所得宰相，畢文簡公一人而已。自後太宗始欲廣致天下之士，① 以興各刻本脱"興"字，② 今依黄鈔本補。文治，是歲一百九人，③ 遂得呂文穆公爲

---

① "之"，商、毛刻本同，項刻本無。
② 項刻本有"興"字，商、毛刻本無。
③ 項刻本"歲"下有"取"字，商、毛刻本無。

舉首與張僕射齊賢宰相二人。自是取人益廣，得士益多，百餘年間得六人者一榜：楊寔榜王岐公、韓康公、王荆公、蘇子容、呂晦叔、韓師朴。① 得四人者一各本"一"誤"二"，據下文"蘇、楊二榜"語正。榜：蘇參政易簡榜李文正、向文簡、寇萊公、王魏公。而岐公、康公、荆公皆連名。② 得三人者四各本"四"誤"三"，依下文榜數正。榜：王沂公榜沂公、王文惠、章郇公；③ 劉煇榜劉莘老、④ 章子厚、蔡持正；改科後焦蹈榜徐擇之、⑤ 白蒙亨、鄭達夫；畢漸榜杜公各刻本"公"誤"欽"，⑥ 今依黃鈔本正。按，公美，杜允字。美、唐欽叟、呂元直。中間或一人兩人。而劉煇榜各刻本脱"榜"字，⑦ 今依黃鈔本補。劉莘老、章子厚二人亦連名。⑧ 蓋莫多於蘇、楊二榜。而王岐公等三人皆第一甲而連名，尤爲盛也。

國朝狀元爲宰相，自呂文穆公蒙正後五十年間，相繼得者三人：王沂公、李文定、⑨ 宋元憲。元憲後百餘年間，未有繼者。至靖康元年，何丞相文縝始爲之。梓州臨潼當兩蜀

---

① 諸本亦皆作"朴"。

② 按，此句各本皆置於此，然尋繹句意，與上下文不相連屬，當置於上文"韓師朴"下始通，似爲錯簡，存疑。

③ "郇"，商、毛刻本同，項刻本原作"恂"，涵芬樓校刻時從諸本改作"郇"。

④ "煇"，商、項、毛刻本作"輝"，下同。

⑤ "蹈"，項、毛刻本同，商刻本作"韜"。

⑥ 項刻本作"欽"，商、毛刻本作"公"。

⑦ 項刻本有"榜"字，商、毛刻本無。

⑧ 商、毛刻本"二人"下有"榜"字，項刻本無。

⑨ "定"，商、毛刻本同，項刻本原作"正"，涵芬樓校刻時從諸本改。

之沖，① 有廟極靈。凡蜀之舉子以貢入各刻本、黃鈔本“子”下作“入貢”二字，今依徐鈔本改。② 京師者，必禱於祠下，以問得失，無一不驗。③ 文縝嘗語余頃欲謁而忘之，翌日，④ 行十餘里，始悟。亟下馬還望，默禱而拜。是夕夢入廟庭，神在簾中，以誥投簾外授文縝。發視之，略如今之誥，亦有詞。文縝猶能成誦，略記有云：“朕臨軒策士云云，得十人者。今汝褎然爲舉首云云。”⑤ 後各刻本“後”誤“具”，⑥ 今依黃鈔本正。結銜，具所授官。文縝覺而思曰：“今廷試無慮五百人，而言十人，殆以是戲我耶？”既唱名，果爲魁，而第一甲傅崧卿以南省魁升附前甲末，始悟十人謂第一甲也。其所授官與誥略同。文縝又言嘗詢他日，歷歷具告，而不肯言。⑦ 然爲相不久，遂委身沙漠，亦嘗預知之否耶？

本朝官稱，初無所依據，但一時造端者自爲，⑧ 後遂因

① “兩”，商、毛刻本同，項刻本作“西”。“沖”，項刻本原作“衡”，涵芬樓校刻時從諸本改作“沖”。

② 按，項刻本實作“以貢入”。又，涵芬樓校刻項刻本夾注云“三字黃本同”，則黃鈔本似當作“以貢入”，葉廷琯注誤。

③ 項刻本“驗”下有“者”字，商、毛刻本無。

④ “翌日”，商刻本同，項刻本作“翼旦”，毛刻本作“翌旦”。

⑤ “褎”，項刻本原作“衺”，涵芬樓校刻時從諸本改。

⑥ 項刻本作“後”，商、毛刻本作“具”。

⑦ “歷歷具告，而不肯言”，初編本句讀作“歷歷具告而不肯言”，則“不肯言”與“歷歷具告”之主語爲廟神，二者相互矛盾，初編本誤。從下文葉夢得有其是否預知“委身沙漠”的疑問來看，“不肯言”應是指何文縝而言，故句讀如此。

⑧ “自爲”，項刻本原作“多爲”，涵芬樓校刻時從諸本改。

之不改。觀文、資政殿皆有大學士，觀文稱"大觀文"，而資政稱"大資"，此何理耶？宣和間，蔡居安除宣和殿大學士，從資政學士稱"大宣"。[1] 是時方重道術，驪唱聲於路，[2] 聽者訛爲"大仙"，人以爲笑，遂改爲"大學"。大各刻本"大"誤"士"，[3] 今依黄鈔本正。學士有三，[4] 而此獨以"大"名，又何以别耶？龍圖閣學士，舊謂之"老龍"，但稱"龍閣"。宣和以前，"直學士""直閣"同爲一各刻本脱"一"字，[5] 今依黄鈔本補。稱，未之有别也。末年，陳亨伯爲發運使，以捕方賊功進直學士，佞之者惡其下同直閣，遂稱"龍學"，於是例以爲稱。而顯謨閣直學士、徽猷閣直學士欲效之，而難於稱"謨學""猷學"，乃易爲"閣學"。閣學士有三，亦何以别耶？然階官皆二字，而中大夫獨一字，舉世稱"中大"，不以爲非，則"大學""閣學"亦何足怪也。

古者舉大事皆避月晦，説者以陰之窮爲諱。《春秋》晉楚鄢陵之戰特書"甲午晦"以見譏、魯震夷伯之廟書"乙卯晦"以見異是也。南郊必用冬至之日，周禮也。皇祐四年當郊，而日至適在晦，宋元憲公爲相，預以爲言，遂改爲明堂，

---

① "學士"，商、毛刻本同，項刻本作"故事"。
② "唱"，商、毛刻本同，項刻本作"鳴"。
③ 商、毛刻本作"士"，項刻本作"大"。
④ 按，若"大"作"士"，則此句句讀當爲"遂改爲'大學士'。學士有三"，亦通。
⑤ 項刻本有"一"字，商、毛刻本無。

議者以爲得體，① 有國信不可無儒臣。藝祖四年郊，日至亦在晦，先無知之者。至期，竇儼始上聞，不得已乃用十六日甲子。非日至而郊，惟此一舉，講之不素也。

晏元獻公雖早富貴，② 而奉養極約。惟喜賓客，未嘗一日不燕飲，而盤饌皆不預辦，客至旋營之，頃有。③ 蘇丞相子容嘗在公幕府，④ 見每有嘉客必留，但人設一空案、一杯。既命酒，果實蔬茹漸至，亦必以歌樂相佐，談笑雜出，數行之後，案上已粲然矣。⑤ 稍闌，即罷遣歌樂，曰：“汝曹呈藝已遍，吾當呈藝。”乃具筆札，相與賦詩，率以爲常。前輩風流，未之有比也。各刻本、鈔本皆無“也”字，今依惠校本補。⑥

晏元獻平居，書簡及公家文牒未嘗棄一紙，皆積以傳書。雖封皮，亦十百爲沓，暇時手自持熨斗，貯火於旁，⑦ 炙香匙親熨之。以鐵界尺鎮案上，每讀得一故事，⑧ 則書以一封皮，後批門類，授書吏傳録，⑨ 蓋今類要也。王莘樂道尚有

---

① “體”，商、項、毛刻本作“禮”。

② “晏元獻”，商、項、毛刻本作“晏元憲”，下同。按，“晏元憲”誤。

③ “有”，商、毛刻本同，項刻本作“見”。

④ “客至旋營之，頃有。蘇丞相子容嘗在公幕府”，初編本句讀作“客至旋營之。頃有蘇丞相子容嘗在公幕府”。按，“頃有”乃是針對“盤饌皆不預辦”而言，形容晏殊家酒宴之速，初編本句讀誤。

⑤ “粲”，項刻本同，商、毛刻本作“燦”。

⑥ 項刻本與惠鈔本同，有“也”字。

⑦ “旁”，項、毛刻本同，商刻本作“傍”。

⑧ 項刻本“讀”下有“書”字，商、毛刻本無。“故”，商、毛刻本同，項刻本無。

⑨ “授”，項刻本同，商、毛刻本作“按”。

數十紙，余及見之。

趙清獻公自錢塘告老歸。① 錢塘州宅之東，清各本"清"作"消"，今依潛說友《咸淳臨安志》所引。按，《志》中別載清暑堂爲治平三年郡守蔡襄建。暑堂之後，舊據城闉，橫爲屋五間。下暉虛白堂，② 不甚高大，而最超出州宅及園圃之中，故爲州者多居之，謂之高齋。既治第衢州，臨大溪，其旁不遠數步，③ 亦有山麓屹然而起，即作別館其上，亦名高齋。既歸，唯居此館，不復與家人相接，但子弟晨昏時至。以二淨人、一老兵爲役。早不茹葷，以一淨人治膳於外。功德院號餘慶，④ 時以佛慧師法泉主之。泉聰明高勝，禪林言"泉萬卷"者是也。日輪一僧伴食，泉三五日一過之。晚乃各本無"乃"字，今依惠校本補。⑤ 略取肉及毛刻本無"肉"字，⑥ 黃鈔本無"肉及"二字，⑦ 今依商、張兩刻本補。惠校本云：吳方山本無"及"字。鮓脯於家，蓋不能終日食素。老兵供掃除之役，⑧ 事已即去。唯一淨人執事其旁，暮以一風爐置大鐵湯瓶，可貯斗水，及列盌

---

① "錢塘"，商、毛刻本同，項刻本作"錢唐"，下同。
② "暉"，商、毛刻本同，項刻本作"瞰"。
③ "旁"，項、毛刻本同，商刻本作"傍"，下同。
④ "以一淨人治膳於外。功德院號餘慶"，初編本句讀爲"以一淨人治膳於外功德院，號餘慶"，可備一說。
⑤ 項刻本與惠校本同，有"乃"字。
⑥ 毛刻本"肉"字爲空白。
⑦ 項刻本與黃鈔本同，無"肉及"二字。
⑧ "掃"，商、項刻本同，毛刻本作"埽"。

漱之具，亦去。公燕坐至初夜就寢。雞鳴，淨人治佛室香火，三擊磬，公乃起。自以瓶水頮面，趨佛室。暮年各刻本"年"作"冬"，① 今依黃鈔本改。尚能日禮佛②各刻本無"佛"字，③ 今依黃鈔本補。百拜，誦經至辰時。④ 余年二十一嘗登高齋，尚仿佛其處。後見公客周竦道其詳，欣然慕之。今吾居此，⑤ 日用亦略能追公一二，但不能朝食素、精進佛事，愧之爾。

趙清獻公好焚香，⑥ 尤喜薰衣。所居既去，輒數月香不滅。衣未嘗置於籠，爲一大焙，方五六尺，設薰爐其下，常不絕烟，每解衣投其間。夫人神氣四體，誠不可不使潔清。⑦ 孟子言："西子蒙不潔，人皆掩鼻而過之。⑧ 故雖有惡人，⑨ 齋戒沐浴，可以事上帝。"⑩ 此非獨爲喻者設也。佛氏言衆香國而養生煉形，亦必以香爲主。故焚柴以事天，燔蕭以供祭祀，⑪ 達神明而通幽隱，亦一道耳。章子厚自嶺表還，爲余

---

① 項刻本作"暮年"，商、毛刻本作"暮冬"。
② "日"，商、毛刻本同，項刻本無。
③ 項刻本有"佛"字，商、毛刻本無。
④ "辰"，商、毛刻本同，項刻本作"晨"。
⑤ "居此"，商、毛刻本同，項刻本作"此居"。
⑥ 項刻本無"公"字。
⑦ "不使"，商、毛刻本同，項刻本作"使不"。
⑧ 項刻本"人"上有"則"字，商、毛刻本無。
⑨ "故"，商、毛刻本同，項刻本無。
⑩ "事"，諸本同。按，《孟子·離婁下》原文作"祀"。
⑪ "燔蕭"，商、毛刻本同。項刻本原作"蕭燔"，涵芬樓校刻時據《禮記·郊特牲》改"炳蕭"。

言神仙升舉事云："形滯難脱。臨行，亦須假名香百餘斤焚以佐之。各刻本此句誤倒作"焚之佐以"，① 今依黄鈔本正。此行幸能辦。"意自言必升舉也。坐客或疑而未和。公舉近歲廬山有崔道人者，積香數斛，一日盡發，命弟子置五老峰下，② 徐焚之，默坐其旁，烟盛不相辨。③ 忽躍起，已在峰頂。此各刻本"此"作"上"，④ 今依黄鈔本改。語雖近奇，然理或有是。

　　傳禪者以雲門、臨濟、溈仰、洞山、法眼爲五家宗派。⑤ 自溈仰而下，其取人甚嚴，得之者亦甚少，故溈仰、法眼先絶。洞山至大陽警延，所存一人而已。延亦各刻本無"亦"字，⑥ 今依黄鈔本補。僅得法遠一人，其徒號遠録公者。將終，以其各刻本無"其"字，今依黄鈔本補。教付之，而遠言"吾自有師"，蓋葉縣省也。延聞，拊膺大慟。⑦ 遠止之曰："公無憂。凡公之道，吾盡得之。顧吾初所從入者不在是，不敢自昧爾。將求一可與傳公道者授之，各刻本此句作"可傳公道者與受之"，今依黄鈔本正。使追以嗣公，可乎？"許之，果得清華嚴。清傳道楷，楷行解超絶。近歲四方談禪，唯雲門、臨濟二氏。及楷

---

① 商、毛刻本作"焚之佐以"，項刻本作"焚以佐之"。
② "置"，商、毛刻同，項刻本作"至"。
③ "辨"，商、毛刻本同，項刻本原作"辯"，涵芬樓校刻時從諸本改爲"辨"。
④ 項刻本作"此"，商、毛刻本作"上"。
⑤ "派"，項、毛刻本同，商刻本誤作"泒"。
⑥ 項刻本有"亦"字，商、毛刻本無。
⑦ "拊"，商、毛刻本同，項刻本作"撫"。

出，爲雲門、臨濟而不至者，皆翻然捨而從之，故今爲洞山者幾十之三。斯道固無彼此，但末流不能無弊。要之，與之嚴者其得之必精，得之精者其傳之必遠，此洞山所以雖微而終不可泯也。

人之學問皆可勉強，惟記性各有分量，必禀之天。譬之著棋，極力不過能進其所能，至於不可進，雖一著，終老不能加也。制科六論以記問爲主，然前輩獨張安道、吳參政長文題目終身不忘，其餘中選後往往即忘之，蓋初但熱記耳。①吳正肅公登科，爲蘇州簽判，② 至失心幾年，醫餌以一醉膏乃差。暮年復作，遂不可治。晏元獻、③ 楊文公皆神童，元獻十四歲，文公十一歲，真宗皆親試以九經，不遺一字，此豈人力可至哉！神童不試文字，二公既警絶，乃復命試以詩賦。元獻題出，適其素嘗習者，自陳請易。④ 文公初試，一賦立成，繼又請，至五賦乃已。皆古所未聞也。

饒州自元豐末朱天錫以神童得官，俚俗爭慕之。小兒不問如何，粗能念書，自五六歲即以次教之五經，⑤ 以竹籃坐之木杪，絕其視聽。教者預爲價，終一經，償錢若干，晝夜

---

① “熱”，商、毛刻本同，項刻本原作“執”，涵芬樓校刻時從諸本改爲“熱”。

② “簽”，商、毛刻本同，項刻本作“僉”。

③ “晏元獻”，毛刻本同，商刻本作“晏元憲”，誤。又，項刻本原作“晏元憲”，涵芬樓校刻時從諸本、《宋史》改，下同。

④ 項刻本“易”下有“之”字，商、毛刻本無。

⑤ “以次”，商、毛刻本同，項刻本原作“次以”，涵芬樓校刻時從諸本改。

苦之。中間此科久廢，政和後稍復，於是亦有偶中者，流俗因言饒州出神童。然兒非其質，苦之以至於各刻本無“於”字,① 今依黃鈔本補。死者蓋，多於中也。

鎮江招隱寺，戴顒宅；平江虎丘雲②商刻本“雲”誤“靈”，今依黃鈔本正。毛刻本亦作“雲”。③ 巖寺，王珣宅；各本“宅”下衍“今”字。吳縣王鏊曰：“論義當在下文‘既皆爲寺’上，而誤移至此。”從之。何山宣教寺，④ 何楷宅。今既皆爲寺，⑤ 猶可仿佛其故處。⑥ 何山無甚可愛，淺狹近各刻本“近”作“僅”，⑦ 今依黃鈔本改。在路旁，⑧ 無巖洞，有泉出寺西北隅，然亦不甚壯。招隱雖狹，而山稍曲複幽邃，⑨ 有虎跑、⑩ 鹿跑二泉，略如何山，皆不能爲流。唯虎丘最奇，蓋何山不如招隱，招隱不如虎丘。平江比數經亂兵殘破，獨虎丘幸在。嚴陵、七里瀨在洞下二十餘里，兩山聳起壁立，連亘七里，士人謂之瀧，訛爲籠，

---

① 項刻本有“於”字,商、毛刻本無。
② “虎丘”,刻本原作“虎邱”,商、項刻本作“虎丘”。今改,下同。
③ 按,毛刻本實作“靈”,葉廷琯注誤。
④ “宣教寺”,商、項、毛刻本作“宣化寺”。
⑤ “今”,各本無。
⑥ “可”,商、毛刻本同,項刻本作“可以”。“仿佛”,椒花盦本原作“仿佛”,今改。又,商、項、毛刻本作“彷彿”。
⑦ 項刻本作“近”,商、毛刻本作“僅”。
⑧ “旁”,毛刻本同,項刻本原作“傍”,涵芬樓校刻時從諸本改。又,商刻本亦作“傍”。
⑨ “稍”,商、毛刻本同,項刻本作“梢”。
⑩ “虎跑”,商、項刻本同,毛刻本誤作“虎抱”。

言若籠中。因謂初至爲入籠,[①] 既盡爲出籠。[②] 瀧,本音閭江反,奔湍貌,以爲若籠,謬也。七里之間皆灘瀨,今因沈約詩誤爲一名,非是。嚴陵灘最大,居其中。范文正公爲守時,始作祠堂山上,命僧守之。山峻無平地,不能爲重屋。東、西二釣臺乃各在山巔,與灘不相及。突然石出峰外,略如臺,上平,可坐數十人,因以名爾。郭文居天柱峰,在餘杭縣界,[③] 今爲洞霄宮,有大滌洞天,見《晋書·隱逸傳》。此五者,天下所共聞,僅在浙西[④]商刻本“西”作“江”,今依毛刻本、[⑤] 黃鈔本改。數州之間,其四皆吾熟游。[⑥] 而洞霄宮距吾山無三百里,吾領宮事二十年,獨未暇一至,孰謂吾爲愛山者耶?[⑦]

張景修,字敏叔,常州人,篤厚君子。少以賦知名,而喜爲詩,好用俗語,嘗有《謝人惠油衣》云:“何妨包裹如風橐,[⑧] 且免淋漓似水雞。”久在選調,家素貧,[⑨] 晚始改官。既叙年,得五品服,作詩寄所厚云:“白快近來逢素髮,[⑩] 赤

---

① “謂”,項刻本同,商、毛刻本作“爲”。
② “入籠”“出籠”,商、項、毛刻本作“入瀧”“出瀧”。
③ “餘杭”,商、毛刻本同,項刻本作“饒州”。
④ 項刻本亦作“浙西”。
⑤ 按,毛刻本實作“浙江”,而非“浙西”,叶廷琯注誤。
⑥ “皆吾”,商、毛刻本同,項刻本作“吾皆”。
⑦ 按,今存商刻本此條有漫漶不可識之處。
⑧ “橐”,商刻本同,項刻本作“藥”,毛刻本作“樂”。
⑨ “貧”,商、項刻本同,毛刻本誤作“平”。
⑩ “逢”,項、毛刻本同,商刻本作“逄”,誤。

窮今日得朱衣。”人或以爲笑。然此其性所好，他詩多佳語，
不皆如是也。

司馬文正公在洛下，與諸故老時游集，相約酒行、果實、
食品皆不得過五，謂之真率會，嘗見於詩。子瞻在黃州，與
鄰里往還。子瞻既絕俸，而往還者亦多貧，復殺而爲三。自
言有“三養”曰：安分以養福，寬胃以養氣，省費以養財。
今余所居，① 常過我者許幹譽，此外即鄰之三朱。城中親舊，
與過客之道境上特肯遠來者，② 至累月無一二。③ 然山居饌具
不時得，吾又不能多飲，乃兼取二者而參行之，戲以語客曰：
“古者待賓客之禮，有燕有享，而享其殺也，施之各有宜。今
邂逅而集者，用子瞻以當享；非時而特會者，用溫公以當
燕。”遇所當用，必先舉以告客。雖無不笑，然亦莫吾奪也。

石長卿，眉州人。嘗從黃魯直黔中數年，數爲余誦魯直
晚年詩句得意未及成者數聯。④ 猶記其一云：“人得交⑤各本
“交”作“邀”，今依惠校本正。按，《石林詩話》紀此聯亦作“交”。游

---

① “余”，商、項、毛刻本作“予”。
② “肯”，商、毛刻本同，項刻本作“有”。“來”，商、毛刻本同，項刻本作“至”。
③ “至”，商、毛刻本同，項刻本無。
④ “余”，項刻本同，商、毛刻本作“予”。
⑤ “交”，毛刻本缺，作空格。又，“交游”，項刻本同，商刻本作“邀游”，爲小字雙行並列，似爲漏刻後補。

是風月，天開圖畫即江山。"以爲尤所珍愛者，不肯輕足成之。①

士大夫家祭多不同，蓋五方風俗沿習，與其家法所從來各異，不能盡出於禮。古者修其教不易其俗，故《周官》教民，禮與俗二者不偏廢，要不遠人情而已。韓魏公晚年裒取古今祭祀書，參合損益，爲《祭儀》一卷，最爲得中，識者多用之。近見翟公巽，云各刻本、鈔本俱脱"云"字。② 按，吳曾《能改齋漫録》所引有之。作《祭儀》十卷，而未之見也。問其大略，各刻本"略"作"約"，今依《能改齋漫録》所引。謂："如或祭於昏，或祭於旦，皆非是，當以鬼宿渡河爲候。而鬼宿渡河常在中夜，必使人仰覘各本"覘"作"占"，今依《能改齋漫録》所引。以俟之。"其他大抵類此，援證皆有據。公巽博學多聞，不肯碌碌同衆，所見必每過人也。洪邁《容齋隨筆》云："宋蒼梧王當七夕夜，令楊玉夫伺織女渡河，曰：'見，當報我；不見，當殺汝。'錢希白《洞微志》載蘇德哥爲徐肇祀其先人，曰：'當夜半可已。'蓋俟鬼宿渡河之後。翟公巽作《祭儀》，謂祭'當以鬼宿渡河爲候，而鬼宿渡河常在中夜'。葉少藴云：'公巽博學多聞，所見必過人。'予按，天上經星終古不動，鬼宿隨天西行，春昏見於南，夏晨見於東，秋夜半見於東，冬昏見於東。安有所謂渡河及常在中夜之理？織女昏晨與鬼宿正相反，其理

---

　　① 按，《四部叢刊》影宋乾道刊本《豫章黄先生文集》第十五《王厚頌二首》其二云："夕陽盡處望清閒，想見千巖細菊斑。人得交游是風月，天開圖畫即江山。"則葉氏所謂"不肯輕足成之"，誤。
　　② 項刻本有"云"字。

則同。蒼梧王荒悖小兒不足笑，錢、翟、葉三公皆名儒碩學，亦不深考如此。”

　　俞澹，字清老，揚州人。少與魯直同從孫莘老學於漣水軍，①魯直時年十七八，自稱清風客。清老云：“奇逸通脱，真驥子墮地也。”嘗見其贈清老長歌一篇，與今詩格絶不類，似學李太白，而書乃學周越。各刻本“越”作“越”，② 今依黄鈔本改。元祐間，清老攜以見。魯直欲毀去，③ 清老不肯，乃跋而歸之。黄元明云：“魯直舊有詩千餘篇，中歲焚三之二，④ 存者無幾，故自名《焦尾集》。其後稍自喜，以爲可傳，故復名《敝帚集》。晚歲復刊定，止三百八篇，而不克成。”今傳於世者尚幾千篇也。

　　諸葛孔明才似張子房，⑤ 而學不同。子房出於黄老，孔明出於申韓。方秦之末，可與圖天下者，非漢高祖而誰？項羽決不足以有爲也。故其初即歸高祖，不復更問項羽，與范增之徒異矣。然而黄老之術不以身易天下，是以主謀而不主事，圖終而不圖始，陰行其智而不盡用其材，⑥ 雖使高帝得

---

　　① “漣”，商、毛刻本同，項刻本原作“連”，涵芬樓校刻時從諸本改。
　　② 項刻本作“鉞”，商、毛刻本作“越”。
　　③ 按，“清老攜以見。魯直欲毀去”，初編本句讀爲“清老攜以見魯直。欲毀去”，可備一説。
　　④ “三之”，商、毛刻本同，項刻本原作“之三”，涵芬樓校刻時從諸本改。
　　⑤ “才”，商、項、毛刻本作“材”。
　　⑥ “智”，項、毛刻本作“志”。

天下而已不與也。孔明有志於漢者，而度曹操、孫權不在於
是，故退耕以觀其人，唯施之劉備爲可，其過荀文若遠矣。
以備不足與驅馳中原而吞操，寧遠介於蜀，伺二氏之弊，力
各刻本“力”作“乃”，① 今依黃鈔本改。矯漢末頹弱之失，一濟之
以刑名，② 錯綜萬務，參核名實，用法甚公，各本“公”作
“工”，③ 今依徐鈔本改。而有罪不貸，則以申韓爲之也。惟所見
各得於心，非因人從俗以苟作，此所以爲黃老而不流於蕩，
爲申韓而不流於刻，故卒能輔其才而成其志者也。④

　張子房不盡用其才，各刻本“才”作“材”，今依惠校本改。知
高祖非三代之主也，彼假韓、彭以爲用而終覆滅之，子房蓋
與謀矣，其可復以身爲之乎？至惠帝父子之間，則不肯深與，
乃托之商山四老人。吾意卒能羽翼太子者，非四老人所辦。
其間曲折，子房實教之也。然而與人謀而得天下，又有以定
其後，以開萬世之業，皆謝而不有，非近道者，孰能爲之？
若孔明則不然。劉備初未必有意復漢，蓋自孔明發之。方委
己以聽，而內則費禕、蔣琬，外則張飛、關羽之徒，材皆出
己下，可役使不爭，則何憚而不爲？適操與權在前，是以姑
屈於一隅，顧二人皆已老，苟逡巡經營以及丕、登之世，猶

---

① 　項刻本作“力”，商、毛刻本作“乃”。
② 　“濟”，項刻本同，商、毛刻本作“齊”。
③ 　項刻本作“公”，商、毛刻本作“工”。
④ 　按，今存商刻本此條文字有漫漶不可識之處。

反掌爾。不幸備先死，繼之者禪，則無可言矣。使初視二人如高帝之於項籍，則據中原而令四方，何劉璋之足窺乎？暮年數出關、陝，豈其本意？知無可奈何，不得不爲此以保朝夕。蓋爲黄老則近道，爲申韓則近術；黄老有不必爲，而申韓必求勝，此子房、孔明所以異歟？

王荆公初未識歐文忠公，曾子固力薦之。公願得游其門，而荆公終不肯自通。至和初，惠校本"初"作"中"。[①] 爲群惠校本"群"作"郡"。牧判官，文忠還朝，始見知，遂有"翰林風月三千首，吏部文章二百年"之句。然荆公猶以爲非知己也，故酬之曰："他日倘能窺孟子，[②] 此身安敢望韓公。"自期以孟子，而各刻本無"而"字，[③] 今依黄鈔本補。處公以韓愈，[④] 公亦不以爲嫌。毛刻本"嫌"作"歉"，[⑤] 今依商刻本改。及在政府，薦可爲宰相者三人同一札子：吕司空晦叔、司馬温公與荆公也。吕申公本嫉公爲范文正黨，滁州之謫惠校本"謫"作"禍"。[⑥] 實有力；温公議濮廟不同，力排公而佐吕獻可；荆公又以經術自任而不從公。然公於晦叔則忘其嫌隙，於温公則

---

① "初"，商、毛刻本同，項刻本亦作"中"。
② "他"，商、項、毛刻本作"它"。"倘"，商、項、毛刻本作"儻"。
③ 項刻本有"而"字，商、毛刻本無。
④ "以"，項刻本同，商、毛刻本作"以爲"。
⑤ 項刻本亦作"歉"。
⑥ 按，項刻本原與惠校本同，亦作"禍"，涵芬樓校刻時從諸本改。

忘其議論，於荆公則忘其學術。不如是，安能真見三公之可[①各刻本無"可"字，今依黃鈔本補。]爲宰相耶？世不高公能薦人，而服其能知人，苟一毫有蔽於中，雖欲薦之，亦不能知也。

　　東方朔始作《答客難》，雖揚子雲亦因之作《解嘲》，[②]此猶是《太玄》《法言》之意，[③]正子雲所見也，故班固從而作《答賓戲》。東京以後，諸賢[各刻本、黃鈔本俱脱"賢"字，今依惠校本從吳方山本補。]以《釋誨》《應問》紛然迭起。[④]枚乘始作《七發》，其後遂有《七啓》《七攄》等，後世始集之爲《七林》。文章至此，安得不衰乎？唯韓退之、柳子厚始復傑然知古作者之意。古今文辭，變態已極，雖源流不免有所從來，終不肯屋下架屋。《進學解》即《答客難》也，《送窮文》即《逐貧賦》也，小有出入，便成一家。子厚《天問》《晋問》《乞巧文》之類，高出魏晋，無後世因緣卑陋之氣。至於諸賦，更不蹈襲屈、宋一句，則二人皆在嚴忌、王褒上數等也。

　　李德裕是唐中世第一等人物，其才遠過裴晋公，錯綜萬

---

①　"可"，項刻本無。

②　"揚子雲"，項刻本同，商、毛刻本作"楊子雲"。

③　"猶"，商刻本同，項、毛刻本作"由"。"玄"，㮤花盦本避康熙玄燁諱改作"元"，今改。

④　"釋誨"，商刻本同，項刻本作"釋機"，毛刻本作"釋譏"。"應問"，商、毛刻本同，項刻本作"感問"。

務，應變開闔，可與姚崇並立，而不至爲崇之權譎任數。使武宗之材如明皇之初，則開元不難至。[1] 其卒不能免禍而唐亦不競者，特恩怨太深，[2] 善惡太明，及墮朋黨之累也。推其源流，亦自其家法使然。彼吉甫於裴垍尚以恩爲怨，況牛僧孺、李宗閔輩實相與爲勝負者哉？故知房、杜誠不易得。天下唯不爭長、不爭功則無事不可爲，而房、杜實履之。世但言房喬能以己謀資杜如晦之斷爲難，不知彼既無所爭，何但如晦？視天下無不可容者，英、衛、王、魏固優爲之；[3] 使一毫彼此有萌於中，豈特不能容天下，雖如晦，且將日操戈之不暇也。

五代梁、唐、晉、漢四世，人才無一可道者。自古亂亡之極，未有乏絕如是。蓋唐之得士，不過明經、進士兩塗，[4] 自鄭畋死，大臣無復有人。而四世之君，皆起盜賊攘奪，故相與佐命者亦皆其徒，天下賢士，何從而進哉？至周世宗承太祖之業，初非自取以兵，而得王朴佐之，[5] 李穀之徒，遂以類至，便鬱然有治平之象，北取三關，南定淮甸，[6] 無不

---

① “至”，商、毛刻本同，項刻本作“致”。
② “恩怨”，商、項、毛刻本作“怨恩”。
③ 按，此處“英衛”指英國公李勣、衛國公李靖，《舊唐書》二李傳贊稱“唐興，其名將曰英衛”。“王魏”則爲貞觀時期諍臣王珪、魏徵，二人皆以直言敢諫著稱，並稱“王魏”。故句讀如上。
④ “塗”，商刻本同，項、毛刻本作“途”。
⑤ 諸本亦皆作“朴”。
⑥ “甸”，商、毛刻本同，項刻本作“畿”。

如意，而中國之兵亦少弭。其不克成業者，君臣皆早死爾。
天固以是開真主之運歟？① 自是及本朝，碩大俊傑之人繼起
相望，豈相距五、六十年間，前四世獨無有而今有之，其所
以爲天下者異也？各刻本、鈔本此條與下條皆接寫爲一。然細繹文義，
“禪代”以下，與此實不相蒙，今改提行。

禪代之際，尤人臣所難處，非其有聖智未必能善後。而
范魯公質從容復相藝祖者三年，晏然無纖毫之隙，前輩名公，
皆心服其人，則雖姚崇、李德裕，未必能及也。惜其謙慎隱
晦，行事不盡見於後世。只如群臣除擬各刻本“擬”作“議”，②
今依黃鈔本改。一事，自唐以來，皆宰相自除而進書③黃鈔本
“書”作“畫”。旨；常朝進見，非君國大事不議。④ 至魯公始
正之，皆請面受旨而後行，至今以爲故事。此非特自謹嫌疑、
嚴君臣之分，將以革千載之失也。

天地英靈之氣鍾爲山川，山川之氣降而爲人，皆有常限，
不可加損。⑤ 君子小人兼得之，不在此，則在彼。⑥ 譬人之元
氣皆有所禀，養之善，則爲壽考康寧；不善，則爲疾病，未

---

① “固”，商、毛刻本同，項刻本作“故”。
② 項刻本作“擬”，商、毛刻本作“議”。
③ “書”，商、毛刻本同，項刻本作“畫”。
④ “君”，商刻本同，項、毛刻本作“軍”。
⑤ “可”，商、毛刻本同，項刻本作“敢”。
⑥ “則”，商、毛刻本同，項刻本作“而”。

有無元氣而能爲人者也。是以治世多賢材，亂世多奸雄，①
均一氣爾。秦亂而後有陳勝、吳廣、項籍，漢亂而後有曹操、
袁紹兄弟、孫權父子，晋亂而後有苻堅、石勒、劉淵之徒，
唐亂而後有黃巢、朱全忠、② 李克用之徒。此豈偶然而生哉！
亦各有所授之，非若尋常齷齪庸流、泯然以爲死生者也。晋
以前不可詳考。唐自懿、僖後，人才日削。至於五代，謂之
空國無人可也。雖其變亂商刻本"亂"作"宜"，③ 今依黃鈔本改。
在黃巢等，然吾觀浮屠中乃有雲門、臨濟、④ 德山、趙州數
十輩人，卓然超世，是可與扶持天下，配古名臣。苟得一人，
必能成商刻本"成"作"辦"，⑤ 今依毛刻本改。一事。⑥ 然後知其
散而橫潰，又有在此者也。賢能之無有，尚何足怪哉！

　歐文忠在滁州，通判杜彬善彈琵琶。公每飲酒，必使彬
爲之，往往酒行遂無算。故有詩云：⑦ "坐中醉客誰最賢，杜
彬琵琶皮作絃。"⑧ 此詩既出，彬頗病之，祈公改去姓名，⑨
而人已傳，卒不得諱。政和間，郎官有朱維者亦善音律，而

---

① "奸"，商刻本同，項、毛刻本作"姦"。
② "朱全忠"，項刻本原作"朱全孝"，涵芬樓校刻時從諸本改。
③ 毛刻本"亂"亦作"宜"，項刻本作"亂"。
④ 按，項刻本原脫"門臨"二字，涵芬樓校刻時從諸本補。
⑤ 項刻本亦作"成"。
⑥ "一"，商、毛刻本同，項刻本作"大"。
⑦ "有"，商、毛刻本同，項刻本作"其"。
⑧ "絃"，楸花盦本缺最後一筆，今改，全書同。
⑨ "祈"，項刻本原作"沂"，涵芬樓校刻時從諸本改。

尤工吹笛，雖教坊亦推之，流傳入禁中。蔡魯公嘗同執政奏
事及燕樂，將退，上皇曰："亦聞朱維吹笛乎？"皆曰不聞。
乃喻旨召維試之，使教坊善工在旁按其聲。① 魯公與執政會
尚書省大廳，遣人呼維甚急，維不知所以。既至，命坐於執
政之末，尤皇恐，不敢就位。乃喻上語，維再三辭。② 鄭樞
密達夫在坐，③ 正色曰："公不吹，當違制。"維不得已，以
朝服勉爲一曲，教坊樂工皆稱善，遂除維爲典樂。維爲京西
提刑，爲余言之。④ 琵琶以下撥重爲難，猶琴之用指深，故
本色有"轢絃護索"之稱。文忠嘗問琵琶之妙於彬，亦以此
對。乃取使教他樂工試爲之，下撥，絃皆斷。因笑曰："如公
之絃，⑤ 無乃皮爲之耶？"故有"皮作絃"之句。而好事者遂
傳彬真以皮爲絃，其實非也。唐人記賀懷智以鶗雞筋作絃，⑥
人固疑之。⑦ 筋比皮似⑧《能改齋漫録》引此，"似"作"雖"。有
可作絃之理，然亦不應得許長。且所貴者聲爾，安在以絃爲
奇耶？⑨ 梅聖俞《醉翁吟》亦云："當時醉翁滁州所樂者，惟

---

① "旁"，項、毛刻本同，商刻本作"傍"。
② 項刻本"辭"下有"不能"二字，商、毛刻本無。
③ "在坐"，商、毛刻本同，項刻本無。
④ "余"，商、項、毛刻本作"予"。
⑤ "絃"，項刻本原作"言"，涵芬樓校刻時從諸本改。
⑥ "智"，項刻本原作"知"，涵芬樓校刻時從諸本改。
⑦ "固"，商、毛刻本同，項刻本作"因"。
⑧ "似"，商、毛刻本同，項刻本作"雖"。
⑨ "在"，商、毛刻本同，項刻本無。"耶"，商、毛刻本同，項刻本作"乎"。

有杜彬彈琵琶。"使誠有之，聖俞亦當以異見於詩也。各刻本、
鈔本脱"梅聖俞"以下三十八字。按，《能改齋漫録》所引有之，今據
補。① ○孔平仲《談苑》："朱東之自言作滁州推官時，歐永叔爲太守，杜
彬作倅。永叔自琅琊幽谷亭醉歸，妓扶步行，前引以樂。彬自亭下舞一曲
破，直到州衙前，凡一里餘。永叔詩：'杜彬琵琶皮作絃。'元祐五年，彬
子焯在金陵，或問皮何以作絃。焯云：'永叔詩詞之過也。琵琶誠好，乃國
初老聶工造，世間只有四面。今尚收藏在家，但無皮絃事爾。'"《能改齋
漫録》辨《録話》此事，則謂馮道之子能彈琵琶，以皮爲絃，見陶岳《五
代史補》："乃知皮絃古有其法，而杜彬得之，且文忠此詩下云：'自從彬
死世莫傳，玉練鎖聲入黄泉。'則公作此詩時彬已死，安得有祈公改去姓名
之説？當是葉只據兩句爲此説，又偶忘馮氏舊事耳！"② 按，皮絃之事，既
據焯言無有，理自可信，足與《録話》相證。至馮道子之皮絃，雖未可知，
乃吳虎臣即謂杜得其法，未免臆斷矣。惟云文忠作詩時彬實已死，祈改之
説爲虚，此則誠然。

熙寧以前，洛中士大夫未有談禪者。偶富韓公問法於顒
華嚴，知其得於圓照大本。時本方住蘇州瑞光寺，聲振東南。
公乃遣使作頌寄之，執禮甚恭，如弟子。於是翻然慕之者人
人皆喜言名理，惟司馬温公、范蜀公以爲不然。既久，二公
亦自偶入其説，而温公尤多，蜀公遂以爲譏。温公曰："吾豈

---

① "據"，楸花盦本原作"据"，今改。
② 按，此處葉廷琯所引内容，詳見《能改齋漫録》卷五《辨誤》，文字略有
出入。

爲天下無禪乎？① 但吾儒所聞，有不必舍我而從其書爾。"②
此亦幾所謂實與而文不與者，觀其與韓持國往來論《中庸》
數書，可見矣。末因蜀公論空相，遂以詩戲之曰："不須天女
散，已解動禪心。"蜀公不納。反各刻本"反"作"及"，③ 今依惠
校本改。復以戲之詩曰：④ "賤子悟已久，景仁今日迷。"又
云："到岸何須筏，⑤ 揮鋤不用金。浮雲任來往，明月在天
心。"此道極致，豈大聰明而有差別？觀此，謂溫公不知禪，
可乎？

　　唐人言"冬烘"是不了了之語，故有"主司頭腦太冬
烘，⑥ 錯認顏標是魯公"之言，人以爲戲談。今蜀人多稱之。
崇寧末，家各刻本脱"家"字，⑦ 今依黃鈔本補。安國同爲郎，成
都人詹某黃鈔本"某"作"丕"。⑧ 爲諫官，各刻本"官"下衍"故"
字，⑨ 今依黃鈔本删。以安國嘗建言移寺省，⑩ 上章擊之。其辭
略云："謹按某官，人材闒冗，臨事冬烘。"蓋以其蜀人。聞

---

　① "爲"，商、毛刻本同，項刻本作"謂"。
　② "舍"，商、毛刻本同，項刻本作"棄"。
　③ "反"，項刻本作"及"。
　④ "以戲之詩"，項刻本作"以詩戲之"。
　⑤ "筏"，項刻本原作"栰"，涵芬樓校刻時從諸本改。
　⑥ "有"，項刻本原脱，涵芬樓校刻時從諸本補。按，商刻本"有主"二字爲
小字雙行，當爲漏刻後所訂補。"腦"，項、毛刻本同，商刻本誤作"恼"。
　⑦ 項刻本有"家"字，商、毛刻本無。
　⑧ 項刻本"某"亦作"丕"，商、毛刻本皆作"某"。
　⑨ 項刻本無"故"字，商、毛刻本有。
　⑩ "寺"，項刻本原作"事"，涵芬樓校刻時從諸本改。

者無不笑之。安國性隱而口吃，每戟手躍於衆曰："吾不辭譴逐，但冬烘爲何等語！"於是傳之益廣，遂目爲"冬烘公"。按《宋史》："家安國，字復禮，眉山人。與兄勤國、弟定國皆從劉巨游，爲二蘇同門。"《藝文志》有家安國《春秋通義》二十四卷，《欒城集》有《送家安國赴成都教授》詩，然則安國具有師友淵源、學殖著作，非竟冬烘先生也。

李文靖公沆爲相，專以方嚴重厚鎮服浮躁，[①] 尤不樂人論説短長附己。胡秘監旦謫商 商刻本缺"商"字，毛刻本作"同"，[②] 惠校本作"開"，今依黄鈔本正。[③] 按，《宋史》及《東都事略》胡旦傳俱作"商"。州，久未召。嘗與文靖同爲知制誥，聞其拜參政，以啓賀之，歷詆前居職罷去者云："吕參政以無功爲左丞；郭參政以失酒爲少監；辛參政非材謝病，優拜尚書；陳參政新任失旨，退歸兩省。"而譽文靖甚力，意將以附之。文靖愀然不樂，命小史封置別 各刻本無"別"字，[④] 今依黄鈔本補。篋，曰："吾豈真有優於是者，[⑤] 亦適遭遇耳。乘人之後而譏其非，吾所不爲，況欲揚一己而短四人乎?"終爲相，旦不復用。

---

① "重厚"，商、毛刻本同，項刻本作"厚重"。
② 按，復旦大學館藏毛刻本作空格，葉廷琯所據不知爲何本。
③ 項刻本亦作"商"。
④ 項刻本有"別"字，商、毛刻本無。
⑤ "有"，商、毛刻本同，項刻本無。

　　婦人疾莫大於産蓐，倉猝爲庸醫所殺者多矣，[①] 亦不素
講故也。舊嘗見杜壬作《醫準》一卷，[②] 記其平生治人用藥
之驗。其一記郝質子婦産四日，瘈瘲載眼，弓背反張，壬以
爲痓各刻本、黃鈔本“痓”誤“瘈”，今依徐鈔本正。[③] 病，與大豆
紫湯、獨活湯而愈。政和間，[④] 余妻纔分免，[⑤] 猶在蓐中。忽
作此證，頭足反接，相去幾二尺。家人驚駭，以數婢強拗之，
不直。適記此方，各本“此方”二字作“所云”，今依徐鈔本改。而
藥囊有獨活，乃急爲之。召醫未至，連進三劑，遂能直。醫
至則愈矣，更不復用大豆紫湯。古人處方神驗類爾，但世用
之不當其疾，每易之。自是家人有臨乳者，應所須藥物必備，
不可不廣告人。二方皆在《千金方》各刻本脫“方”字，[⑥] 今依
黃鈔本補。第三卷。

　　趙康靖公概，厚德長者，口未嘗言人短。與歐文忠公同
爲知制誥，後亦同秉政。及文忠被謗，康靖密申辨理，至欲
納平生誥敕以保之，而文忠不知也。中歲，常置黃、黑二豆
於几案間，自旦數之，每興一善念、爲一善事，則投一黃豆

---

　　① “猝”，商刻本同，項、毛刻本作“卒”。

　　② “杜壬”，項刻本同，商、毛刻本作“杜任”。又，下一“壬”字，商、項、毛刻
本皆作“壬”。

　　③ “痓”，項刻本原作“瘈”，涵芬樓校刻時從徐鈔本改作“痓”。

　　④ “和”，商、項、毛刻本誤作“初”。

　　⑤ “免”，商、毛刻本同，項刻本作“娩”。

　　⑥ 項刻本有“方”字，商、毛刻本無。

於別器。暮發視之，初黑豆多於黄豆，漸久反之。按，"別器"句下似应有應有投黑豆一層。既謝事歸南京，二念不興，遂徹豆，無可數。人強於爲善，亦要在造次之間每事各刻本"事"作"日"，徐鈔本作"自"，① 今依黄鈔本改。防檢。此與趙清獻公焚夜②各本無"夜"字，今依徐鈔本補。香日告其所行之事於上帝同。③ 徐鈔本"同"下有"也"字。④

今夏不雨四十日，自江左連湖外皆告旱。常歲五六月之間梅雨時，⑤ 必有大風連晝夕，逾旬乃止，吳人謂之"舶趠風"。以爲風自海外來，禱於海神而得之，率以爲各刻本脱"爲"字，⑥ 今依黄鈔本補。常。今歲特無有，故暑氣尤各刻本"尤"作"猶"，⑦ 今依黄鈔本改。烈。六月二十日晚，忽雨至夜中，⑧ 明日又雨。其晚臥池上，⑨ 河漢當空，梧竹颯然，遂有秋意。蓋前一日立秋，氣候不應如是速也。余比歲不作詩，舊喜誦前輩佳句，亦忘之。忽記劉原甫詩云："涼風響高樹，清露墜明河。雖復夏夜短，已覺秋氣多。"若爲余言者。起，

---

① 項刻本亦作"自"。
② "焚夜"，項刻本作"每夜焚"。
③ "日告其"，商、毛刻本同，項刻本作"告其日"。"之"，商、毛刻本同，項刻本無。
④ 項刻本亦有"也"字。
⑤ 按，商刻本"六月"二字作小字雙行，當爲漏刻後訂補。
⑥ 項刻本有"爲"字，商、毛刻本無。
⑦ 項刻本作"尤"，商、毛刻本作"猶"。
⑧ "夜中"，商、毛刻本同，項刻本作"夜半"。
⑨ "其"，商、毛刻本同，項刻本作"是"。

傍池徐步，環繞數十匝，吟咏不能自已，① 僮僕皆已睡。前此適有以酴醾新酒相餉者，乃蹩起，② 連取三杯飲之，③ 意甚適，不知原甫當時能如此否？然詩末云：“艷膚麗華燭，皓齒揚清歌。臨觴不作意，奈此粲者何。”則與吾異。此詩當是在長安時作，恨此一病未除也。

石介守道與歐文忠同年進士，名相連，皆第一甲。國初諸儒以經術行義聞者，但守傳注，以篤厚謹修表鄉里。自孫明復爲《春秋發微》，稍自出己意。守道師之，始唱爲闢佛老之説，行之天下。文忠初未有是意，而守道力論其然，遂相與協力，蓋同出韓退之。及爲《慶曆聖德詩》，遂偃然肆言，臧否卿相不少貸。議者謂《元和聖德詩》但獎用兵之善，以救正元姑息之弊，④ 且時已異，用推憲宗之意而成之，固不害爲獻納。豈有天子在上方欲有爲，而匹夫崛起，擅參予奪於其間乎？孫明復聞之，曰：“爲天下不當如是，禍必自此始。”文忠猶未以爲然，及朋黨論起，始悟其過。故嘉祐、治平之政，施行與慶曆不同。事欲求成，亦必歷更而後盡其變也。⑤

---

① “咏”，商、毛刻本同，項刻本作“諷”。

② “乃”，商、毛刻本同，項刻本作“一”。

③ “連取”，項刻本同，商、毛刻本作“取連”。

④ 按，槑花盦本、商、項、毛刻本均作“正”，“正”爲“貞”之誤。此當爲葉夢得原文，爲避宋仁宗趙禎嫌名而改。

⑤ “歷更”，商、毛刻本同，項刻本作“更歷”。

　　盧懷御名。各刻本"懷"下直書"慎"字，惟惠校本改注"御名"，以存宋刻之舊。今從之，下同。好儉，① 家無金玉錦繡之飾。此固美事，然史言妻子至寒餓，宋璟等過之，門不施箔，風雨至，引席自障，則恐無是理。人孰無妻子之愛，固將與之共飽暖。其窮無以贍，義不苟取於人，則不得已寧使至於不足，此所以爲賢。各刻本、黄鈔本皆無"人孰"以下四十字，今依徐鈔本補。② 今身爲宰相，俸廩非不足，不以富貴寵禄爲淫侈足矣，非故欲困虐之，何致必使至於寒餓乎？各本無"非故"句，今依徐鈔本補。下句作"何至於妻子寒餓乎"，今依徐鈔本改。③ 門不施箔，尤非是。宰相居至陋，④ 終與編户比屋異，安用施箔？⑤ 正無箔，客至，⑥ 亦當少引於内，⑦ 各本"尤非是"下但作"宰相所居，縱無箔，客至，亦爲少引於内"二語，今依徐鈔本補。必不至風雨侵坐。懷御名。雖無甚過人，然各本無"然"字，今依徐鈔本補。⑧ 亦不全爲奸僞。此事蓋出鄭處誨《明皇雜録》，⑨ 各刻本"録"作

---

　　① "好"，商、毛刻本同，項刻本作"清"。
　　② 按，"人孰"以下四十字項刻本原亦無，涵芬樓校刻時據徐鈔本補。
　　③ 按，項刻本亦無"非故"句，下句亦作"何至於妻子寒餓乎"。涵芬樓校刻時從徐鈔本補改。
　　④ "居"，項刻本原作"所居"，涵芬樓校刻時從徐鈔本删"所"。
　　⑤ 按，"至陋"以下十三字，項刻本原無，涵芬樓校刻時從徐鈔本補。
　　⑥ "正"，項刻本原作"縱"，涵芬樓校刻時從徐鈔本改。
　　⑦ "當"，項刻本原作"爲"，涵芬樓校刻時從徐鈔本改。
　　⑧ 按，項刻本亦無"然"字，涵芬樓校刻時從徐鈔本改。
　　⑨ "誨"，商、項、毛刻本作"晦"。

"事",① 今依黄鈔本改。史臣妄信之。天下自有中道，初不遠人情，② 君子行己，各刻本"己"作"之"，③ 今依黄鈔本改。非專區區以取名。前世士大夫乃有過爲矯飾，自謂懷④御名。⑤ 所常行者，子瞻兄弟深不以爲然，因制科，論題出《魏志·和洽傳》"大教在通人情"，蓋有所諷。

四明、温、台間山谷多産菌，然種類不一，食之，間有中毒，⑥ 往往有殺人者，⑦ 蓋蛇虺毒氣所薰蒸也。有僧教掘地以冷水攪之令濁，少頃取飲，皆得全活。此方自見《本草》，陶隱居注謂之"地漿"，亦治楓樹菌——食之笑不止，俗言笑菌者。居山間，不可不知此法。

士大夫服丹砂死者，前此固不一。余所目擊：林彦振，平日充實，飲啖兼人。居吳下，每以強壯自誇。有醫周公輔言得宋道方煉丹砂秘術，可延年，而無後各刻本"無後"作"後無"，今依徐、黄兩鈔本改。⑧ 害。道方，拱州良醫也，彦振信之。服三年，疽發於腦，⑨ 始見髮際，如粟。越兩日，項領與胸

---

①　項刻本作"録"，商、毛刻本作"事"。

②　"初"，項、毛刻本同，商刻本作"遂"。

③　項刻本作"己"，商、毛刻本作"之"。

④　"謂"，項刻本原作"爲"，涵芬樓校刻時從諸本改。

⑤　按，葉廷琯注"御名"二字，項刻本原作"仰"字正文，涵芬樓校刻時改爲"慎"字。

⑥　"間"，枡花盦本原作"聞"，今改。

⑦　"有"，商、毛刻本同，項刻本作"至"。

⑧　項刻本與徐、黄鈔本同。

⑨　"腦"，商、項刻本同，毛刻本作"胸"，下同。

背略平，十日各刻本"日"誤"月"，① 今依黄鈔本正。死。方疾亟時，醫使人以帛漬所潰膿血濯之水中，澄，其下略有丹砂。②蓋積於中，與毒俱出也。謝任伯，平日聞人畜伏火丹砂，不問其方，必求之服，唯恐盡，去歲亦發腦疽。有人與之語，見其疾將作，俄頃，覺形神頓異，而任伯猶未之覺。既覺，如風雨，經夕死。③ 十年間親見此兩人，可以爲戒矣。

杜子美詩：④"久爲野客尋幽慣，細學何顒免興孤。"何顒，後漢人，見《黨錮傳》，蓋義俠者，與詩不類。意當作周顒，⑤ 周、何字相近而訛。周顒奉佛，有隱操，其詩云："昔遭衰世皆晦迹，今幸樂國養微軀。依止老宿亦未晚，富貴功名焉足圖。"則此意當在周各刻本、黄鈔本皆脱"周"字，今依徐超本補。顒也。

張丞相天覺喜談禪，自言得其至。初爲江西運判，至撫州，見兜率從悦，與其意合，遂授法。悦，黄龍老南之子。初非其高弟。而江西老宿爲南所深許、道行一時者數十人，天覺皆歷詆之。⑥ 其後天覺浸顯，諸老宿略已盡，後來庸流

---

① 項刻本作"日"，商、毛刻本作"月"。
② "澄，其下略有丹砂"，初編句讀爲"澄其下，略有丹砂"，可備一説。
③ "夕"，商、項刻本同，毛刻本誤作"以"。
④ "子"，商、項刻本同，毛刻本誤作"于"。
⑤ "意當"，項刻本同，商、毛刻本作"當意"。
⑥ "詆"，商、毛刻本同，項刻本作"試"。

傳南學者，乃復奔走推天覺，稱"相公禪"，① 天覺亦當之不辭。近歲遂有爲長老開堂承嗣天覺者，前此蓋未有。② 勢利之移人，雖此曹亦然也。初與老南同得道於慈明者，有文悦，住雲峰，其行解堅高，略與南等。從悦既因天覺而重，故其徒謂雲峰悦爲"文悦"以别之。

世傳王迥芙蓉城鬼仙事，或云無有，蓋托爲之者。③ 迥，字子高。蘇子瞻與迥姻家，爲作歌，人遂以爲信。俞澹清老云：④ "王荆公嘗和子瞻歌，爲其兄紫芝誦之。紫芝請書於紙，荆公曰：'此戲耳，不可以訓。'故不傳。猶記其首語云：'神仙出没藏杳冥，帝遣萬鬼驅六丁。'"余在許昌，與韓宗武會，坐客有言宗武年二十餘時有所遇如子高，是時年八十餘。余質之宗武，笑而不肯言。客誦其人往來詩數十篇，皆五字古風，清婉可愛，如《玉臺新咏》。宗武見余愛，乃笑曰："荆公嘗亦甚稱，⑤ 云非近人，當是齊梁間鬼。"遂略道本末，云見之幾二年，無甚苦，意但恍惚，或食或不食。⑥

---

① "公"，項刻本原作"天"，涵芬樓校刻時從諸本改。
② "蓋"，商、項刻本同，毛刻本作"尚"。
③ 項刻本無"無有蓋"三字。
④ "俞"，項刻本同，商、毛刻本誤作"余"。
⑤ "嘗亦"，商、毛刻本同，項刻本作"亦嘗"。
⑥ 按，"無甚苦，意但恍惚，或食或不食"，初編本句讀爲"無甚苦意，但恍惚或食或不食"，可備一說。

後國醫陳易簡教服蘇合香丸半年餘,[①] 一日，忽不見,[②] 未知
爲藥之驗否也。[③] 陳振孫《書録解題》云："《韓莊敏遺事》一卷，秘
書丞韓宗武文若撰。記其父丞相縝事，末亦雜記他事。宗武即少年遇洋客
者也，年八十二乃卒。此編亦載其詩，云熙寧間得異疾，與神物遇。"按，
直齋所云，殆即《録話》中所遇如子高者耶?

---

① "香丸"，商、項刻本同，毛刻本作"香圓"。
② "忽"，商、毛刻本同，項刻本無。
③ "爲"，商、毛刻本同，項刻本無。

卷　下①

　　程光禄師孟，吳下人，樂易，純質，喜爲詩，效白樂天而尤簡直，至老不改吳語。與王荆公有場屋之舊，②荆公頗喜之。晚相遇，猶如布衣時。自洪州致仕歸吳，按《宋史·師孟傳》，歷知南康軍、楚州、洪州、福州、廣州、越州、青州，自青州致仕。《録話》各本皆作洪州致仕，應是傳寫之訛。過荆公蔣山，留數日，時已年七十餘。荆公戲之曰："公尚欲仕乎？"曰："猶可更作一郡。"③荆公大笑，知其無隱情也。黃鈔本此條以下爲卷三。

　　元豐間，道士陳景元博識黃鈔本"識"作"學"。④多聞，藏書數萬卷，士大夫樂從之游，身短小而傴。師孟嘗從求

---

①　項刻本作卷三。
②　按，項刻本此處作"荆公"，下句"荆公"則作"王荆公"，涵芬樓校刻時從諸本改。
③　"更"，商、毛刻本同，項刻本無。
④　項刻本與黃鈔本同，亦作"學"，商、毛刻本作"識"。

《相鶴經》，得之，甚喜，作詩親攜往謝，末云：“收得一般
瀟灑物，① 龜形人送鶴書來。”徐舉首自操吳音吟諷之。② 諸
弟子在旁，③ 皆忍笑不能禁。時王侍郎仲至在坐，顧景元，
不覺失聲，幾仆地。

柳永，字耆卿，爲舉子時，多游狹邪，④ 善爲歌辭。教
坊樂工每得新腔，必求永爲辭，始行於世。於是聲傳一時。
初舉進士登科，爲睦州掾官。各刻本缺“官”字，⑤ 今依黄鈔本補。
舊初任官薦舉，⑥ 法不限成考。永到官，郡將知其名，與監
司連薦之，物議喧然。及代還，至銓，⑦ 有摘以言者，遂不
得調。自是詔初任官須滿考乃得薦舉，自永始。永初爲《上
元辭》，有“樂府兩籍神仙，梨園四部絃管”之句傳禁中，⑧
多稱之。後因秋晚張樂，有使作《醉蓬萊》辭以獻，語不稱
旨，仁宗亦疑有欲爲之地者，因置不問。永亦善爲他文辭，
而偶先以是得名，始悔徐鈔本“悔”作“悟”。爲己累。後改名
三變，而終不能救。擇術不可不慎。余仕丹徒，嘗見一西夏

---

① “灑”，商、項、毛刻本作“洒”。
② “自”，商、毛刻本同，項刻本無。
③ “旁”，項、毛刻本同，商刻本作“傍”。
④ “狹”，商、毛刻本同，項刻本作“狎”。
⑤ 商刻本“官”字實作空白，項刻本有“官”字。
⑥ “官”，商、毛刻本同，項刻本無。又，“任官”二字，商刻本爲小字雙行，當
爲漏刻後所訂補。
⑦ “及代還，至銓”，初編本句讀爲“及代還至銓”，可備一説。
⑧ “絃管”，商、毛刻本同，項刻本作“管絃”。

歸明徐鈔本"明"作"朝"。官，云："凡有井水飲處，即能歌柳詞。"言其傳之廣也。永終屯田員外郎，死，旅殯潤州僧寺。① 王和甫爲守時，求其後不得，乃爲出錢葬之。②《池北偶談》稱"儀徵西，地名仙人掌，有柳耆卿墓"，其詩所謂"殘月曉風仙掌路，③ 何人爲吊柳屯田"也。吳騫《拜經樓詩話》舉查堯卿語，謂"儀徵實無其地，不知漁洋何據"；④ 並引曾敏行《獨醒雜志》"耆卿死，葬棗陽縣之花山。每歲清明，詞人集其下，爲吊柳會"以證。按，漁洋之説，即據和甫事爲張本。考石林老人去和甫爲守時未遠，所紀似應得實。惟和甫守潤，欲葬耆卿何難？ 即卜地京口，如漁洋言，必遠泛大江之北，此稍可疑耳。又按，《方輿勝覽》云："耆卿卒於襄陽，群妓合金葬南門外。每春月上冢，謂之吊柳七。"與曾説略同，惟其地稍別，究不知孰是。附記以資談助。

　　秦觀少游亦善爲樂府，語工而入律，知樂者謂之作家歌，元豐間盛行於淮楚。"寒鴉萬點，流水繞孤村"，本隋煬帝詩

---

　　① "永終屯田員外郎，死，旅殯潤州僧寺"，初編本句讀爲"永終屯田員外郎，死旅，殯潤州僧寺"，可備一説。

　　② 項刻本此條與下一條連爲一條。

　　③ "仙掌路"，楙花盦本原誤作"仙掌露"，今改。按，《池北偶談》實作"仙掌路"："儀真縣西地名仙人掌，有柳耆卿墓。按《避暑録》，柳死，旅殯潤州僧寺，王平甫爲守出錢葬之。真、潤地相接，或即平甫所卜兆也。予《真州詩》云：'殘月曉風仙掌路，何人爲吊柳屯田。'"（卷二十一）。王士禎《帶經堂詩話》卷十三亦云："柳耆卿卒於京口，王和甫葬之。然今儀真西地名仙人掌有柳墓，則是葬於真州，非潤州也。余少在廣陵，有詩云：'江鄉春事最堪憐，寒食清明欲禁烟。殘月曉風仙掌路，何人爲吊柳屯田。'"又，楙花盦本夾注引《拜經樓詩話》云"儀徵實無其地"，則也説明此當爲"仙掌路"，"仙掌露"誤。

　　④ "據"，刻本原作"据"，今改，下一"據"字同。

也，少游取以爲《滿庭芳》辭，① 而首言"山抹微雲，天粘衰草"，尤爲當時所傳。蘇子瞻於四學士中最善少游，故他文未嘗不極口稱善，豈特樂府！然猶以氣格爲病，故常戲云："山抹微雲秦學士，露花倒影柳屯田。""露花倒影"，柳永《破陣子》語也。惠校本云："吳方山本此條接上'葬之'直下爲一條。"②

富鄭公爲樞密副使，坐石守道詩自河北宣諭使還，道除知鄆州，徙青州，讒者不已，人皆爲公危懼。會河北大飢，流民轉徙東下者六七十萬人。公皆招納之，勸民出粟，自爲區畫，散處境内。屋廬、飲食、醫藥，纖悉無不備，從者如歸市。有勸公非所以處疑弭謗，禍且不測。公傲然弗顧曰："吾豈以一身易此六七十萬人之命哉！"卒行之愈力。明年，河北二麥大熟，始皆襁負而歸，則公所全活也。於是雖讒公者亦莫不畏服，知不可撓，③ 而疑亦因是浸釋。公在政府不久，而青州適當此變，嘗見其與一所厚書云："在青州二年，偶能全活得數萬人，勝二十四考中書令遠矣。"張侍郎舜民嘗刻之石，余舊有模本，今忘之，不復見。

裴休得道於黃蘗，《圓覺經》等諸序文，皆深入佛理，雖爲佛者亦假其言以行，而吾儒不道，以其爲言者佛也。李

---

① "辭"，商、毛刻本同，項刻本作"詞"。
② 按，"直"或爲刊刻時所衍。
③ "撓"，項刻本原作"挽"，涵芬樓校刻時從諸本改。

翱《復性書》，即佛氏所常言，而一以吾儒之説文之，晚見藥山，疑有冥各刻本"冥"誤"與"，① 今依黄鈔本正。契，而爲佛者不道，以其爲言者儒也。此道豈有二？以儒言之則爲儒，以佛言之則爲佛。而士大夫每患不能自求其所聞，必取之佛，故不可行於天下，所以紛然交相詆，卒莫了脱其實也。② 韓退之《答孟簡書》論大顛，以爲實能外形骸，以理自勝，不爲事物侵亂，胸中無隔礙。果爾，安得更別有佛法？是自在其説中而不悟。退之《原性》不逮李翱《復性書》遠甚。蓋別而爲二，必有知者，然後信之。李翱作《復性書》時，年二十九，猶未見藥山也。然求於吾儒者，皆與當時佛者之言無二，故自言志於道者四年，則其學之久矣。然無一言近佛，而猶微外之，與老莊並列。蓋以世方力詆其説，不可與之爭，亦不必爭故爾。吾謂唐人善學佛而能不失其爲儒者無如翱，③ 若王縉、杜鴻漸，以宰相傾心爲佛事，蓋本於因果報應之説，猶有意徼幸以求福，乃其流之下概。而王摩詰、白樂天爲佛則可矣，而非儒也。是召干戈而求不鬥，雖欲使退之不作，可乎？孟簡反欲乘其間而屈之，亦陋矣。《復性書》上篇，儒與佛者之常言也。其中篇以齋戒其心爲未離乎靜；知本無有思，則動靜皆離；視聽昭昭，不起於聞見，而其心寂然，

---

①　項刻本作"冥"，商、毛刻本作"與"。

②　"脱"，商、毛刻本同，項刻本無。

③　"翱"，商、毛刻本同，項刻本作"李翱"。

光照天地。此吾儒所未嘗言，非自佛發之乎？末篇論鳥獸蟲魚之類，謂受形一氣，一爲物，一爲人，得之甚難；生乎世，又非深長之年，使人知年非深長而身爲難得，則今釋氏所謂"人身難得""無常迅速"之二言也。翶言之何傷，而必欲操釋語以誨人？宜其從之者既不自覺，而詆之者亦不悟其學之所同也。

宋武帝與殷仲文論音樂云："正恐解則好之。"此言極有味也。世之好飲者必能飲，好弈者必能弈，① 未有不知酒味而強飲、未嘗學弈而自喜爲弈，凡事皆然。欲求簡靜安閑，莫若初無所解。解而好，非有大勇不能絶也。吾少不幸，溺於多聞，而喜窮理。每一事未曉，夜不能安枕，反覆推研，必欲極其至而後止，於是世間事多得曲折。中歲恐流於多事，② 始翻然大悔，一切掃除，願爲土木偶人。苟一念瞥各刻本"瞥"作"暫"，③ 今依黄鈔本改。起，似有分別起滅，即力止之，若觸芒刃，若陷機阱。數十年來，此境稍熟，覺心内心外，真若無物。所未能遽去者，唯此數百卷書爾。更期以年歲，當盡棄之。以無知求有知易，以有知反無知難。使吾不早悟，蔽其所知而不返，雖欲求此須臾之適，其可得哉！

---

① "弈"，楙花盦本原作"奕"，今改，下同。又，商、項、毛刻本皆作"奕"。

② "恐"，商、毛刻本同，項刻本無。商刻本"恐流"二字作小字雙行，當爲漏刻後所訂補。

③ 項刻本作"瞥"，商、毛刻本作"暫"。

　　張安道與歐文忠素不相能。慶曆初，杜祁公、韓、富、范四人在朝，欲有所爲。文忠爲諫官協佐之，而前日吕申公所用人多不然，於是諸人皆以朋黨罷去。而安道繼爲中丞，頗彈擊以前事，二人遂交怨，蓋趣操各有主也。嘉祐初，安道守成都，文忠爲翰林，蘇明允父子自眉州走成都，將求知安道。安道曰："吾何足以爲重？其歐陽永叔乎！"① 不以其隙爲嫌也。乃爲作書辦裝，使人送之京師謁文忠。文忠得明允父子所著書，② 亦不以安道薦之非其類，大喜曰："後來文章當在此！"即極力推譽，天下於是高此兩人。子瞻兄弟後出入四十餘年，雖物議於二人各不同，而亦未嘗敢有纖毫輕重於其間也。

　　張友正，鄧公之季子，少喜學書，不出仕。有別業，價三百萬，盡鬻以買紙。筆迹高簡，有晋宋人風味，③ 尤工於草書。故廬在甜水巷，一日棄去，從水櫃街就小屋，④ 與染工爲鄰。或問其故，答曰："吾欲假其縑素學書耳。"於是與約：凡有欲染皁者先假之，一端酬二百金。⑤ 徐鈔本"金"作

---

　　① "陽"，商、毛刻本同，項刻本無。
　　② "著"，楙花盦本原誤作"箸"，今改。
　　③ "人"，商、毛刻本同，項刻本無。
　　④ "櫃"，項刻本原作"橫"，涵芬樓校刻時從諸本改。"就"，商、項、毛刻本作"僦"。按，"僦"，租賃，"就"誤，當作"僦"。
　　⑤ "凡有欲染皁者先假之，一端酬二百金"，初編本句讀誤作"凡有欲染皁者，先假之一端，酬二百金"。

"錢"。如是日書數端。米元章書自得於天資，然自少至老，筆未嘗停。有以紙餉之者，不問多寡，入手即書，至盡乃已。元祐末，知雍邱縣，① 蘇子瞻自揚州召還，乃具飯邀之。既至，則對設長案，各以精筆、佳墨、紙三百列其上，而置饌其旁。② 子瞻見之，大笑就坐。每酒一行，即申紙共作字，以各刻本"以"誤"一",③ 今依黃鈔本正。二小史磨墨，幾不能供。薄暮，酒行既終，紙亦盡，乃更相易攜去，俱自以爲平日書莫及也。近人王文誥撰《蘇詩編注總案》引此事，改在出帥定武時。其案語云："公揚州召還，是時差充鹵簿。大禮日迫，詔書促召，既已近京，子由奉詔而出，必無雍邱款接之事。且還朝後，元章使人於公，而馬夢得亦自雍邱還，因答書云'夢得來談新政不容口'，此元章自揚州別公赴雍邱後未嘗相見之明證也。"按，其說於時事自合。但考雍邱在開封東南百里，坡公帥定武，出京應即渡河而北，何由迂道過米？此亦可疑。友正既未嘗仕，其性介，不多與人通，故其書知之者少，但惠校本云："吳方山本作'俱'。"不逮元章耳。④

建中靖國初，有前與紹聖共政者欲反其類，首建議盡召元祐諸流人還朝，以爲身謀。未幾，元祐諸人並集，不肯爲之用，則復逐之，而更召所反者。既至，亦惡其翻覆，⑤ 排

---

① "雍邱",商、項、毛刻本作"雍丘",下同。
② "旁",項、毛刻本同,商刻本作"傍"。
③ 項刻本作"以",商、毛刻本作"一"。
④ "耳",商、毛刻本同,項刻本無。
⑤ "惡",商、毛刻本同,項刻本作"思"。

之尤力，其人卒不得安位而去。張蕓叟時以元祐人先罷居長安里中，[1]聞之，壁間適有扇架，戲題其下曰：“扇子解招風，本要熱時用。秋來挂壁間，卻被風吹動。”時余季父仕關中，偶至長安，見蕓叟，道其事，指壁間詩以爲笑樂。

李翱習之論山居，以怪石、奇峰、走泉、深潭、老木、嘉草、新花、視遠七者爲勝。[2]今吾山所乏者，獨深潭、老木耳。深潭不可無，[3]松亦不多得。[4]各刻本此下錯入後“五方地土”條。“州宅堂前”至“不及見也”一百五十八字，今依黃鈔本改。[5]然習之記虎丘池水不流，[6]天竺石橋下無水，麓山力不副天奇，靈鷲擁前山不可遠視，峽山少平地、泉出山無深各刻本“深”誤“所”，[7]今依黃鈔本正。潭。[8]此五所者，極天下之奇觀猶不能備，況吾居獨得其七之五哉！人心終不能無累，余雖

────────

① “蕓”，商、毛刻本同，項刻本作“芸”，下同。

② “七”，商、毛刻本同，項刻本作“八”。

③ “無”，商、毛刻本同，項刻本作“得”。

④ “松亦不多得”，項刻本無。又，項刻本“然習之記虎丘”前有“吾木會有時而老，但吾不及見也”句。

⑤ 項刻本與黃鈔本同。

⑥ “丘”，楸花盫本原作“邱”，今改。又，商、項、毛刻本作“丘”。

⑦ 項刻本作“深”，商、毛刻本作“所”。

⑧ 按，唐李翱《題峽山寺》云：“余爲兒童時，聞山游者説峽山寺難爲儔。遠地，嘗以爲無緣能來，及兹獲游，周歷五峰，然後知峽山之名於世有其故焉。於靈鷲寺時，述諸山居之所長而未言其所不足，如虎丘之劍池不流，天竺之石橋下無泉，麓山之力不副天奇，靈鷲擁前山不可視遠，峽山亦少平地，泉出山無所潭。”則“深”當作“所”，黃鈔本與項刻本錯訛相同，此爲黃鈔本與項刻本爲同一底本的有力例證。葉廷琯氏迷信黃丕烈，改“所”爲“深”，誤。

忘此，而每見潭水澄澈，高木鬱然，未嘗不有慕。圓證寺大松合抱三十餘株，夾道蔽日，猶國初時故物。石橋合諸澗水，道朱氏怡雲閣之前，其深處水面闊四五丈，張文規所謂金碧潭者也。其下流注朱氏子嵩之圃，噴薄激射，交流左右，去吾廬不滿三里，自可爲吾之別館。但寺僧不好事，比歲，松有伐而薪者，① 當祝使善護持之。朱氏子約今年田熟，作草堂三間泉上，暇日時往來。則習之所不足者，吾可以兼得矣。②

曾從叔祖司空道卿，慶曆中受知仁祖，爲翰林學士，遂欲大用。會宋元憲爲相，同年，素厚善，或以爲言，乃與元憲俱罷，然仁宗欲用之意未衰也。再入爲三司使，而陳恭公尤不喜。適以憂去，免喪不召，就除知澶州。風節凜然，范文正諸公見推重。③ 各刻本"凜然"下無此語，今依徐、黄兩鈔本補。④ 吾大觀中亦忝入翰林，因面謝，略叙陳。太上皇聞之，喜曰："前此兄弟同時迭爲學士者有矣，未有宗族相繼於數世之後。不唯朝廷得人，亦可爲卿一門盛事。"吾頓首謝。今之叨冒，仁宗不得盡施於司空者，吾又兼得之，而略無前人報

① "薪"，商、毛刻本同，項刻本作"爲薪"。
② 按，商、毛刻本此條下均接"大抵人才有四種"條，之後接"曾從叔祖司空道卿"，以下各條序次相同。項刻本此條之下，"大抵人才有四種"之上，有"仁廟初即位秋宴百戲""五方土地風氣各不同"兩條內容。
③ "諸"，商、毛刻本同，項刻本無。
④ 項刻本與徐、黄鈔本同。

國之一二。每懷眷遇，未嘗不流涕也。

　　叔祖度支諱温叟，^①與子瞻同年，^②議論每不相下。元祐末，子瞻守杭州，公爲轉運使。浙西適大水災傷，^③子瞻鋭於賑濟，而告之者或此下似應有"過"字，各刻本、鈔本皆缺。施予不能無濫。且以杭人樂其政，陰欲厚之。公每持之不下，即親行部，一皆閲實，更爲條畫，上聞朝廷，主公議。^④會出度牒數百，付轉運司易米給民，杭州遂欲取其半。公曰："使者與郡守職不同。公有志天下，何用私其州，^⑤而使吾不得行其職？"卒視他州災傷重輕分與之。^⑥子瞻怒甚，上章詆公甚力。廷議不以爲直，乃召公還爲主客郎中。子瞻之志固美，雖傷於濫，不害爲仁；而公之守不苟其官，亦人所難。可各刻本無"可"字，^⑦今依黄鈔本補。見前輩居官，無不欲自行其志也。^⑧《東坡集》在杭有與葉淳老同相視新河詩。按，淳老，温叟字也。詩中云"勸農使者非常人"，注謂指淳老。

------

①　"温叟"，商、毛刻本同，項刻本"叟"下有"者"字。
②　"子瞻"，商、毛刻本同，項刻本作"蘇子瞻"。
③　按，"公爲轉運使。浙西適大水災傷"，初編句讀爲"公爲轉運使浙西。適大水災傷"，誤。
④　按，"更爲條畫，上聞朝廷，主公議"，初編本句讀爲"更爲條畫上聞，朝廷主公議"，聊備一説。
⑤　"私"，商、毛刻本同，項刻本作"便"。
⑥　"他"，商、項、毛刻本作"它"。
⑦　項刻本有"可"字，商、毛刻本無。
⑧　按，"曾從叔祖司空道卿"與"叔祖度支諱温叟"二條，項刻本在"大抵人才有四種"條下、"祖、宗澶淵未修好以前"條上。

　　仁廟初即位，秋宴，百戲有緣橦竿者，[①] 忽墜地，碎其首死。上惻然憐之，命以金帛厚賜其家，且詔自是橦竿減去三之一。晏元獻作詩紀之曰："君王特軫推溝念，[②] 詔截危竿橫賜錢。"余往在從班侍燕時，見百戲橦竿纔二丈餘，與外間絶不同，一老中貴人爲余言。後閱元獻詩，果見之。廟號稱"仁"，信哉！

　　五方地土風氣各不同。古之立社，各以其所宜。木非所宜，雖日培之，不植。許、洛地相接，嵩山至多松，而許更無有。王幼安治第，遣人取松栽，百餘本種之，[③] 僅能活一株，纔二尺餘，[④] 視之如嬰兒也。乃獨宜柏，有伐以爲椽者。睢陽近亳，有檜而無松，亦不多得。亳[⑤]以上九十七字，各刻本缺。今依黃鈔本補。[⑥] 州宅堂前有兩株樛，[⑦] 枝左紐，各刻本"左紐"誤"者約"，[⑧] 今依黃鈔本正。高二丈餘，百年物也。至杉，則三州皆無之。木之佳者無如是四種，而余仕四方，未嘗兼得。今此山乃無不宜，[⑨] 種之得法，十年間便可合半抱，惟

---

　① "橦"，商、項、毛刻本作"撞"，下同。
　② "念"，項刻本原作"墊"，涵芬樓校刻時從諸本改。
　③ 此句商、毛刻本同，項刻本作"遣人取松百餘本栽種之"。
　④ "二"，毛刻本同，商、項刻本作"三"。
　⑤ "有檜而無松亦不多得亳"，商、毛刻本作"有檜而見推重"。
　⑥ 項刻本與黃鈔本同。
　⑦ "宅"，商、毛刻本同，項刻本無。
　⑧ 項刻本作"左紐"，商、毛刻本作"者約"。
　⑨ "今"，商、毛刻本同，項刻本作"余"。

柏長差比遲爾。今環舍左右者略有數千株，[①] 居各刻本缺“居”字，[②] 今依黃鈔本補。常目松磊落昂藏似孔北海，檜深密紆盤似管幼安，杉豐腴秀澤似謝安石，柏奇峻堅瘦似李元禮。[③] 吾閒居久，賓客益少，何幸日得與四君子游耶？范文正公嘗謂：“吾木會有時而老，但吾不及見也。”[④] 此條編次依黃鈔本。惟鈔本尾缺“范文正公”十九字，“而游耶”以下誤接寫“大抵人才”爲一條。今依各刻本補全分析。

　　大抵人才有四種：德量爲上，氣節次之，學術又次之，材能又次之。欲求成材，四者不可不備。論所不足，則材能不如學術，學術不如氣節，氣節不如德量。然人亦安能皆全？顧各有偏勝，亦視其所成之黃鈔本無“之”字，[⑤] 者如何。故德量不可不養，氣節不可不激，學術不可不勤，材能不可不勉。苟以是存心，隨所成就，亦便不作中品人物。唐人房喬、[⑥] 裴度，優於德量；宋璟、張九齡，優於氣節；魏鄭公、陸贄，優於學術；姚崇、李德裕，優於材能。姚崇蔽於權數，德裕溺於愛憎，則所勝者爲之累也。汝曹方讀《唐書》，當以是

① “今”，商、毛刻本同，項刻本無。“舍”，商、項、毛刻本皆作“余”。

② 項刻本有“居”字，商、毛刻本無。

③ “禮”，項刻本同，商、毛刻本作“膺”。按，李膺，字元禮，“膺”字誤。

④ 按，項刻本無“范文正公”以下內容。又，此條商、毛刻本皆在“李翱習之論山居”條中。

⑤ 項刻本亦無“之”字。

⑥ “房喬”，商、毛刻本同，項刻本作“房玄齡”。

類求則有益，其他瑣細與無用之空文，不足多講，徒亂人意爾。

　　祖、宗澶淵未修好以前，志在取燕，未嘗不經營，故流俗言甚黃鈔本"甚"作"其"。① 喜而不可致者，皆曰"如獲燕王頭"。宣和末，北方用師，其大酋夑離不嘗王燕，② 爲邊害，③ 朝論必欲取之。未幾，大將乃捕斬夑離不，函其首以獻，詔藏之大社頭庫。④ 天下皆上表賀，而其實非也。士大夫爲慶者每相視笑曰："遂獲燕王頭耶？"

　　"和尚置梳篦"亦俚語，言必無用也。⑤ 崇寧中，⑥ 間改僧爲德士，皆加冠巾。蔡魯公不以爲然，嘗爭之，不勝。翌日，有冠者數十人詣公謝，髮既未有，皆爲贗髻以簪其冠，公戲之曰："今當遂置各刻本缺"置"字，⑦ 今依黃鈔本補。梳篦乎？"不覺烘堂大笑，冠有墜地者。

　　崇寧二年，霍侍郎端友榜，吾爲省試點檢官，安樞密處厚爲主文，與先君善，一見以子弟待吾。處厚前坐紹聖間從官放歸田里，至是以兵部尚書召還朝。嘗中夜召吾語，因曰：

---

① 項刻本亦作"其"，商、毛刻本作"甚"。
② "酋"，商、項刻本同，毛刻本作墨釘。
③ "害"，商、毛刻本同，項刻本作"患"。
④ "大"，商刻本同，項、毛刻本作"太"。
⑤ "無用"，商、毛刻本同，項刻本作"無所用"。
⑥ "崇寧"，商、毛刻本同，項刻本無。
⑦ 項刻本有"置"字，商、毛刻本無。

"吾更禍重矣，將何以善後？"吾曰："公不聞藺相如、廉頗、郭汾陽、李臨淮、張保皋、鄭年事乎？縉紳之禍，連結不解，非特各敝其身，國亦敝矣。公但能一切忘舊怨，以李文饒爲戒，禍何從及？"處厚意動，矍然起，執吾手步庭下，時正月望夜，月正中，仰視星斗燦然，以手指天曰："此實吾心。"因問此六人大略，曰："四人者吾知之，獨不記保皋與年爲何事。"吾言："杜牧之所書，《新史》略載之矣。"還坐室中，取《唐書》檢視久之，曰："吾未有策題，便當著此，以信吾志。"遂論六人以策進士。

　　佛氏論持律，以隔牆聞釵釧聲爲破戒。人疑之久矣。蘇子由爲之説曰："聞而心不動，非破戒。心動爲破戒。"子由蓋自謂深於佛者，而言之陋如此，何也？夫淫坊酒肆，皆是道場。内外牆壁，初誰限隔？此耳本何所在？今見有牆爲隔，是一重公案；知聲爲釵釧，是一重公案，尚問心動不動乎？吳僧淨端者，行解通脱，人以爲散聖。章丞相子厚嘗各刻本"嘗"誤"聞"，①今依黄鈔本正。召之飯，而子厚自食葷。執事者誤以饅頭爲餕餡置端前，端得之，食自如。子厚得餕餡，知其誤，斥執事者，而顧端曰："公何爲食饅頭？"端徐取視曰："乃饅頭耶？怪餕餡乃許甜。"吾謂此僧真持戒者也。

　　吾素不能琴，然心好之。少時嘗從信州道士吳自然授指

法，亦能爲一兩弄，怠而棄去。然自是每聞善琴者彈，雖不
盡解，未嘗不喜也。大觀末，道泗州，遇廬山崔閑，相與游
南山十餘日。閑蓋善琴者，每坐玻璨泉上，^① 使彈，終日不
倦。泉聲不甚悍激，涓涓淙潺，與琴聲相亂，吾意此即天籟
也。閑所彈更三十餘曲，曰："公能各爲我爲辭，使我它日持
歸廬山時倚琴而歌，^② 亦足爲千載盛事。"意欣然，許之。閑
乃略用平側四聲分均爲句以授余。琴有指法而無其譜，閑蓋
強爲之。吾時了了略解，既懶，不復作，今蓋忘之矣。^③ 去
年徐度忽得江外《招隱》一曲，以王琚舊辭增損而足成之，
雖無彈者，可歌成聲，遇吾有各刻本脱"有"字，^④ 今依黃鈔本補。
意時，當稍依此自爲一篇，以終閑志也。

《真誥》載萼緑華事，細考之，近今之紫姑神。晋人好
奇，稍緣飾之爾。紫姑神止爲詩文，^⑤ 自托於仙，不與人相
接。而萼緑華事乃近褻，豈有真仙若此哉！或曰："釋氏至四
禪天乃無欲，自三禪而下，皆未免於欲。萼緑華蓋未離乎欲
界者也。"亦不然。所謂欲各刻本脱"欲"字，今依黃鈔本、惠校本

---

① "璨"，商、毛刻本同，項刻本作"璃"。
② "我"，商、毛刻本同，項刻本作"吾"。
③ "忘"，項刻本原作"亡"，涵芬樓校刻時從諸本改。
④ 項刻本有"有"字，商、毛刻本無。
⑤ "止"，毛刻本同，商、項刻本作"始"。

補。① 界者,② 豈真與世人同？僅有偶而已。後世並緣，遂肆
爲黷慢高眞之言,③ 無所不至，流俗爭信之。唐人至有爲
《后土夫人傳》者，今所在多有爲后土夫人祠，而揚州尤
盛,④ 皆塑爲婦人像。流俗之謬妄如此，亦起於西漢所謂神
媼者，謂小孤爲“姑”，何足怪哉！后土夫人蓋以譏武后，
然托論亦不當如此也。

　　毒熱連二十日，泉旁林下,⑤ 平日自爲勝處，亦覺相熏
灼。⑥ 忽自訶曰:⑦ “冰蠶火鼠，此本何物？習其所安，猶不
知異。今此熱相，初從何來？乃復浪爲苦樂耶?”⑧ 一念纔
萌，顧堂室内外，或陰或日，皆成清涼國土。戲以語群兒,⑨
皆莫知答。翌日忽大雨，震電暴風，驟至坐間，草木掀舞，
池水震蕩，群兒欣然，皆以爲快。因問:“遂若是涼耶？抑來
日復有熱耶？來日復熱，則汝之快者將又戚然矣。”自吾之
視，群兒固可笑;⑩ 然吾行於世且半生，幾何不爲群兒？得
無有如吾者，又笑其所笑乎？

---

① 項刻本與黃鈔本、惠校本同，有“欲”字，商、毛刻本無。
② 毛刻本“界”字今爲墨釘。
③ “黷”，商、毛刻本作“瀆”，項刻本作“褻”。
④ “尤”，商、毛刻本同，項刻本作“爲”。
⑤ “旁”，項、毛刻本同，商刻本作“傍”。
⑥ “熏”，商、項、毛刻本作“薰”。
⑦ “曰”，項刻本原作“也”，涵芬樓校刻時從諸本改。
⑧ “耶”，項刻本原作“即”，涵芬樓校刻時從諸本改。
⑨ “群”，楸花盦本原作“羣”，今改，全文同。
⑩ “自吾之視，群兒固可笑”，初編本句讀作“自吾之視群兒，固可笑”，誤。

釋氏論佛、菩薩號，皆以"南謨"冠之，自不能言其義。夷狄謂拜爲"膜"，音謨。《穆天子傳》"膜拜而受"，[①]蓋三代已有此稱，若云居南方而拜爾。既訛爲"謨"，又因之爲"南無""南摩"。惠校本載唐六如勘本頭評云："南無，梵語，譯爲歸命覺，見《善見論》與《翻譯名義》。此以爲南方膜拜，蓋是臆說。而世俗又解之謂南方所無，故謂之'南無'，尤爲可笑。"《後漢·楚王英傳》伊蒲塞之饌，伊蒲塞即梵語優婆塞。時佛語猶未至中國，蓋西域之譯云然，如身毒與天竺。其國名尚訛，況於語乎？

《唐書·李絳傳》載論罷吐突承璀請撰安南寺聖德碑事，[②]云憲宗命百牛倒石。此事出《唐舊史》。[③]歐文忠遂謂古碑先立而後書。[④]余家有《李絳論事》載此甚詳，云承璀先立碑堂，并碑石大小準華岳碑，[⑤]不言已立碑也。絳既論，帝報云：[⑥]"已不令建立，碑樓便遣拽倒。"[⑦]仍各刻本"仍"作

---

① "而"，商、毛刻本同，項刻本作"而後"。

② "載"，項刻本原在"碑"字下，涵芬樓校刻時從諸本改。按，"安南寺"，諸本皆同。新、舊《唐書》及清畿輔叢書本《李相国论事集》皆作"安國寺"，葉夢得氏誤。

③ 按，《舊唐書》不載唐憲宗命百牛倒石，語出《新唐書》，葉夢得氏誤。

④ "古"，商、毛刻本同，項刻本作"石"。

⑤ "準"，槑花盦本原作"准"，今改。又，商、項、毛刻本亦作"准"。

⑥ "云"，商、項刻本同，毛刻本作"一"。

⑦ 按，葉氏以爲，吐突承璀只建樓未立碑，故此句句讀如此。若按《李相国论事集》上下文意，此句實應句讀爲"已不令建立，碑、樓便遣拽倒"。

"乃"，今依黄鈔本改。① 記承璀奏樓功績大，② 請緩拆，帝遣百牛倒之。則所倒乃碑樓，非碑石也，③《新史》乃承《舊史》之誤爾。凡書要以便事，何爲必先立乎？史言帝初怒，絳伏奏愈切，乃悟。而《集》本是奏疏從中報可，④ 無怒事，尤見其妄。

　　列子，書稱"子列子"，此是弟子記其師之言，非列子自云也。劉禹錫自作傳稱"子劉子"，不可解，意是誤讀《列子》。

　　天下真理日見於前，未嘗不昭然與人相接，但人役於外，與之俱馳，自不見耳，⑤ 惟靜者乃能得之。余少常與方士論養生，因及子午氣升降，累數百言，猶有秘而不肯與衆共者。有道人守榮在旁笑曰：⑥ "此何難？吾常坐禪，至靜定之極，

---

① 按，項刻本與黄鈔本同。

② "功績"，商、毛刻本同，項刻本作"功蹟"。

③ 按，清畿輔叢書本《李相国论事集》卷一《論安國寺不合立聖德碑狀》云："承璀恩澤無二，言無不行，遂先立碑石，大小高下，一準華岳碑。及堂構克成，承璀奏請學士撰碑文。"在李絳上奏反對後，"其日晚奉宣進旨。覽所陳，深嘆忠鯁。已依所奏，不令造立，其碑、樓遣令拽倒訖"。奉命拆碑、樓之人臨行前向傳達聖旨的"敕使"詢問"如何拽倒"時，敕使回答説："聖人覽狀時，承璀正在旁立。上處分令拽倒，承璀云：'碑、樓功積大，卒拽不倒。'款緩令拆，意欲延引，候方便再論。上屬聲曰：'多著牛拽。'乃不敢言。遂以百牛拽倒。"其中明言"先立碑石"，且"堂構克成"，則碑及樓均已立，而非葉夢得氏所言僅立碑堂；且承璀所奏爲碑、樓功績大，而非葉夢得氏單謂之樓，葉氏將碑、樓合爲一而稱碑堂，誤。

④ "而"，商、項刻本同，毛刻本誤作"石"。"奏"，商、毛刻本同，項刻本無。

⑤ "耳"，商、毛刻本同，項刻本作"爾"。

⑥ "旁"，項、毛刻本同，商刻本作"傍"。

每子午，覺氣之升降往來於腹中，如飢飽有常節，吾豈知許事乎？惟心內外無一物耳。非止氣也，凡寒暑燥濕有犯於外而欲爲疾者，亦未嘗悠然不逆知其萌。"余長黃鈔本"長"作"因"。① 而驗之，知其不誣也。在山居久，見老農候雨暘，十中七八。問之，無他，曰："所更多耳。"② 問市人，則不知也。余無事常早起，③ 每旦必步戶外，各刻本"外"作"門"，今依黃鈔本改。④ 往往僮僕皆未興。其中既洞然無事，仰觀雲物景象與山川草木之秀，而志其一日爲陰，爲晴，爲風，爲霜，爲寒，爲溫，亦未嘗不十中七八。老農以所更，吾以所見，其理一也。乃知惟一靜，黃鈔本作"惟靜一法"。⑤ 大可以察天地，近可以候一身，而況理之至者乎？

宣和間，內府尚古器，士大夫家所藏三代秦漢遺物，無敢隱者，悉獻於上。而好事者復爭尋求，不較重價，一器有直千緡者。利之所趨，人競搜剔山澤，發掘冢墓，無所不至。往往數千載藏，一旦皆見，不可勝數矣。吳珏爲光州固始令，先申伯之國，而楚之故封也。間有異物，而以僻遠，人未之知。⑥ 乃令民有罪皆入古器自贖。既而罷官，幾得五六十器。

---

① 項刻本"長"亦作"因"，商、毛刻本作"長"。
② "耳"，商、毛刻本同，項刻本作"爾"。
③ "常"，商、毛刻本同，項刻本作"嘗"。
④ 按，項刻本與黃鈔本同。
⑤ 按，項刻本與黃鈔本同，作"靜一法"。商、毛刻本作"一靜"。
⑥ "之"，商、毛刻本同，項刻本無。

與余遇汴上，出以相示，其間數十器尚三代物。後余中表繼為守，聞之，微用其法，亦得十餘器。乃知此類在世間未見者尚多也。范之才為湖北察訪，[1] 有紿言澤中有鼎，不知其大小，而耳見於外，其間可過六七歲小兒。亟以上聞，詔本部使者發民掘之。凡境內陂澤悉乾之，掘數十丈，訖無有。之才尋見謫。

慶曆中，西方用師，一委韓公、范文正公，皆為招討副使。未幾，韓公以任福敗好水左遷秦州，文正擅報元昊書遷耀州，皆奪使事。蓋居中有不各刻本脫“不”字，[2] 今依黃鈔本補。樂之者。仁宗憂邊事無所付，且未決二公去留。王文安公堯臣時為翰林學士，乃以為黃鈔本“為”作“充”。[3] 陝西體量安撫使，當權者意欲使黃鈔本“使”下有“其”字。[4] 附己、排二公。公具言二公方為夷狄所畏，忠勇無比，將禦外敵，非二人不可；具辨任福敗不緣帥，[5] 皆請還之；併薦其麾下狄青、种師道等二十餘人可為大將。[6] 議與當權者忤，盡格不行。會公言：“涇原，賊所由入，他日必自是窺關中。請益兵預

---

① “察訪”，商、毛刻本同，項刻本作“訪察”。
② 項刻本有“不”字，商、毛刻本無。
③ 項刻本作“充”，商、毛刻本作“為”。
④ 項刻本有“其”字，商、毛刻本無。
⑤ “具”，商、毛刻同，項刻本作“且”。
⑥ 商、項、毛刻本亦作“种”。

備。”亦不行。而明年葛懷敏之敗，正自涇原。[1] 仁宗始悟，復行公策而還二公，訖降元昊。議者謂保全關輔雖韓、范之功，然非文安，[2] 亦不能成也。

　　唐中世以前，未盡以石爲研。端溪石雖後出，未甚貴於世。[3] 蓋晋宋間善書者初未留意於研，往往但以黄鈔本“以”作“於”。[4] 器貯墨汁，故有以銅鐵爲之者，意不在磨墨也。長安李士衡觀察家藏一端研，當時以爲寶。下有刻字云：“天寶八年冬，端州東溪石。[5] 刺史李元書。”劉原甫知長安，取視之，大笑曰：“天寶安得有‘年’，自改元即稱‘載’矣。且是時州皆稱‘郡’，刺史皆稱‘太守’，至德後始易，今安得獨爾耶？”亟取《唐書》示之，無不驚嘆。按，此二語應獨指“州”“郡”“刺史”“太守”易稱而言。若稱“載”之説，新、舊《唐書》本紀皆作三年正月朔方改，與原父語不合。今世載籍所傳，惟趙明誠《金石録》論李秀碑天寶元年正月立而稱“元載”爲可證。李氏研遂不敢復出。非原甫精博，固無與辨。然李氏亦非善爲研計者。研但論美惡，誠可爲寶，[6] 何必問久近耶？近世有言許敬宗研

---

① 商、毛刻本同，項刻本“原”下有“起”字。
② “然”，商、毛刻本同，項刻本無。
③ 項刻本“未”前有“亦”字，商、毛刻本無。項刻本“世”下有“者”字，商、毛刻本無。
④ 項刻本“以”亦作“於”，商、毛刻本作“以”。
⑤ “端州東溪”，項刻本原作“端溪東州”，涵芬樓校刻時從諸本改。
⑥ “可爲”，商、毛刻本同，項刻本作“爲可”。

者，亦或以其人棄之。若論李氏研，則許敬宗研各刻本脱“研”字，① 今依黃鈔本補。真贗亦未可知，然好惡之惑如此。② 彼爲研者，美惡自若，初何預知？而或以有年而貴，或以人而廢，重可笑也。

　　劉原甫博物多聞，③ 前世實無及者。在長安，有得古鐵刀以獻，④ 製作極巧。下爲大環，以纏龍爲之，而其首類鳥，人莫有識者。原甫曰：“此赫連勃勃所鑄龍雀刀，所謂大夏龍雀者也。鳥首蓋雀云。”問之，乃种世衡築青澗城掘地所得，⑤ 正夏故疆也。又有獲玉印遺之者，其文曰“周惡夫印”。公曰：“此漢條各刻本脱“條”字，⑥ 今依黃鈔本補。侯印，尚存於今耶？”或疑而問之。曰：“古亞、惡二字通用。《史記》盧綰之孫他人封亞谷侯，而《漢書》作‘惡谷’是矣。”聞者始大服。因疑史條侯名遂作亞各刻本“亞”誤“惡”，今依吳仁傑《兩漢刊誤補遺》所引。父之“亞”，音未必然。⑦ 黃鈔本此句作“正是惡夫，亦未可知”。春秋衛有醜夫，各刻本、鈔本“衛”皆作

---

①　項刻本有“研”字，商、毛刻本無。

②　“惑”，項刻本同，商、毛刻本作“或”。

③　“劉”，商、毛刻本同，項刻本無。又，項刻本此條與上條合爲一條，他本皆作兩條。

④　“刀”，商、毛刻本同，項刻本作“刄”。

⑤　商、項、毛刻本亦皆作“种”。

⑥　項刻本有“條”字，商、毛刻本無。

⑦　“遂作亞父之‘亞’，音未必然”，商、毛刻本作“遂作惡父之‘亞’，音未必然”，項刻本作“正是惡夫，亦未可知”。

“魏”。又，此文下有“衛有良夫”一句，義與上下不屬，似誤衍。今依《兩漢刊誤補遺》所引删正。蓋古人命名，皆不擇其美稱，亦多有以惡名者。安知“亞夫”不爲“惡夫”也？《兩漢刊誤補遺》按語云：“《書大傳》：武王升舟入水，鐘鼓惡，觀臺惡，將舟惡，宗廟惡。鄭康成謂‘惡’爲‘亞’，則惡夫正應與亞父之‘亞’一音耳。然《水經》櫟陽縣漢丞相周勃冢北有弱夫冢，‘惡’‘弱’名復相類，所未詳也。”按，吴氏此論欲與此書異而亦未決，附存備考。

韓丞相玉汝家藏王莽時銅枓一，狀如勺。以今尺度之，長一尺三寸。其柄有銘云：“大官乘輿十涷各刻本“涷”誤“涷”，① 今依黄鈔本正。按，王楙《野客叢書》所引亦作“涷”。銅枓，重三鈞九兩。② 新始建國天鳳上戊六年十二月，工遵造。史臣閎，掾臣岑，掌旁丞臣弘，③ 令臣栩。各刻本、鈔本“臣栩”皆誤“丞相”，④ 上“臣”字亦誤“相”，今並依《野客叢書》所引。第二十六。”枓，食器，⑤ 正今之杓也。《史記·趙世家》趙襄子請代王，使厨人操銅枓食代王及從者，行斟，陰令以枓擊殺之是已。涷，《周官》音鍊。據《漢書》，莽改始建國六年爲天鳳六年，而不言其因。今“天鳳”上猶冒“始建國”，

---

① 商、毛刻本作“涷”，項刻本作“涷”。
② “鈞”，商、毛刻本同，項刻本作“斤”。
③ “丞臣”，商、項、毛刻本均作“丞相”。
④ “臣栩”，商、毛刻本作“丞相”，項刻本作“臣相”。
⑤ 按，“掾臣岑、掌旁丞臣弘、令臣栩。第二十六。枓，食器”句，初編本因底本文字錯訛而未加句讀，誤。上所列職官及人名實爲銅枓監造官，“第二十六”爲所造銅枓之編號，故句讀如此。

蓋通爲一稱，未嘗去舊號。上戊，莽所作曆名。莽自以爲土德王，故云。宣和間，公卿家所藏漢器雜出，余多見之，唯此器獨見於韓氏。

國朝監察御史，皆用三丞以上嘗再任通判人。有闕，則中丞與翰林學士、知雜迭舉二人，① 從中點一人除，宰相不與也。韓公爲中丞，以難於中選，乃請舉京官以爲裏行，遂薦王觀文陶。治平初，② 御史缺，臺臣如故事以名上英宗，③ 皆不用。④ 内批自除二人：范堯夫以江東轉運判官爲殿中侍御史，⑤ 呂微仲以三司鹽鐵判官爲監察御史裏行。⑥ 得人之效，乃見於再世二十年之後，古未有也。

唐制，詔敕號令，皆中書舍人之職，定員六人，以其一人爲知制“詔敕”以下二十二字，各刻本皆脱，今依黄鈔本、惠校本

---

① 按，“知雜”爲知雜御史的省稱，故句讀如上。

② “遂薦王觀文陶。治平初”，初編本句讀爲“遂薦王觀文、陶治平，初”。按，治平，係指英宗年號，故下文言及英宗欽點御史事。“王觀文陶”是指王陶，觀文是指其最後任職，陶係名諱。《宋史》王陶本傳載：“王陶，字樂道，京兆萬年人。第進士，至太常丞而丁父憂。……服闋，除太子中允。嘉祐初，爲監察御史裏行……以侍讀學士知蔡州，歷河南府，許、汝、陳三州，以東宫舊臣加觀文殿學士。”傳論亦云：“王陶始爲韓琦所知，在御史時頗能譏切時政。及爲中丞，則承望風旨，攻琦如仇讎，欲自取重位。”則王陶任監察御史裏行實因韓琦薦舉而獲準，與《録話》合。初編本句讀誤。

③ 項刻本“上”下有“請”字，商、毛刻本無。

④ “臺臣如故事以名上英宗，皆不用”，初編本句讀爲“臺臣如故事以名上，英宗皆不用”，可備一説。

⑤ “判官”，項刻本原作“使”，涵芬樓校刻時從諸本、《宋史》改。

⑥ “鹽鐵”，項刻本原作“監視”，涵芬樓校刻時從諸本、《宋史》改。

補。① 誥，以掌進畫。翰林學士初但爲文辭，不專詔命，自校書郎以上皆得爲之。班次各視其官，亦無定員。故學士入皆試五題：麻、詔、敕、詩、賦，而舍人不試，蓋舍人乃其本職，且多自學士遷也。學士未滿一年，猶未得爲知制誥，不與爲文。歲滿，遷知制誥，然後始並直。本朝既重學士之選，率自知制誥遷，故不試。而知制誥始亦循唐制不試。雍熙初，黃鈔本“初”下有“年”字。② 太宗以李文靖各刻本“靖”誤“正”，今依黃鈔本正。③ 公沆及宋湜、王化基爲之。化基上章辭不能，乃使各刻本“使”誤“始”，④ 今依黃鈔本正。中書並召試制誥二首，遂爲故事。其後梁周翰、薛映、梁鼎亦或不試而用。歐陽文忠公記唯公與楊文公、陳文惠公三人者，誤也。費袞《梁溪漫志》曰：“知制誥不試而命，實始於至道三年四月。真宗念梁周翰夙負詞名，令加獎擢，乃不試而入西閣。自國初以來，周翰實爲之首，而楊公繼之。葉左丞乃謂周翰與薛映、梁鼎皆不試而用，此亦誤。映、鼎蓋與大年並命者，獨大年不試而後命云。”

　　唐御膳以紅綾餅餤爲重。昭宗光化中，放進士榜，得裴格等二十八人，以爲得人。會燕曲江，乃令大官特作二十八

① “詔敕”以下二十二字，項刻本同。商、毛刻本脱。
② 項刻本亦有“年”字，商、毛刻本無。
③ “靖”，項刻本原亦作“正”，涵芬樓刻時從黃鈔本改。商、毛刻本亦作“正”。按，《宋史》李沆本傳載李沆卒，“諡文靖”，商、項、毛刻本誤。
④ 商、毛刻本作“始”，項刻本作“使”。

餅餤賜之。① 盧延讓在其間，後入蜀爲學士。既老，頗爲蜀人所易。延讓詩素平易近俳，乃作詩云："莫欺零落殘牙齒，曾喫紅綾餅餤來。"王衍聞知，② 遂命供膳，亦以餅餤爲上品，以紅羅裹之。至今蜀人工爲餅餤，而紅羅裹其外，公厨大燕，③ 設爲第一。

吳正肅公育罷政事，守蔡州，嘗即州宅爲容齋。自序其意，以爲上爲天子所容，中爲士大夫所容，下爲吏民所容。又謂知足而心虛曠，然後能容；達生以爲寓，則無往而不容，且作詩著之。余爲蔡守時，已不復存。物色其處，西北隅僅有屋四楹，深不滿三丈，手可及檐，意以爲是。乃稍修葺之，不敢加其舊，以見公之志。遣人洛中求公集，得所作詩，因刻之壁間。高賢遺迹，世不多有，況公之名德風節！相去未百年，而來者曾不經意，況求其所用心也哉！

嘉祐中，邕州佛寺塑像其手忽振動，晝夜不止。未幾，交趾入寇，④ 城幾陷。其後又動，而儂智高反，圍城，卒陷

---

①　"大"，項刻本原作"太"，涵芬樓校刻時從諸本改。
②　"知"，商、毛刻本同，項刻本作"之"。
③　"燕"，商、毛刻本同，項刻本作"宴"。
④　"趾"，商、毛刻本同，項刻本作"阯"。

之，屠其城去。熙寧元年又動，① 郡守錢師孟知其不祥，② 亟取投之江中，遂無他。物理不可解，佛豈爲是也哉！以《五行傳》推之，近土失其性也。余在江東，宣州大火，幾焚其半。前此亦有鐵佛坐高丈餘，而身忽迭前迭卻，若俯而就人者數日。土人方駭，既而火作，蓋幾邕州之異也。

本朝大樂循用王樸舊律，③ 大抵失於太高，其聲噍殺而哀。④ 太祖時，和峴既下一律。景祐中，李照黃鈔本“照”作“點”。⑤ 校古製，以爲高五格，又請下其三，樂成，反低，人以爲不然，⑥ 廢不用。皇祐初，阮逸、胡瑗再定，比和峴止下一律，議者亦不以各刻本脫“以”字，⑦ 今依黃鈔本補。爲善也。燕樂例亦高，歌者每苦其難繼，而未有知之者。熙寧末，教坊副使苑日新始獻言，謂方響尤甚，與絲竹不協，乃使更造方響，以準諸音。於是第降一律，迄後用之至崇寧云。

大樂舊無匏、土二音，笙、竽但如今世俗所用。笙以木

---

① “寧”，葉德輝觀古堂刻楸花盦本爲避道光皇帝旻寧諱缺最後一筆，以下三“寧”字同，今一併改正。

② “祥”，項刻本原誤作“詳”，涵芬樓校刻時從諸本改。

③ “王樸”，商、項、毛刻本皆作“王朴”。

④ “哀”，商、毛刻本同，項刻本作“哀甚”。

⑤ “照”，項刻本原亦誤作“點”，與黃鈔本同，涵芬樓校刻時從諸本及《宋史・藝文志》改。又，黃鈔本與項刻本同誤作“點”，此爲黃鈔本與項刻本爲同一底本的例證之一。

⑥ “人以爲不然”，商、項、毛刻本均作“人不以爲然”。

⑦ 項刻本有“以”字，商、毛刻本無。

刻其本而不用匏，塤亦木爲之，是八音而爲木者三也。① 元豐末，范蜀公獻《樂書》以爲言，而未及行，至崇寧更定大樂始具之。舊又無篪，至是亦備，雖燕樂，皆行用。

國朝館職，制科及進士第一人試用，既有常法；餘皆以大臣薦其所知，而無定制。制科既改用策論，而進士第一人與大臣所薦猶循用詩賦。治平末，② 英宗患人材少，始詔宰相、參知政事各舉五人。時韓魏公、曾魯公爲宰相，歐文忠、③ 趙康靖公爲參政，共薦二十人。未及召試而神宗即位，④ 乃先擇其半，與府界提點。陳子東奏事稱旨，特命附

---

① 按，此句初編本句讀爲：“笙、竽但如今世俗所用，笙以木刻其本而不用，匏塤亦木爲之，是八音而爲木者三也。”文意剥離，殊不可解。據《周禮·春官·宗伯下》：“皆播之以八音：金、石、土、革、絲、木、匏、竹。”八音乃是指製作樂器的八種材質。又班固《白虎通德論·禮樂》載：“八音者，何謂也？《樂記》曰：‘土曰塤，竹曰管，皮曰鼓，匏曰笙，絲曰絃，石曰磬，金曰鐘，木曰柷、敔，此謂八音也。’”班固《漢書》卷二十一《律曆志》上也説：“八音：土曰塤，匏曰笙，皮曰鼓，竹曰管，絲曰絃，石曰磬，金曰鐘，木曰柷。”則八音又指與八種材質一一對應的八類樂器。葉夢得氏所謂“笙以木刻其本而不用匏”，乃是指本應用匏質的笙此時以木質來替代。故八音“爲木者三”是指原本屬於匏質樂器笙竽、土質樂器塤至宋代均變爲木質，因此合原本爲木質的柷敔類樂器爲三類木質樂器，故云“八音而爲木者三”。亦因原本爲匏製樂器笙竽至宋代多爲木製，與古製有別，因此葉氏云“笙、竽但如今世俗所用。笙以木刻其本而不用匏”，故句讀當如此。且匏爲製作樂器材質而非樂器，不可能以木製，故初編本句讀誤。又，下文所謂“舊無篪”則是指先前大樂亦無竹音，至“崇寧更定大樂”後始入大樂，遂有“至是亦備”之説。

② 項刻本“末”上有“之”字，商、毛刻本無。

③ “文忠”，商、毛刻本同，項刻本作“文忠公”。

④ 項刻本“而”下有“當”字，商、毛刻本無。

試者，十一人皆入館。① 吳申爲御史，言詩賦不足待士，② 請
自是雜以經史、時務，試論策。乃命罷詩賦，試以策論二道，
然終神宗之世未嘗行。③ 蓋自更官制，在內者與職事官雜除，
在外賞勞以爲貼職者，④ 但以爲寵也。元祐初，舉行治平故
事，而通命知樞密院與同知亦薦，遂用熙寧之令，試策一道，
紹聖後不復行。四十年間，唯治平、元祐兩見而已。蓋必欲
得材而慎其選，自不能數也。

世言“不服藥，勝中醫”，此語雖不可通行，然疾無甚
苦，與其爲庸醫妄投藥反敗之，不但各刻本“但”誤“得”，⑤ 今
依黃鈔本正。爲無益也。吾閱是多矣。其次有好服食，不量己
所宜，但見他人得效，從而試之，亦或無益而反有害。魏晉
間尚服寒食散，通謂之服散。此有數方，孫真人並載之《千
金方》中，而皇甫謐服之，遂爲廢人。自言性與之忤，違錯
節度，隆冬裸袒食冰，當暑此下有脱文，各本皆同。⑥ 甚至悲恚
欲自殺，此豈可不慎哉！王子敬有帖云：“服散發者，亦是數
見。”言服者而不聞有甚利，其爲害之甚，乃有如謐。此好服

---

① 按，初編本此句句讀爲“乃先擇其半，與府界提點陳子東奏事稱旨特命附
試者，十一人皆入館”，誤。
② “待士”，商、項、毛刻本作“得士”。
③ “然”，商、毛刻本同，項刻本作“然而”。
④ “爲”，商、毛刻本同，項刻本無。
⑤ 項刻本作“但”，商、毛刻本作“得”。
⑥ 按，《晉書》卷五十一皇甫謐本傳“當暑”以下爲：“當暑煩悶，加以咳逆。”

食之弊也。吾少不多服藥，中歲以後，或有勸之少留意者。性既不耐煩，① 過江後亦復難得藥材，每記《素問》"勞佚有常，飲食有節"黃鈔本作"勞佚有節，起居有常"。② 按，今本《素問》作"飲食有節，起居有常"。八言，似勝服藥也。

韓退之《孔戡墓志》言："古之老於鄉者將自佚，非自苦。閭井田宅具在，親戚之不仕與倦而歸者，不在東阡在北陌，③ 可杖屨來往也。"謂戡爲無是，欲留之。此姑爲説以留戡可也，若必待此而後可去，豈善爲戡計者耶？戡時年七十三，歸不及歲而卒。如退之所云閭井、田宅、親戚，誰且無之？顧不必盡求備。能如戡毅然剛決，固已晚矣。若又不能，是終不可去乎？王述乞骸骨，自序其曾祖昶與魏文帝牋曰：④ "南陽宗世林，少得好名，⑤ 州里瞻敬。年老汲汲自勵，恐見廢棄，時人咸共笑之。若天假其壽，致仕之年，不爲此公婆娑之事。"⑥ 述時年方六十三，辭情慷慨，自出其志，是以卒能踐之，不但爲美談也。

阮裕爲臨海太守，召爲秘書監，不就。復爲東陽太守，

---

① "性"，商、項、毛刻本作"往"。

② 按，項刻本與黃鈔本同。

③ "在"，商、毛刻本同，項刻本作"則在"。

④ "序"，商、毛刻本同，項刻本作"叙"。

⑤ "名"，項刻本原作"能"，涵芬樓校刻時從諸本、《晋書·王述傳》改。

⑥ 按，此段文字見《晋書》卷七十五，引文略有差異。

再召爲①黃鈔本“爲”作“拜”。② 侍中，又不就，遂還剡中以老。或問裕：“屢辭聘召而宰二郡，何耶？”曰：“非敢爲高。吾少無宦情，兼拙於人間，既不能躬耕，必有所資，故曲躬二郡。豈以騁能？私計故爾。”人情千載不遠。吾自大觀後叨冒已多，未嘗不懷歸，而家舊無百畝田，不得已猶爲汝南、許昌二郡，正以不能無資如裕所云。既罷許昌，俸廩之餘，粗可經營了伏臘，即不敢更懷軒冕之意。今衣食不至乏絶，則二郡之賜也。但吾歸而復出，所得又愈於前，則不能無愧於裕。

楚州紫極宮有小軒，人未嘗至。一日，忽壁間題詩一絶云：“宮門閴一人，獨凭闌干立。③ 終日不逢人，朱頂鶴聲急。”相傳以爲吕洞賓也。④ 余嘗見之，字無異處，亦已半剝去。土人有危疾，刲其黑如黍粟，服之各刻本作“服如黍粟”，⑤ 今依黃鈔本改。皆愈。近世有孫賣魚者，初以捕魚爲業，忽棄之而發狂，人始未之重。稍言災福，⑥ 無不驗者，遂爭信之。晝往來人家，終日不停足，夜則宿於紫極宮，災福無各刻本

---

① “召”，商、毛刻本同，項刻本作“拜”。

② 按，涵芬樓校刻項德棻宛委堂本《避暑錄話》夾注云：“黃本‘拜’作‘召拜’，諸本作‘拜’。”則葉廷琯此注或誤。

③ 商、項、毛刻本均作“凭”。

④ “賓”，項刻本原作“濱”，涵芬樓校刻時從諸本改。

⑤ “如黍粟服之”，商、毛刻本作“服如黍粟”，項刻本作“如黍米，服之”。

⑥ “災”，項刻本同，商、毛刻本作“灾”，下同。

"無"誤"亦",① 今依黄鈔本正。不可問。或謬發於語言,② 或書
於屋壁，或笑或哭，皆不可測。久而推其各刻本"其"誤
"而",③ 今依徐鈔本正。故，皆有爲也。宣和末，嘗召至京師，
狂言自若。或傳其語有譏切者，罷歸。固與當時流輩異矣。④
兵興，不知所終。各刻本此處皆誤連下條爲一，今依徐、黄兩鈔分，
惠校本亦依吴方山本下另起。

　　范堯夫黄鈔本此條之首有"嘗聞"二字。⑤ 每仕京師，早晚二
膳，自己至婢妾皆治於家，⑥ 往往鐫削，過爲簡儉，有不飽
者，雖晚登政府亦然。補外，則付之外厨，加料幾倍，無不
厭餘。⑦ 或問其故，曰："人進退雖在己，然亦未有不累於妻
孥者。吾欲使居中則勞且不足，在外則逸而有餘。故處吾左
右者，朝夕所言，必以外爲樂，而無顧戀京師之意，於吾亦
一佐也。"前輩嚴於出處，每致其意如此。

　　張湛授范甯目痛方云：⑧ "損讀書一，減思慮二，專内視
三，簡外視四，旦晚起五，夜早眠六。凡此六物，熬以神火，

──────────

①　項刻本作"無"，商、毛刻本作"亦"。
②　"於"，商、毛刻本同，項刻本無。
③　按，商、項、毛刻本皆作"其"，葉廷琯氏注誤。
④　商、毛刻本同，項刻本無此句。
⑤　按，涵芬樓校刻項刻本作"常聞"，且夾注云："黄本同，諸本無'常聞'二
字。"則黄鈔本似應作"常聞"。
⑥　"至"，商、毛刻本同，項刻本作"之"。
⑦　"餘"，商、毛刻本同，項刻本作"飫"。
⑧　"甯"，商、毛刻本同，項刻本作"寧"。

下以氣筬，蘊於胸中七日，然後納諸方寸，修之一時，近能數其目睫，遠視尺箠之餘。[1] 長服不已，洞見牆壁之外。非但明目，亦且延年。"[2] 此雖戲言，然治目實無逾此六者。吾目昏已四年，自去年尤甚，而今夏復加之赤眚。此六物訖不能兼用，故雖雜服他藥，幾月猶未平。因省平生所用目力，當數十倍他人，安得不弊！豈草木之味自外至者所能復補？湛歷數自陽里子、東門伯、左丘明、[3] 卜各刻本"卜"作"杜"，[4] 今依黃鈔本改。按《漢書·杜欽傳》："字子夏，少好經書而目偏盲。衣冠稱爲'盲杜子夏'，以別於杜鄴。"然少而偏盲，似非由讀書所致，此字應爲"卜"爲宜。卜氏喪明，雖由哭子，經有明文，或其病由於平日讀書積損耳。子夏、鄭康成、高唐隆、[5] 左太沖七人嘲之。陽里子、東門伯不可知，而丘明以下五人，未有非讀書者，安可不懼？要須盡用其方，不復加減，乃有驗也。

杜牧作《李戡墓志》，載戡詆元、白詩語，所謂"非莊人雅士所爲，淫言媟語，入人肌骨"黃鈔本"骨"作"膚"。[6]者。元稹所不論，如樂天諷諫、閒適之辭，可概謂淫言媟語耶？戡不知何人，而牧稱之過甚。古今妄人不自量，好抑揚

---

[1] "筬"，商、毛刻本同，項刻本作"捶"。

[2] "且"，商、毛刻本同，項刻本作"可"。

[3] "左丘明"，楙花盦本作"左邱明"，今改，下同。商、項、毛刻本作"左丘明"。

[4] 項刻本作"卜"，商、毛刻本作"杜"。

[5] "唐"，商、毛刻本同，項刻本作"堂"。

[6] 商、毛刻本作"骨"，項刻本亦作"膚"。

予奪，而人輒信之，類爾！觀牧詩，纖艷淫媒，乃正其所言而自不知也。《新唐書》取爲牧語論樂天，傳以爲救失不得不然，蓋黃鈔本"蓋"作"益"。① 過矣。牧記戡母夢有偉男子持雙兒授之，② 云："余孔某，③ 各刻本聖諱俱書本字，今敬避。以是與爾。"及生戡，因字之天授。④ 晁無咎每舉以爲戲，曰："孔夫子乃爲人作九子母耶？"此必戡平日自言者，其詭妄不言可知也。

　　李伯時初喜畫馬，曹、韓以來未有比也。曹輔爲太僕少卿，太僕視他卿寺有廨舍，國馬皆在其中。伯時每過之，必終日縱觀，有不暇與客語者。法雲圜通秀禪師爲言："衆生流浪轉徙，皆自積劫習氣中來。今君胸中無非馬者，得無與之俱化乎？"伯時懼，乃教之使爲佛像，以變其意。於是深得吳道子用筆意。晚作《華嚴經》八十卷變相，李沖元書其文，備極工妙，不及終而以末疾廢，重自太息。既不能復畫，⑤ 乃反厚以金帛求其所畫在人者藏之，以示珍貴。宣和間，其畫幾與吳生等，有持其一二紙取美官者踵相繼。而伯時無恙時，但諸名士鑑賞，得好詩數十篇爾。

---

　　① 商、毛刻本作"蓋"，項刻本與黃鈔本同，作"益"。
　　② "母"，項刻本原作"每"，涵芬樓校刻時從諸本改。
　　③ "余"，商、毛刻本作"予"，項刻本無。"某"，各本皆作"丘"。
　　④ "之"，商、毛刻本同，項刻本無。"天授"，商、毛刻本同，項刻本作"夫授"。
　　⑤ "能復"，商、毛刻本同，項刻本作"復能"。

　　杜牧記劉昌守寧陵斬孤甥張俊事，史臣固疑之，然但以理推，未嘗以《李希烈傳》考之也。希烈圍寧陵時，守將高彦昭，昌乃其副。賊坎城欲登，① 昌蓋欲引去，從劉元佐請兵，出不意以搗賊。彦昭誓於衆曰：“中丞欲示弱，覆而取之，誠善。然我爲守將，得失在主各刻本“主”誤“生”,② 今依黄鈔本正。按，《新唐書·李希烈傳》亦同。人。今士創重者須供養，有如棄城去，則傷者死内，逃者死外，吾民盡矣。”③ 於是士皆感泣請留，昌大慚。則全寧陵，昌安得全攘其功耶?④ 計劉元佐此下有脱文，各本皆同。間能拒守，當在彦昭，不在昌也。牧好奇，各刻本“奇”皆誤“其”,⑤ 今依黄鈔本正。意欲造作語言爲文字，故不復審虚實。⑥ 希烈圍寧陵四十日，而謂之三月；城不陷，以元佐救兵至敗希烈，而云韓晉公以強弩三千，此下亦有脱字，各本同。希烈解圍，皆非是。《通鑑》：“劉昌守寧陵四十五日，韓滉遣其將王栖曜助劉洽拒希烈。栖曜以強弩數千夜入寧陵。明日，射希烈，圍解。”⑦ 按，《考異》謂此用《舊·栖曜傳》，又引《新書·柏

---

① “欲登”，商、毛刻本同，項刻本作“登之”。
② 項刻本亦作“主”。按，“主”當作“生”。
③ “吾民”，商、毛刻本同，項刻本作“我衆”。
④ “攘”，商、毛刻本同，項刻本作“有”。
⑤ 項刻本作“奇”，商、毛刻本作“其”。
⑥ “故”，商、毛刻本同，項刻本無。“牧好奇，意欲造作語言爲文字，故不復審虚實”，初編本句讀爲“牧好奇意，欲造作語言，爲文字故不復審虚實”，可備一説。
⑦ 按，葉廷琯注釋所引内容見《資治通鑑》卷二百三十《唐紀》四十六，文字略有差異。

良器傳》亦有"以弩手夜入寧陵"語。是強弩解圍，實有其事。且混遣栖曜助劉洽，則栖曜之弩手即洽之救兵也。牧文此處似不訛，未叙明曲折耳。洽，元佐本名。士固有幸不幸，高彦昭不得立傳，計是官不至甚顯而死，[1] 故昌得以爲名。趙充國云："兵勢，國之大事，當爲後法。"昌爲將固多殺，正使有之，猶不足爲法，況未必有！聊爲辨正，[2] 以信史氏之説。

　　張文孝公觀一生未嘗作草字，杜祁公一生未嘗作真字。文孝嘗自作詩云："觀心如止水，爲行見真書。"可見其志也。祁公多爲監司，及帥在外，[3] 公家文移書判皆作草字。人初不能辨，[4] 不敢白，必求能草書者問焉。久之，乃稍盡解。世言書札多如其爲人，二公皆號重德，而不同如此，或者疑之。余謂文孝謹於治身，秋毫不敢越繩墨，自應不解作草字；祁公雖剛方清簡，而洞曉世故，所至政事號神明，迎刃而解，則疏通變化，意之所鄉，[5] 發於書者，宜亦似之也。

　　唐僧能書者三人：智永、懷素、高閑也。智永書全守逸少家法，一畫不敢小出入《千文》之外，見於世者，亦無他書。相傳有八百本，余所聞存於士大夫家者尚七八本，[6] 親

---

① "至"，商、毛刻本同，項刻本作"致"。
② "辨"，項、毛刻本同，商刻本作"辯"。
③ "在"，商、毛刻本同，項刻本作"不"。
④ "辨"，項、毛刻本同，商刻本誤作"辯"。
⑤ 商、項、毛刻本亦皆作"鄉"。
⑥ 按，項刻本"本"字下原衍"者"字，涵芬樓校刻時從諸本删。

見其一於章申公之子擇處。逸少書，至獻之而小變，父子自不相襲。唐太宗貶之太過，所以惟藏逸少書，不及獻之。智永真迹，深穩精遠，不如世間石本用筆太癡各本"癡"誤"礙"，[1] 惟張丑《清河書畫舫》所引作"癡"爲合。也。懷素但傳草書，雖自謂恨不識張長史，而未嘗秋毫規模長史，乃知萬事必得之於心，因人則不能並立矣。章申公家亦有懷素《千文》，在其子援處。[2] 今二家"二家"不知所指，或是謂擇與援。疑"援"字上下更有章惇一子之名，而各本皆缺。各藏其半，惜不得爲全物也。高閑書絶不多見，惟錢彥遠家有其"寫史書當慎其遺脱"八字，如掌大，神彩超逸，自爲一家。蓋得韓退之序，故名益重爾。

葉源，余同年生。自言熙寧初徐振甫榜已赴省試，時前取上舍優等久矣。省中策問交趾事，茫然莫知本末。或告以見《馬援傳》者，亟録其語用之，而不及詳，乃誤以"援"爲"愿"，[3] 遂被黜。方新學初，何嘗禁人讀史，而學者自爾。源言之，亦自以爲不然，故更二十年始得第。崇寧立三舍法，雖崇經術，亦未嘗廢史。而學校爲之師長者，本自其間出，自知非所學，亦幸時好，以倡其徒，[4] 故凡言史皆力

---

① 項刻本作"癡"，商、毛刻本作"礙"。
② "援"，商、項、毛本皆作"授"。
③ 商、項、毛刻本亦皆作"愿"。
④ "倡"，項刻本同，商、毛刻本作"唱"。

詆之。尹天民爲南京教授，至之日，悉取《史記》而下至《歐陽文忠集》焚講堂下，物論喧然。未幾，天民以言章罷。

政和間，大臣有不能爲詩者，因建言詩爲元祐學術，不可行。李彥章爲御史，承望風旨，遂上章論，陶淵明、李、杜而下皆貶之，[①] 因詆黃魯直、張文潛、晁无咎、[②] 秦少游等，請爲科禁。故事，進士聞喜燕例賜詩以爲寵。自何丞相文縝榜後，遂不復賜，易詔書以示訓戒。何丞相伯通適領修敕令，因爲科云：“諸士庶傳習詩賦者，杖一百。”是歲冬，初雪，太上皇意喜，吳門下居厚首作詩三篇以獻，謂之“口號”，上和賜之。自是聖作時出，訖不能禁，詩遂盛行於宣和之末。[③] 伯通無恙時，或問：“初設刑名，將何所施？”伯通無以對，曰：“非謂此詩，恐作律賦、省題詩害經術爾。”而當時實未有習之者也。

吳門下喜論杜子美詩，每對客，未嘗不言。紹聖間，爲户部尚書，葉濤致遠爲中書舍人。待漏院每從官晨集，多未厭於睡，往往即坐倚壁假寐，不復交談。惟吳至，則強之與論杜詩不已，人以爲苦。致遠輒遷坐於門外檐次。一日，忽

---

①　按，“遂上章論，陶淵明、李、杜而下皆貶之”，“章論”係指奏章而言。初編本句讀爲“遂上章論陶淵明，李、杜而下皆貶之”，“章論”則分指奏章、論述，詞義亦通。惟上疏專論陶淵明，在宋朝似無必要；而論陶淵明以至於否定李、杜以下詩人，文意過於勉強。故句讀如此。

②　“晁无咎”，商、項、毛刻本作“晁無咎”。

③　“於”，商、毛刻同，項刻本作“至”。

大雨飄灑，同列呼之不至。問其故，曰："怕老杜詩。"梁中
書子美亦喜言杜詩，余爲中書舍人時，[①] 梁正在本省。每同
列相與白事，坐未定，即首誦杜詩，評議鋒出，語不得間，[②]
往往迫上馬不及白而退。每令書史取其詩稿示客，有不解意
以錄本至者，必瞑"瞑"恐是"瞋"，[③] 字之誤。目怒叱曰："何
不將我真本來？"故近歲謂杜詩人所共愛，而二公知之尤深。

歐陽文忠公爲舉子時，客隨州。秋試，試"左氏失之誣
論"，[④] 云："石言於晉，[⑤] 神降於莘，[⑥] 内蛇鬥而外蛇傷，新
鬼大而故鬼小。"主文以爲一場警策，遂擢爲冠，蓋當時文體
云然，胥翰林偓亦由是知之。文章之弊，非公一變，孰能遽
革？詞賦以對的而用事切當爲難。張正素云：[⑦]"慶曆末，有
試'天子之堂九尺賦'者。或云：'成湯當陛而立，不欠一
分；孔子歷階而升，止餘六寸。'意用《孟子》曹交言成湯
九尺、《史記》孔子九尺六寸事。有二主司，一以爲善，一
以爲不善，爭，久之不決，至上章交訟。傳者以爲笑。"若論
文體，固可笑；若必言用賦取人，則與歐公之論何異？亦不

---

① "時"，商、毛刻本同，項刻本無。
② "間"，棟花盦本原作"閒"，今從商、項、毛刻本改。
③ "瞑"，商、毛刻本同，項刻本作"瞋"。
④ "試"，商、毛刻本同，項刻本作"作"。
⑤ "於"，棟花盦本、商、項、毛刻本皆作"于"，今改。
⑥ "於"，商刻本同，項、毛刻本作"于"。"莘"，項刻本原作"華"，涵芬樓校
刻時從諸本改。
⑦ "張正素"，商、毛刻本同，項刻本作"張文正素"。

可謂對偶不的而用事不切當也。唐初以明經、進士二科取士，初不甚相遠，皆帖經文而試時務策，但明經帖文通而後口問大義；進士所主在策，道數加於明經，以帖經副之爾。永隆後，進士始先試雜文二篇，初無定名。《唐書》自不記詩賦所起，意其自永隆始也。①

吳下全盛時，衣冠所聚，士風篤厚，尊事耆老。來爲守者多前輩名人，亦能因其習俗，以成美意。舊通衢皆立表揭爲坊名，凡士大夫名德在人者，所居往往因之以著。范成大《吳郡志》引此，作“往往以名坊曲”。元參政厚之居名袞繡坊；富秘監嚴居名德壽坊；蔣密學堂居嘗産芝草，名靈芝坊；《吳郡志》引此，“靈芝”作“芝草”，然坊市門仍作“靈芝”。范侍御師道居名豸冠坊；盧龍圖秉居，奉其親八十餘，名德慶坊；朱光禄居，商刻本“禄”下空一字，②《吳郡志》“居”上有“所”字。有園池號樂圃，名樂圃坊。③臨流亭館，以待賓客舟航者，④亦或因其人相近爲名。褒德《吳郡志》作“德壽”。亭，以德壽富氏也；旌隱亭，以靈芝蔣氏也——蔣公蓋自名其宅前河爲招隱溪，來者亦不復敢輒據。此風惟吾邦見之，他處未必皆然也。

①　“自”，商、毛刻本同，項刻本作“事”。

②　“禄”，楝花盦本原文作“録”，今改。按，上文爲“朱光禄”，“光禄”爲職官名稱，則“録”字誤。毛刻本“禄”下亦有一空格，項刻本無空格。

③　“名樂圃”，商、毛刻本同，項刻本無。

④　“有園池號樂圃，名樂圃坊。臨流亭館，以待賓客舟航者”，初編本句讀爲“有園池號樂圃，名樂圃坊臨流亭館，以待賓客舟航者”，誤。

　　李公武尚太宗獻穆公主，初名犯神宗嫌名，加賜上字遵。
好學，從楊大年作詩，以師禮事之，死爲制服，士大夫以此
推重。私第爲閒燕、① 會賢二堂，一時名公卿皆從之游，卒
謚“和文”——外戚未有得“文”謚者——人不以爲過。其
後李用和之子瑋復尚真宗福康公主，故世目公武爲老李駙馬。
所居爲諸主第一。其東得隙地百餘畝，悉疏爲池，力求異石
名木，參列左右，號靜淵莊，② 俗言李家東莊者也。宣和間，
木皆合抱，都城所無有。其家以歸有司，改爲擷芳園。後寧
德皇后徙居，號寧德坊。

　　李公武既以文詞見稱諸公間，楊大年嘗爲序其詩，爲
《閒燕黃鈔本“閒燕”作“閒居”。③ 集》二十卷。柴宗慶亦尚太
宗魯國公主，④ 貪鄙粗暴，聞公武有集，亦自爲詩，招致舉
子無成者相與酬唱。舉子利其餘食，爭言可與公武並馳。真
宗東封，亦嘗獻詩，強大年使爲之序，大年不得已爲之。遂
亦自名其詩爲《平陽》《登庸》二集，鏤板以遺人，傳者皆
以爲笑。

---

　　① “閒燕”，商、項、毛刻本作“間燕”。從下條李公武詩集名稱《閒燕集》來
看，似應作“閒”。
　　② “莊”，項、毛刻本同，商刻本作“庄”，下同。
　　③ “閒燕”，商、毛刻本作“間燕”。項刻本作“閒居”，涵芬樓校刻時從諸本
及《宋史》改。又，黃鈔本亦與項刻本同，誤作“閒居”。
　　④ “宗慶”，項刻本原作“慶宗”，涵芬樓校刻時從諸本改。

莊子言"蹈水有道"曰："與齊各本"齊"皆誤"濟"。① 按，陸德明《釋文》引司馬彪注云："齊，回水，如磨齊也。"蓋與"臍"同。俱入，與汨偕出。"郭象以爲"磨翁而旋入者，齊也;② 回伏而涌出者，汨也"。③ 今人言"汨没"，當是浮沉之意。

太宗敦獎儒術，初除張參政洎、錢樞密若水爲翰林學士，喜以爲得人，④ 諭輔臣云:⑤ "學士，清切之職，朕恨不得爲之。"唐故事，學士禮上例弄獮猴戲，不知何意。國初久廢不講，至是乃使敕設日舉行，而易以教坊雜手伎，後遂以爲例。而余爲學士時，但移開封府呼市人，教坊不復用矣。既在禁中，⑥ 亦不敢多致，但以一二伎充數爾。大觀末，余奉詔重修《翰林志》，嘗備録本末，會余罷，書不克成。⑦

吕文穆公父龜圖，與其母不相能，併文穆逐出之。羈旅於外，衣食殆不給。龍門山利涉院僧識其爲貴人，延致寺中，爲鑿山巖爲龕居之。文穆處其間九年，乃出從秋試，一舉爲廷試第一。是時太宗初與趙韓王議，⑧ 欲廣致天下士，以興

---

① 項刻本作"齊"，商、毛刻本作"濟"。
② 項刻本作"齊"，商、毛刻本作"濟"。
③ 按，語出郭象《莊子注》，見外篇《达生》第十九。
④ "以"，商、毛刻本同，項刻本原作"之"，涵芬樓校刻時從諸本改作"以"。
⑤ "諭"，商、項、毛刻本作"喻"。
⑥ "中"，商、毛刻本同，項刻本作"人"。
⑦ 按，項刻本此條原與上條合爲一條，僅在"太宗"二字上空一格。涵芬樓校刻時從諸本改，從"太宗"下斷爲兩條。
⑧ 項刻本"時"下有"會"字，商、毛刻本無。

文治，而志在幽燕，試"訓練將賦"。文穆辭既雄麗，唱名，復見容貌偉然，帝曰："吾得人矣。"自是七年爲參知政事，十二年而相。其後諸子即石龕爲祠堂，①名曰肄業。富韓公爲作記云。王尚書士禎《香祖筆記》云："今人以傳奇有破窑之說，志書亦沿俗論，但言窑而不知有龕，并龍門僧亦湮没不傳，可惜也。"

吕文穆公既登第，攜其母以見龜圖，雖許納之，終不與相見，乃同堂異室而居。賈直孺母少亦爲其父所出，更娶他氏。直孺登第，乃請奉其出母而歸，與其後母並處。既貴，二母猶無恙，並封。二人皆廷試第一，雖爲出母之榮，而父子之間，禮經所無有者，處之各盡人情爲難能也。

《唐書·李藩傳》記筆減密詔王鍔兼宰相事，《會要》崔氏論史官之失，其說甚明，而《新史》猶載之，豈未嘗見崔所論耶？然即本傳考之，藩爲相，既被密旨，有不可，封還可也，何用更減其字？自可見其誤矣。給事中批敕事亦非是。②唐制，給事中，詔敕有不便，得塗竄奏還，謂之塗歸。此乃其職事，何爲"吏驚，請聯他紙"？藩名臣，二事尤偉，而皆不然。成人之美者固所不惜，③但事當核實爾。吾謂此本出批敕一事，蓋雖有故事，前未有能舉其職者，至藩行之，

---

① "堂"，商、毛刻本同，項刻本無。

② "給事中"，商、毛刻本同，項刻本作"給事"。

③ "不"，項刻本原無，涵芬樓校刻時從諸本補。又，商刻本"不"字頂格，超出他行之上，當爲漏刻後所訂補。

吏所以驚。後之美藩者因加以"聯紙"之言，又益而爲王鍔
事，不知適爲藩累也。據《王鍔傳》，自河東節度使加平章
事，①《會要》以爲元和五年，正藩爲相時。大抵《新史》自
相抵牾，類如此。

唐以金紫、銀青光禄大夫皆爲階官，此沿襲漢制金印紫
綬、銀印青綬之稱也。漢丞相、太尉皆金印紫綬，御史大夫
銀印青綬，此三府官之極崇者。夏侯勝云："經術苟明，取青
紫如拾地芥。"蓋謂此也。顏師古誤以青紫爲卿大夫之服，漢
卿大夫蓋未服青紫，此但據師古當時所見爾。王楙《野客叢書》
曰："楊雄《解嘲》'紆青拖紫'，師古注曰：'青、紫，謂綬之色。'觀此
語，豈無見？然則所謂服者，佩服云爾。漢人亦有以綬言'服'，如蔡邕章
疏曰'命服銀青'，曰'命服金紫'，曰'金龜紫紱之飾，非臣容體所當佩
服'。以是而觀，師古之注未爲謬也。"② 古者官必佩印，有印則有
綬。魏晉後既無佩印之法，唐爲此名，固已非矣，而品又在
光禄大夫之下。漢光禄大夫秩比二千石，本以掌宮門爲職，
初非所貴重，何以是爲升降乎？古今名號沿革顛倒錯忤，蓋
不勝言。獨怪元豐官制，諸儒考核古今甚詳，亦循而弗悟，

---

① 項刻本"自"前有"鍔"字，商、毛刻本無。
② 按，葉氏駁顏師古，乃在於青紫綬乃是漢丞相、太尉、御史三公所佩飾而
非卿大夫所應有，故稱"漢卿大夫蓋未服青紫"。葉氏以爲顏師古之誤不在"服"
之含義，而在銀青金紫綬所指代之官階。唐代金紫、銀青皆指光禄大夫，此正爲顏
師古當時所見，葉氏謂"但據師古當時所見爾"正是指此而言。王楙對葉氏之批
判，不得要領。

故遂爲階官之冠。①

《漢書·李陵傳》言："全軀保妻子之臣，隨而媒蘗其短。"孟康注以酒教黄鈔本"教"作"酵"，②吴曾《能改齋漫録》引此亦作"酵"。然按《漢書注》本作"教"，監本、汲古閣本皆然，蓋古字也。故各刻本從之，似不必改。爲媒、麹爲蘗，師古引齊人名麹餅爲媒，謂若釀成其罪者。宋景文公好造語，《唐新史》記程元振惡李光弼，言"媒蝎以疑之"，不知別有據耶？抑以意自爲也？《春秋外傳》有云"蝎譖，焉避之"者。③蝎，音曷，④木蠹也，言譖由中出，如蠹然。或謂取諸此，然亦奇矣。《能改齋漫録》曰："《唐書·宦官列傳》又云：'如媒而成，如蝎之蠹。'審此，則景文果用此也。"

舊説崔胤⑤各刻本"胤"誤"慎"，惠校本改夾注"御名"二字，意校書在雍正年避憲皇諱。⑥然與下文原注"御名"易混，今依黄鈔本敬缺末筆。按，此字在宋爲藝祖廟諱，似亦應避。爲瓦棺寺僧後身，崔御名。⑦○各刻本直書"慎"字，惟黄鈔本夾注"御名"，今從之，以存

---

① "階"，項刻本原誤作"陛"，涵芬樓校刻時從諸本正。
② 項刻本與黄鈔本同，亦作"酵"，商、毛刻本作"教"。
③ 按，此句初編本句讀爲"蝎譖焉避之"。據士禮居叢書影宋本韋昭《國語韋氏解》卷八此句原文作"雖蝎譖，焉避之"，故句讀如此。
④ "曷"，商、項刻本同，毛刻本作"遏"。
⑤ "胤"，楝花盦本爲避胤禛諱，改作左爲"彳"旁，並缺末一筆，今改，下同。又，項刻本"胤"字缺。
⑥ 按，楝花盦本爲示尊崇，"避"與"憲皇"之間原留有三字空格，今删。
⑦ "御名"，項刻本改夾注爲正文作"慎"字。按，此夾注"御名"應爲宋人所加，爲避宋孝宗趙眘諱。

宋本之舊。由爲浙西觀察使時所生，故七歲猶未食肉。忽有僧見之，摑其口曰：“既要他官爵，何不食肉？”自是乃食葷。凡世間富貴人，多自修行失念中來，或世緣未絶，有必償之不可逃者。[①] 房次律爲永禪師後身，前固有言之者矣。第崔所爲，略無修行之證，何但官爵一念失差也？往在丹徒，常記與葉致遠會甘露寺，[②] 坐間有舉此事者。致遠時有所懷，忽忿然作色曰：“吾謂僧亦未是明眼人，不食肉安足道？何以不待其末年，執之十字路口，痛與百摑，方爲快意？”聞者絶倒。

國初州郡貢士猶未限數目，太宗始有意廣收文士，[③] 於是爲守者率以多士徐鈔本“多士”作“得士多”。[④] 爲貴。淳化三年，試禮部，遂幾二萬人，自後未有如是盛者。時錢樞密若水知舉，廷試取三百五十三人，孫何爲第一，而丁晋公、王冀公、張鄧公三宰相在其間。

晋宋間，佛學初行，其徒猶未有僧稱，[⑤] 通曰“道人”。其姓則皆從所授學，如支遁本姓關，學於支謙爲支；[⑥] 帛道

---

① “逃”，項、毛刻本同，商刻本作“逊”。
② “常”，商、毛刻本同，項刻本作“嘗”。“致”，項刻本原誤作“之”，涵芬樓校刻時從諸本改。
③ 項刻本“太宗”前有“自”字，商、毛刻本無。
④ 項刻本與徐鈔本同，亦作“得士多”。
⑤ “猶”，商、毛刻本同，項刻本作“亦”。
⑥ 按，項刻本“支”下原有“遁”字，涵芬樓校刻時從諸本删。

猷本姓馮，①學於帛尸梨密爲帛是也。②至道安，始言佛氏釋
迦，今爲佛子，宜從佛氏，乃請皆姓釋。世以“釋”舉佛
者，猶言楊、墨、申、韓今以爲稱者，自不知其爲姓也。“貧
道”，亦是當時儀制定以自名之辭、不得不稱者，疑示尊禮，
許其不名云耳。③今乃反以名相呼而不諱，蓋自唐已然，而
“貧道”之言廢矣。

　　呂許公初薦富韓公使虜，晏元獻爲樞密使。富公不以嫌
辭，晏公不以親避，愛憎議論之際，卒無秋毫窺其間者，其
直道自信不疑，誠難能也。及使還，連除資政殿學士，富公
始以死辭，不拜。雖義固當，然其志亦有在矣。未幾，晏公
爲相，富公同除樞密副使，晏公方力陳求去，不肯並立。仁
宗不可，遂同處二府，前蓋未有比也。④

　　張司空齊賢初被遇太宗，驟至簽書樞密院。會北伐契丹，
代州正當虜沖，而楊繼業戰歿。帝憂甚，求守之者，齊賢自
請行。既至，果大敗虜衆。時母晉國夫人孫氏年八十餘，⑤
尚無恙。帝數召至宮中，眷禮甚厚，如家人。朝散郎仲咨，

---

①　“道”，項刻本原無，涵芬樓校刻時從諸本補。
②　“梨”，商、毛刻本同，項刻本作“利”。
③　“耳”，商、毛刻本同，項刻本作“爾”。
④　“有”，商、毛刻本同，項刻本作“有此”。
⑤　“母”，項、毛刻本同，商刻本誤作“毋”。“夫人”，商、毛刻本同，項刻本作
“大夫人”。

其曾孫也，嘗出帝親札各刻本"札"誤"禮"，① 今依黃鈔本正。面賜孫氏一詩示余，② 云："往日貧儒母，年高壽太平。齊賢行孝侍，神理甚分明。"③ 又有一幅云："張齊賢拜相，不是今生宿世遭逢，④ 本性於家孝、事君忠。婆婆老福，⑤ 見兒榮貴。"齊賢還自各刻本"還自"二字誤一"蓋"字，⑥ 今依黃鈔本正。代州，遂入相。聖言簡質，不爲文飾，群臣安得不盡心乎？詩、詔其家有石刻，士大夫罕見之者。

　　國朝宰相致事，⑦ 從容進退，享有高壽，其最著者六人。張鄧公八十六，陳文惠八十二，富韓公八十一，杜祁公八十，李文定七十七，龐穎公七十六。文潞公雖九十二，而晚節不終，士論惜之。張鄧公仍自相位得謝，尤爲可貴。

　　韓建粗暴好殺，而重佛教。⑧ 治華州，患僧衆龐雜犯者衆，欲貸之則不可，盡治之則恐傷善類。乃擇其徒有道行者，使爲僧正以訓治之。而擇非其人，反私好惡予奪，修謹者不得伸，犯法者愈無所憚。建久之乃悟，一日忽判牒云："本置

---

① 　商、毛刻本作"禮"，項刻本作"札"。
② 　"面"，商、毛刻本同，項刻本作"回"。
③ 　"分"，項刻本原缺，涵芬樓校刻時從諸本補。
④ 　"遭"，商、毛刻本同，項刻本無。"逢"，項、毛刻本同，商刻本誤作"逢"。
⑤ 　"婆婆"，商、毛刻本同，項刻本作"婆婆"。
⑥ 　項刻本亦作"還自"，商、毛刻本"還自"作"蓋"。
⑦ 　"致事"，商、毛刻本同，項刻本作"致仕"。
⑧ 　"教"，商、毛刻本同，項刻本作"法"。

僧正，欲要僧正。① 僧既不正，何用僧正？使僧自正。"傳者雖笑，然亦徐鈔本"亦"字作"以爲"。② 適中理。

《明皇幸蜀圖》，李思訓畫，寶山印康祚曰：③"思訓之卒，據《雲麾碑》在開元中，不應及畫《幸蜀圖》。因疑畫出李昭道手。"按，文嘉《嚴氏書畫記》載有摹本李昭道《明皇幸蜀圖》，則印說不謬。《錄話》殆錯記耳。藏宗室汝南郡王仲忽家。余嘗見其摹本，方廣不滿二尺，而山川雲物、車輦人畜、草木禽鳥無一不具。峰嶺重復，④ 徑路隱顯，渺然有數百里之勢，想見爲天下名筆。宣和間，內府求畫甚急，以其名不佳，獨不敢進。明皇作騎馬像，前後宦官、宮女、導從略備。道旁瓜圃，⑤ 宮女有即圃采瓜者，或諱之爲《摘瓜圖》。而議者疑元積《望雲騅歌》有"騎騾幸蜀"之語，謂倉猝不應儀物猶若是盛，遂欲以爲非幸蜀時事者，終不能改也。山谷間民皆冠白巾，以爲蜀人爲諸葛孔明服、所居深遠者，後遂不除，然不見他書。

歐文忠初以張氏事，⑥ 當權者幸以誣公，亟命三司戶部判官蘇安世爲詔獄，與中貴人雜治，冀以承望風旨。中外謂

---

① "要"，商、毛刻本同，項刻本作"使"。
② "亦"，商、毛刻本同，項刻本亦作"以爲"。
③ "曰"，楸花盦本原誤作"日"，今改。
④ "復"，商、毛刻本同，項刻本作"複"。
⑤ "旁"，項、毛刻本同，商刻本作"傍"。
⑥ "歐文忠"，商、毛刻本同，項刻本作"歐文忠公"。

公必不能免，而安世秋毫無所撓，各刻本"撓"誤"挽"，①今依黄鈔本正。卒白公無他。當權者大怒，坐責泰州監稅，五年不得調。後治獄者亦不過文致公貸用張氏盔具物及貶爾。安世尋卒於至和間，終廣西轉運使，官既不甚顯，世無知之者。其爲人亦自廉直而敏於事，不磨勘者十五年。王文公爲《墓志》，僅載其事。

　　吕許公在相位，以郊禮特加司空，力辭不拜。既病，歸政事，仁宗眷之猶厚，②乃復除司空，平章軍國重事，三五日一造朝。有大事及邊機，許宰執就第咨訪，前無是比也。元祐初，晦叔辭位，遂用故事，以文潞公平章重事，③而晦叔亦拜司空、平章事，遂踐世官，尤爲盛事。④

　　《禹貢》："導漾東流爲漢。⑤又東，爲滄浪之水。"滄浪，地名，非水名也，⑥孔氏謂漢水别流在荆州者。《孟子》記孺子之歌，所謂滄浪之水可以濯纓者。屈原《楚辭》亦載之，此正楚人之辭。蘇子美卜居吴下，前有積水，即吴王僚開以爲池者，作亭其上，名之曰"滄浪"，雖意取濯纓，然似以

---

① 商、毛刻本作"挽"，項刻本作"撓"。
② "猶"，商、毛刻本同，項刻本作"獨"。
③ "以文潞公"，項刻本原作"文潞公以"，涵芬樓校刻時從諸本改。"事"，項刻本原無，涵芬樓校刻時從諸本補。
④ 項刻本以上爲第三卷，以下作第四卷。
⑤ 按，《尚書·禹貢》原文爲"嶓冢導漾，東流爲漢"。
⑥ "非"，商、毛刻本同，項刻本作"作"。

滄浪爲水渺瀰之狀，不以爲地名，則失之矣。滄浪，猶言嶓
冢、① 桐柏也，今不言水而直曰"嶓冢"、②"桐柏"，可乎？
大抵《禹貢》水之正名而不可單舉者，則以"水"足之，黑
水、弱水、灃水之類是也；非水之正名而因以爲名，則以
"水"別之，"滄浪之水"是也。沇水伏流，至濟而始見。沇
亦地名，可名以"濟"，不可名以"沇"，故亦謂之"沇水"。
乃知聖言一字，③ 未嘗無法也。黃鈔本此條以下爲卷四。

　桑欽爲《水經》，載天下水甚詳，而兩淛獨略。④ 淛江謂
之漸江，出三天子都。欽北人，未嘗至東南，但取《山海
經》爲證爾。《山海經》三天子都在彭澤西，各刻本、鈔本缺
"西"字。按，趙一清《水經注釋》所引有之，今據補。⑤ 安得至此？
今錢塘江乃北江之下流，⑥ 雖自彭澤來，蓋衆江所會，不應
獨取此一水爲名。余意"漸"字即"淛"字，欽誤分爲二
名。酈元注引《地理志》淛江"出丹陽黟南蠻中"者是已，⑦
即今自分水縣出桐廬號歙港者，與衢、婺之溪合，而過富陽
以入大江。大江自西來，此江自東來，皆會于錢塘，然後南

---

① "嶓"，項刻本原作"播"，涵芬樓校刻時從諸本改。
② "言"，商、毛刻本同，項刻本作"曰"。
③ "言"，商、毛刻本同，項刻本作"賢"。
④ "淛"，商、毛刻本同，項刻本作"浙"，下同。
⑤ "據"，梺花盦本作"据"，今改。
⑥ "北江"，項刻本原作"北海"，涵芬樓校刻時從諸本改。
⑦ "黟"，項刻本原無，涵芬樓校刻時從諸本補。項刻本"南"上有"縣"字，
商、毛刻本無。"已"，商、毛刻本同，項刻本作"矣"。

趨于海。然浙江不見於《禹貢》，以錢塘江爲浙江，始見於
《秦紀》。而衢、婺諸水與苕、霅兩溪等不見於《水經》者甚
多，豈以小遺之？抑不及知耶？余守錢塘，嘗取兩路山水證
其名實，質諸耆老，頗得其詳，欲使好事者各刻本缺"者"
字，① 今依徐鈔本補。類爲一書，以補桑、酈之闕。會兵亂，不
及成也。

　　顏魯公《吳興地記》："烏程縣境有顓頊冢。"《圖經》
云："晋初，衡山見顓頊冢，有營邱圖。"② 衡山在州之東南，
《春秋傳》所謂楚子伐吳克鳩兹至於衡山者也，今謂之橫山。
或疑顓頊都帝邱，③ 今濮州，是無緣冢在此。古今流傳，雖
不可盡信，然舜葬蒼梧、禹葬會稽，何必其都耶？④ 今州之
西南有杼山，亦隸烏程。其旁有夏駕山、夏各刻本缺"夏"
字，⑤ 今依黃鈔本補。王村，相傳以爲夏杼巡狩所至。杼，夏之
七王也。禹葬會稽，⑥ 則杼之至此固無足怪。庸俗之言，未
可爲全無據也。越王勾踐本禹之後，蓋吳、越在夏皆中國地，
其後習於用夷，故商、周之間變而爲夷，豈真夷狄也哉！六

---

①　按，項刻本亦有"者"字，商、毛刻本無。
②　"邱"，商、項、毛刻本作"丘"。
③　"邱"，項刻本原作"州"，涵芬樓校刻時從諸本改爲"丘"，商、毛刻本
作"丘"。
④　"都"，項刻本原誤作"多"，涵芬樓校刻時從諸本改。
⑤　項刻本有"夏"字，商、毛刻本無。
⑥　"禹"，項刻本原無，涵芬樓校刻時從諸本補。

合之大，自開闢以來，迭爲華夷，不知其幾變。如幽燕故壤，淪陷不滿二百年，已不復名爲中國矣。而閩、廣、隴、蜀列爲郡縣者，亦安知秦、[1] 漢之前非各刻本脱"非"字，[2] 今依黃鈔本補。皆夷狄耶？

"三江既入，震澤底定。"孔氏以太湖爲震澤而不名三江，[3] 意若以北江、中江與南江爲三江。[4] 在荆州之分，漢、沱參流則別爲三；在揚州之分，[5] 因入于海則合于一。所謂北江者，今丹陽而下錢塘皆是也。孔氏本未嘗至吳，故其解北江以爲"自彭蠡江分爲三，入震澤，爲北江入海"，[6] 不知北江本不各刻本無"不"字，[7] 今依黃鈔本補。徐鈔本作"北"，恐非。與震澤相通。以太湖爲震澤，亦非是。[8] 《周官》九州有澤藪，有川，有浸。揚州澤藪爲具區，其浸爲五湖。既以具區爲澤藪，則震澤即具區也，太湖乃五湖之總名耳。凡言"藪"者，皆人資以爲利，故曰藪，以富得民。各刻本"民"誤

---

① "亦"，商、毛刻本同，項刻本無。

② 項刻本有"非"字，商、毛刻本無。

③ "太"，楝花盦本原誤作"大"，今從商、項、毛刻本改。

④ 按，項刻本"江"下原衍"南"字，涵芬樓校刻時從諸本删。

⑤ "揚州"，項、毛刻本同，商刻本作"楊州"。

⑥ 按，商、項、毛刻本文字皆同。《尚書注疏》原文作"自彭蠡江分爲三，入震澤，遂爲北江而入海"。此處脱"遂""而"字。

⑦ 項刻本有"不"字，商、毛刻本無。

⑧ "是"，商、毛刻本同，項刻本無。

“名”，今正。① 而浸則但水之所鍾也。今平望、八尺、② 震澤之間，水瀰漫而極淺，與太湖相接而非太湖，③ 自是入于太湖，自太湖入于海。雖淺而瀰漫，故積潦暴至，無以洩之，則溢而害田，所以謂之震，猶言“三川皆震”者。然蒲、魚、蓮、芡之利，人所資者甚廣，亦或可堤而爲田，與太湖異，所以謂之澤藪。他州之澤，無水暴至之患，則爲一名而已。而具區與三江通塞爲利害，故二名以別之。《禹貢》方以“既”“定”爲義，是以言震澤而不言具區，此非吳越之人不知。而先儒皆北人，但據文爲説，宜其顯然失之地理而不悟也。④

三江與震澤相通者，或洩震澤而入海，或合震澤而入海。⑤ 其一爲吳松江，⑥ 固無疑矣。其二不可名，今青龍、華亭、昆山、常熟皆有江通海，與震澤連，意必在其間。韋昭言浙江、浦陽、松江者，其妄固不待較。而王氏言“入”者，亦不可爲入海。凡言“入于渭”“入于河”，皆由之以往，言其終也。三江既自爲別，水非有所從來，前既未嘗言

① 按，“名”字意亦通，楝花盦本注似誤。

② 按，“平望”“八尺”俱爲地名，屬今江蘇吳江，清嵇曾筠編《(雍正)浙江通志》卷二百六十載：“轉運判官張璹自常、潤還，所言略同，云親見吳江平望、八尺間有舉家田苗没在深水底，父子聚哭，以船栿撈摝。”故句讀如上。

③ “而非太湖”，商、毛刻本同，項刻本無。

④ “地理”，商、項、毛刻本皆作“地里”。

⑤ “或合震澤而入海”，商、毛刻本同，項刻本無。

⑥ “松”，商、毛刻本同，項刻本作“淞”。

"入于海"，不得直言"入"，烏知"入"之爲入海？① 但文適同耳。當如"既陂""既澤""既導""既瀦"之類，② 各就其本水言之。③ "既入"，若言由地中行也。凡傍海之江皆狹，非大江比。海水兩潮相往來，始至而悍激，則與沙俱至；既退而緩，則留其沙而水獨返，故不過三五歲，即各刻本"即"誤"既"，④ 今依黃鈔本正。淤浸障塞。水不入于江，則不能通于海，⑤ 震各刻本"震"誤"知"，⑥ 今依黃鈔本正。澤受之而爲害。若江水自由地中行，各分而入海，震澤安得有決溢耶？

侯公説項羽事，⑦《漢書》載本末不甚詳。高祖以口舌遠之，誠難能矣，⑧ 然世或恨其太寡恩。余家有《漢金鄉長侯各刻本、鈔本"長侯"二字皆誤倒，今據洪适《隷釋》改正。君碑》云：⑨"諱成，字伯盛，山陽防按，《隷釋》"防"下有"東"字。人。漢之興也，侯公納策濟太上皇於鴻溝之阨，謚安國君。曾孫酺，各刻本"酺"誤"醻"，⑩ 今據《隷釋》改正。黃鈔本作"輔"，蓋依《漢書·恩澤侯》表。封明統侯。光武中興，玄孫霸爲

---

① "烏"，項刻本同，商、毛刻本誤作"島"。
② "當"，商、毛刻本同，項刻本無。
③ "之"，項刻本原作"入"，涵芬樓校刻時從諸本改。
④ 項刻本實作"即"。
⑤ "通"，商、毛刻本同，項刻本作"入"。
⑥ 項刻本實作"震"。
⑦ "侯"，項刻本原誤"候"，涵芬樓校刻時從諸本正。
⑧ "矣"，商、毛刻本同，項刻本作"也"。
⑨ "鄉"，項刻本同，商、毛刻本作"卿"。
⑩ "酺"，商刻本作"醻"，項刻本作"輔"，毛刻本作"醹"。

大司徒，① 封於陵侯。枝葉繁盛，按，《隸釋》作“繁茂”。或家河隨，按，《隸釋》作“河洧”。或邑山澤。”② 按，《隸釋》作“山濟”。然後知高祖所以待侯公者亦不薄，唯不用之而已。漢初，群臣未有封侯者，③ 一時有功皆旋賜之美名，號曰君，有食邑。婁敬封奉春君，富貴衣食之。蓋所以待君子小人者，不以私恩，此各刻本“此”作“皆”，④ 今依黃鈔本改。高祖所以能取天下也。其傳至曾孫而得侯，尚高祖之遺意耶？《後漢·侯霸傳》，河南密人，不言爲侯公後，但云族父淵，元帝時宦者，佐石顯等領中書，號太常侍，⑤ 霸以其任各刻本“任”誤“仕”，今據《後漢書》改正。爲太子舍人，蓋史之闕也。漢之遺事，古書無復可見，而偶得於此，⑥ 知藏碑不爲無補也。⑦

　　高祖終身不見侯公，固善，然史不當遂没其事。劉原甫嘗代侯公説項羽辭，⑧ 其文甚美，原甫蓋精於西漢者也。然

---

　　① “玄”，觀古堂刻本爲避康熙諱作“元”，今改。又，商、項、毛刻本皆作“玄”。“霸”，項刻本原脱，涵芬樓校刻時從諸本補。

　　② “邑”，項刻本原誤作“巴”，涵芬樓校刻時從諸本改。

　　③ “封侯”，商、毛刻本同，項刻本作“侯封”。

　　④ 項刻本亦作“皆”。

　　⑤ “太常侍”，觀古堂刻本作“大常侍”，今改。又，商、項、毛刻本皆作“太常侍”。

　　⑥ “得”，商、毛刻本同，項刻本無。“於此”，商、毛刻本同，項刻本“此”下有“見之”二字。

　　⑦ “知”，商、毛刻本同，項刻本無。

　　⑧ “原甫”，項刻本原作“元甫”，涵芬樓校刻時從諸本改，下同。

吾嘗謂太公、吕后在羽軍中二年，[①] 以兵相挑逐，各刻本“挑逐”誤“逃遂”，[②] 今依黄鈔本正。一勝一負略相當。高祖泰然示之，若不急於太公者。廣武之役，方數之十罪，雖欲烹太公而不顧，此豈真忘其父哉？知羽未有勝我之策，而我有滅羽之計，羽必不敢害太公也。及殺龍沮，[③] 梟塞王欣，分韓信、彭越、黥布以王關東，厚撫軍士以收四方之心，形勢已成，羽寡援食盡，[④] 故以中分天下啖之。蓋察其爲人仁柔而貪，仁柔則難於輕我，[⑤] 貪則利於分天下。其謀一定，然後遣使，一不中而再。其於太公，殆直取之耳，侯公亦會是成功也。然苟非其人，亦不能成其意，此陸賈所以不能而侯公能之也。漢初從高祖者又有蕭公、薛公、樅公，[⑥] 史皆失其名。知高祖之養士以待緩急之用者，非一塗也。[⑦]

東漢鄭均致仕，章帝賜尚書禄終身，[⑧] 時號白衣尚書，則漢致仕無禄也。唐制亦然，而時有特給者。[⑨]

本朝宰相以三師致仕者，元豐以前惟三人。趙韓王，太

---

① “太公吕后”，項刻本原作“太后吕氏”，涵芬樓校刻時從諸本改。
② 項刻本實作“挑逐”。
③ “沮”，商、毛刻本同，項刻本作“且”。
④ “寡援”，商、毛刻本同，項刻本作“援寡”。
⑤ “輕”，商、毛刻本同，項刻本作“輕絶”。
⑥ “樅”，項刻本原作“摐”，涵芬樓校刻時從諸本及《史記·高帝紀》改。
⑦ “塗”，商刻本同，項、毛刻本作“途”。
⑧ 項刻本“終”下有“其”字，商、毛刻本無。
⑨ 按，項刻本此條與下條連爲一條。商、毛刻本與此同，皆斷爲兩條。

師；張鄧公，太傅；王魏公，太保。元豐末，文潞公始以太師繼之。

范蜀公素不飲酒，又詆佛教。在許下，與韓持國兄弟往還，而諸韓皆崇此二事。每燕集，蜀公未嘗不與極飲盡歡。少間，^① 則必以談禪相勉，^② 蜀公頗病之。蘇子瞻時在黃州，乃以書問救之當以何術，曰：“麴糵有毒，平地生出醉鄉；土偶作祟，眼前妄見佛國。”子瞻報之曰：“請公試觀：能惑之性，何自而生？欲救之心，作何形相？此猶不立，彼復何依？正恐黃面瞿曇亦須斂衽，況學之者耶？”意亦將有以曉公，^③ 而公終不領。亦可見其篤信自守，不肯奪於外物也。^④ 子瞻此書不載於集。

蘇子瞻元豐間赴詔獄，與其長子邁俱行，與之期：送食惟菜與肉，有不測，則徹二物而送以魚。^⑤ 使伺外間以爲候，邁謹守逾月。忽糧盡，出謀於陳留，委其一親戚代送，而忘語其約。^⑥ 親戚偶得魚鮓送之，^⑦ 不兼他物。子瞻大駭，知不免，將以祈哀於上，而無以自達。乃作二詩寄子由，祝獄吏

---

① “間”，棭花盦本原作“閒”，今改。又，商、項、毛刻本皆作“間”。
② “必”，商、毛刻本同，項刻本無。
③ “將”，商、毛刻本同，項刻本作“欲將”。
④ “肯”，商、毛刻本同，項刻本無。
⑤ “徹”，商、項、毛刻本同。
⑥ “約”，商、毛刻本同，項刻本無。
⑦ “魚”，項刻本原作“把”，涵芬樓校刻時從諸本改。

致之，蓋意獄吏不敢隱，① 則必以聞，已而果然。神宗初固無殺意，見詩，益動心，② 自是遂益欲從寬釋，凡爲深文者皆拒之。③ 二詩不載集中，今附於此：“柏臺霜氣夜淒淒，風動琅璫月向低。夢繞雲山心似鹿，魂飛湯火命如雞。額中犀角真吾子，身後牛衣愧老妻。他日神游定何所，桐鄉應在浙江西。”④ “聖主如天萬物春，小臣愚暗自亡身。百年未了須還債，十口無家更累人。⑤ 是處青山可藏骨，他時夜雨獨傷神。與君世世徐鈔本“世世”作“今世”。⑥ 爲兄弟，更結來生未了因。”按，《蘇集》“聖主”一首在前，“柏臺”一首爲次，中各有數字不同。

北苑茶土各刻本“土”作“正”，或作“上”，今依黃鈔本改。⑦ 所產爲曾坑，謂之正焙；非曾坑爲沙溪，謂之外焙。二地相去不遠，而茶種懸絕。沙溪色白，過於曾坑，但味短而微澀，識茶者一啜，如別涇渭也。⑧ 余始疑地氣土宜不應頓異如此。及來山中，每開闢徑路，刳治巖竇，有尋丈之間土色各殊，

---

① “意”，商、毛刻本同，項刻本作“以”。

② “益”，項、毛刻本同，商刻本作“蓋”。“心”，商、毛刻本同，項刻本無。

③ “爲”，商、毛刻本同，項刻本作“以”。項刻本“文”下有“詆”字，商、毛刻本無。

④ “桐鄉”，項刻本原作“想卿”，涵芬樓校刻時從諸本改。

⑤ “人”，項刻本原作“君”，涵芬樓校刻時從諸本改。

⑥ 項刻本與徐鈔本同，亦作“今世”。

⑦ “土”，項刻本同，商、毛刻本作“正”。

⑧ “如”，商、毛刻本同，項刻本“如”上有“即知”二字。

肥瘠、緊緩、燥潤亦從而不同。並植兩木於數步之間，[①] 封培灌溉略等，[②] 而生死豐瘁如二物者，然後知事不經見，不可必信也。草茶極品惟雙井、顧渚，亦不過各有數畝。雙井在分寧縣，其地屬黃氏，魯直家也。元祐間，魯直力推賞於京師，族人交致之，然歲僅得一二斤爾。顧渚在長興縣，[③] 所謂吉祥寺也，其半爲今劉侍郎希范家所有。兩地所產，歲亦止五六斤。近歲寺僧求之者多，[④] 不暇精擇，不及劉氏遠甚。余歲求於劉氏，[⑤] 過半斤則不復佳。蓋茶味雖均，其精者在嫩芽，取其初萌如雀舌者謂之槍，稍敷而爲葉者謂之旗。旗非所貴，不得已取一槍一旗猶可，過是則老矣。此所以爲難得也。

柳公權記青州石末研墨易冷，字或爲泠。[⑥] 凡頑石捍堅，磨墨者用力太過而疾，[⑦] 則兩剛相拒，[⑧] 必熱而沫起。俗言“磨墨如病兒，把筆如壯夫”，又云“磨墨如病風手”，[⑨] 皆貴

---

① “植”，項刻本原作“直”，涵芬樓校刻時從諸本改。

② “略”，商、毛刻本同，項刻本無。

③ “在”，商、毛刻本同，項刻本作“者”。

④ “求之”，商、毛刻本同，項刻本作“之采”。

⑤ “氏”，商、毛刻本同，項刻本無。

⑥ “字”商、毛刻本同，項刻本“字”上有一“冷”字。“冷”，商、毛刻本同，項刻本此字作“泠”，下同。又，“冷”疑當爲“泠”字。泠，本義爲水多貌；又同“淦”，水由縫隙進入船中。

⑦ “而疾”，商、毛刻本同，項刻本無。

⑧ “拒”，商、毛刻本同，項刻本作“距”。

⑨ “如”，商、毛刻本同，項刻本無。

其輕也。“冷”與“冷”二義不相遠。石末本瓦研，極不佳，至今青州有之。① 唐中世未甚知有端、歙石，② 當是以瓦質不堅，磨墨無沫耳。物性相制，固有不可知者。今或急於磨墨而沫起，殆纏筆不可作字，但取耳中塞一粟許投之，不過一再各刻本“再”作“蕞”，③ 今依黄鈔本改。磨即不復見。頃墨工王湍言此，試之果然。書几間亦不可不知此。

賜告、予告，孟康解《漢書》以爲休假之名，非也。告者，以假告於上，從之，④ 而或賜或予，⑤ 故因謂之告。《左氏》言韓獻子告老，豈亦假耶？⑥ 顏師古以爲請謁之言，是也；然謂謝病、謝事亦爲告，則非是。謝者，置其事，與言病而去爾。古文皆相因爲義，自可以爲意通，⑦ 而說者每鑿而附會，是以愈傳而愈失也。

婦人以姓爲稱，⑧ 故周之諸女皆言姬，猶宋言子、齊言姜也。自漢以來不復辨，類以爲婦人之名。故《史記》言高祖居山東好美姬、《漢書·外戚傳》云所幸姬戚夫人之類，⑨

---

① “至今”，商、毛刻本同，項刻本作“止”。
② “知”，商、毛刻本同，項刻本無。
③ 商、毛刻本作“蕞”，項刻本作“再”。
④ “從之”，商、毛刻本同，項刻本作“上從之”。
⑤ “而”，商、毛刻本同，項刻本無。
⑥ “豈亦”，商、毛刻本同，項刻本“亦豈”。
⑦ “爲”，商、毛刻本同，項刻本無。
⑧ “姓”，項刻本原誤“姬”，涵芬樓校刻時從諸本改。
⑨ “姬戚”，項刻本原作“戚姬”，涵芬樓校刻時從諸本、《漢書·外戚傳》改。

固已失矣。注《漢書》者見其言薄姬、虞姬、戚姬、唐姬等，皆妾而非后，則又以爲衆妾之稱，近世言妾者遂皆爲"姬"。① 事之流傳失實每如是。今謂宗女爲"姬"，亦因《詩》言"王姬"之誤也。

俗言"忍事敵災星"，此司空表聖詩也。表聖《休休亭記》自言嘗爲匪人所辱，宜以耐辱自警，因號耐辱居士，蓋指柳璨。豈白馬之禍，璨將爲不利，有不得已而忍辱以免者，故爲是言耶？《表聖傳》見《五代舊史·梁書》，蓋其卒在唐亡後也，② 然絕不能明其大節。至謂躁進矜伐，爲端士所鄙；昭宗反正，召爲兵部侍郎，謂己當爲宰輔，爲時要所抑，③ 憤而謝病去，④ 世之毀譽相反如此！如表聖出處用心，而不見知於當世，⑤ 猶至是乎？王元之爲《五代闕文》，始力爲之辨。⑥ 方元之時，去五代尚未遠，⑦ 蓋猶有所傳聞。今《新唐書》所載，⑧ 大抵多取於元之。故知君子但強於爲善，⑨ 是非之公，要有不能終亂者，其久而必定也。

---

① "爲"，商、毛刻本同，項刻本作"言"。
② "唐"，項刻本原無，涵芬樓校刻時從諸本補。
③ 按，"爲時"二字，商刻本爲小字雙行，當爲漏刻所訂補。
④ "去"，項刻本原作"夫"，涵芬樓校刻時從諸本改。
⑤ "當"，商、毛刻本同，項刻本無。
⑥ "辨"，商、毛刻本同，項刻本作"辯"。
⑦ "尚"，商、毛刻本同，項刻本作"爲"。
⑧ "新唐書"，項刻本同，商、毛刻本作"唐新書"。
⑨ "爲"，項刻本原無，涵芬樓校刻時從諸本補。

　　樂君，上卷所載爲"樂君嘉"，此處似脫一字。達州人。① 生巴峽間，不甚與中州士人相接。狀極質野，而博學純至。先君少師特愛重之，故遣吾聽讀。今吾尚略能記六經，皆樂君口授也。家貧甚，不自經理，有一妻、二兒、一跛婢。聚徒城西，草廬三間，以其二處諸生，而妻子居其一。樂易，坦率，多嬉笑，未嘗見其怒。一日，過午未飯，妻使跛婢告米竭。樂君曰："少忍，會當有餉者。"妻不勝忿，忽自屏間躍出，取案上簡擊其首，② 樂君袒而走，仆於舍下。群兒環笑掖起之。已而先君適送米三斗，樂君徐告其妻曰："果不欺汝！飢甚，幸速炊。"俯仰如昨日，幾五十年矣。每旦起，分授群兒經，口誦數百過不倦。少間，必曳履慢聲抑揚吟諷不絶。躡其後聽之，則延篤之書也。群兒或竊效靳侮之，亦不怒。喜作詩，有數百篇。先君時爲司理，猶記其相贈一聯云："末路清談得陶令，他時陰德頌于公。"又寄故人云："夜半夢回孤月滿，雨餘目斷太虛寬。"先君數稱賞之，今老書生未有其比也。

　　往時南饌未通，京師無有能斫鱠者，以爲珍味，梅聖俞家有老婢獨能爲之。歐陽文忠公、劉原甫諸人每思食鱠，③

---

① "達"，項刻本原作"遠"，涵芬樓校刻時從諸本改。
② "案"，商、項、毛刻本作"按"。
③ "原甫"，項刻本原作"元甫"，涵芬樓校刻時從諸本改。

必提魚往過聖俞。聖俞得鱠材,①　必儲以速諸人,故集中有
《買鯽魚八九尾,尚鮮活,永叔許相過,留以給膳》,又《蔡
仲謀遺鯽魚十六尾,余憶在襄城時獲此魚,留以遲永叔》等
數篇。一日,蔡州會客,食雞頭,因論古今嗜好不同,及屈
到嗜芰、曾晳嗜羊棗等事,忽有言歐陽文忠嗜鯽魚者,問其
故,舉前數題曰:"見梅聖俞集。"坐客皆絕倒。

元豐間,淮浙士人以疾不仕、因以行義聞鄉里者二人:
楚州徐積仲車,蘇州朱長文伯原。仲車以聾,伯原以跛。其
初皆舉進士,既病,乃不復出。近臣多薦之,因得爲州教授,
食其禄,不限以任。伯原,吾鄉里,其居在吾黄牛坊第之前,
有園宅幽勝,號樂圃。與林樞密子中尤厚善。②　紹聖間,力
起爲太學博士,遷秘書省正字,卒。仲車貧甚,事母至孝。
父早棄家,不知所終,乃盡力於母。③　既死,圖其像,日祭
之。飲食皆持匕箸舉進於像上,若食之者。像率淋漓霑污。
父名石。每行山間或庭宇,遇有石,輒躍以過,偶誤踐,必
嗚咽流涕。好作詩,頗豪怪,日未嘗輟,有六千餘篇。每客
至,不暇見,必辭以作詩忙。終於家。蘇子瞻往來淮甸,亦
致禮,以爲獨行君子也。

錢塘西湖舊多好事僧,往往喜作詩。其最知名者,熙寧

---

① "聖俞",商、毛刻本同,項刻本無。
② "林",商、項刻本同,毛刻本爲墨釘。
③ "母",項、毛刻本同,商刻本誤作"毋"。

間有清順、可久二人。順字怡然，久字逸老，其徒稱順怡然、久逸老。所居皆湖山勝處，而清約介靜，不妄與人交。無大故不至城市，士大夫多往就見，時有饋之米者。所取不過數斗，以瓶貯置几上，日取其三二合食之，雖蔬茹亦不常有，故人尤重之。其後有道潛，初無能，但從文士往來，竊其緒餘，並緣以見當世名士，遂以口舌論說時事，譏評人物，因見推稱。同時有思聰者亦似之，而詩差優。近歲江西有祖可、惠洪二人。祖可詩學韋蘇州，優此數人。惠洪傳黃魯直法，亦有可喜，而不能無道潛之過。[1] 祖可病癩死；思聰宣和中棄其學，爲黃冠，又從而得官；道潛、惠洪皆坐累編置。風俗之變，雖此曹亦然。如順、久，未易得也。

孫樞密固，人物方重，氣貌純古，[2] 亦以至誠厚德名天下。熙寧間，神宗以東宮舊僚托腹心，每事必密詢之。雖數有鯁論，而終不自暴於外。言一定，不復易。雖一日數返，守一辭，不爲多言。其子朴嘗爲人道其家庭之言曰：[3]“爲人當以聖賢爲師，則從容出於道德。[4] 若急於名譽，老死亦安一節，不足學。”黃鈔本此句作“兀兀老死，不足學也”。[5] 故其各刻

---

① “過”，項刻本原作“故”，涵芬樓校刻時從諸本改。
② “純”，商、毛刻本同，項刻本作“淳”。
③ “朴”，商、項、毛刻本皆同，下一“朴”字同。
④ “道”，項刻本原無，涵芬樓校刻時從諸本補。
⑤ 項刻本與黃鈔本同。

本無"其"字,① 今依黃鈔本補。秉政於元豐、元祐間,② 皆未嘗不爲士大夫所推尊,③ 而訖不見驚世駭俗之事。④ 其名四子,長即朴,次名曰雍、曰野、曰懿,⑤ 可見其志也。

居高山者常患無水。京口甘露、吳下靈巖,皆聚徒數百人而汲各刻本"汲"誤"沽",⑥ 今依黃鈔本正。水於下,有不勝其勞者。今道場山亦無水,以污池積雨水供濯溉,⑦ 不得已則飲之。人無食猶可,水不可一日闕,但有水者不知其爲重爾。吾居東、西兩泉,西泉發於山足,翁然淡而不徐鈔本無"不"字。流,其來若不甚壯,匯而爲沼,纔盈丈,⑧ 溢其餘,流於外。吾家內外幾百口,汲者繼踵,終日不能耗一寸。東泉亦在山足而伏流,決爲澗,經碧淋池,然後會大澗而出。傍澗之人取以灌園者,皆此水也。其發於上以供吾飲,亦纔五尺。兩泉皆極甘,不減惠山。而東泉尤冽,盛夏可冰齒,非烹茶釀酒不常取。今歲夏不雨幾四十日,熱甚,草木枯槁,⑨ 山石皆可薰灼人。凡山前諸澗悉斷流,有井者不能供十夫一日

---

① 項刻本有"其"字,商、毛刻本無。
② "元祐",商、毛刻本同,項刻本"元祐"下有"兩朝"二字。
③ "皆",商、毛刻本同,項刻本無。
④ "見",商、毛刻本同,項刻本作"爲"。
⑤ "名",商、毛刻本同,項刻本無。
⑥ "汲",項刻本同,商、毛刻本作"沽"。
⑦ "濯",商、毛刻本同,項刻本作"灌"。
⑧ "纔",項刻本原作"絶",涵芬樓校刻時從諸本改。
⑨ "枯",商、毛刻本同,項刻本作"焦"。

之用，獨吾兩泉略不加損。平居無水者，既患不能得水；有水而易涸者，方其有時，又以爲常而不貴。今吾泉乃特見重各刻本"重"誤"衆"，① 今依黃鈔本正。艱於得水之時，故居者始知其利，蓋近於有常德者。天固使吾有是居也哉！

李亘，字可久，按《宋史》亘本傳，字可大，未知孰是。若字可久，其名應爲亘。兗州人，舉進士。少好學，通曉世事。吾識之最早，知其卓然必有立者。吾守許昌，一旦，冒大雪，自兗來見，留十日而去。未嘗及世事，惟取古人出處所難明者質疑於余。② 後爲南京寧陵丞，徐丞相擇之作尹，特愛之。擇之當國，乃寖用爲郎官。建炎末，虜犯淮南，亘不及避地，久之不相聞。有言亘已屈節於劉豫者，余深以爲不然。既而聞爲豫守南京，且遷大名留守。余雖恨然，然念亘終必不忍至此。今春徐度自臨安來，云見其鄉人云："亘謀歸本朝，已爲豫族誅矣。"《宋史》云："劉豫使守大名，與凌唐佐謀，密陳豫可取狀告於朝。募卒劉全、宋萬、僧惠欽輩十餘往返。事泄，全、萬、惠欽爲邏者所得，亘坐死。後贈官，立祠曰愍忠。"不覺爲流涕，乃知余信之爲不謬。亘有知慮，見事速，此其間委折必有可言者，恨知之未詳也。

趙俊，字德進，南京人，與余爲同年生。余自榜下不相

---

① 商、毛刻本作"衆"，項刻本作"重"。又，"衆"字意亦通，似可不必改。
② "余"，商、毛刻本同，項刻本原無，涵芬樓校刻時從諸本補。

聞，守南京，始再見之。官朝奉郎，新作小廬在城北，杜門，雖鄉里不妄交。劉器之無恙時居河南，暇時獨一過之。徐擇之於鄉人最厚，① 亦善俊。及爲丞相，鄉人多隨其材見用。俊未嘗往求，② 擇之亦忘之，獨不得官。建炎末，虜將南牧，或勸之避地。俊曰："但固吾所守爾。死生，命也，避將何之？"衣冠奔踣於道者相繼，俊晏然安其居，卒不動。劉豫僭號，起爲虞部員外郎，辭疾不受。以告畀其家，卒卻之，如是再三，豫亦不復強。凡家書文字，③ 一不用豫僭號，但書甲子。後三年，死。此亦徐度云。自兵興以來，常恨未見以大節名世者。在建康得一人，④ 曰通判府事楊邦乂，⑤ 嘗表諸朝，得諡而立廟祀。公爲楊公請諡立廟事，在紹興二年第一次帥建康時，撰有《褒忠廟記》及《改葬楊忠襄公祭文》。往年校刊《建康集》，從周應合《景定建康志》、李幼武《名臣言行錄續集》采入《補遺》。今又聞亙與俊，皆故人，益可尚。⑥ 世猶未有能少發明之者，他日當求其事，各爲之作傳。按，趙俊名，《宋史》附見《劉豫傳》中。

① "徐"，商、毛刻本同，項刻本無。
② "求"，商、毛刻本同，項刻本作"來"。
③ "家書"，楸花盦本原誤作"書家"，今從商、項、毛刻本改。
④ "康"，項刻本原誤作"唐"，涵芬樓校刻時從諸本改。
⑤ "乂"，項刻本同，商刻本作"又"，毛刻本作"人"。
⑥ "益"，項刻本同，商、毛刻本作"蓋"。

　　蔣侍郎堂家藏楊文公與王魏公一帖，用半幅紙，[①] 有折痕，記其略云："昨夜有進士蔣堂攜所作文來，極可喜，不敢不布聞。謹封拜呈。"後有蘇子瞻跋云："夜得一士，旦而告人。察其情，若喜而不寐者。"蔣氏不知何從得之，在其孫彝處也。世言文公爲魏公客，公經國大謀，人所不知者，獨文公得與。觀此帖，不特見文公好賢樂士之急，[②] 且得一士，必亟告之，其補於公者固亦各刻本"固亦"二字誤倒，[③] 今依黃鈔本正。多矣。片紙折封，尤見前人至誠！相與簡易平實，不爲虛文，安得復有隱情不盡、不得已而苟從者？皆可爲後法也。

　　房次律爲宰相，當中原始亂時，雖無大功，亦無甚顯過，罷黜蓋非其罪。一跌不振，遂至於死，世多哀之。此固不幸，然吾謂陳濤之敗，[④] 亦足以取此。杜子美《悲陳陶》云："孟冬十郡良家子，血作陳陶澤中水。野曠天青無戰塵，[⑤] 四萬義軍同日死。"哀哉！此豈細事乎？用兵成敗，固不可全責主將。要之，非所長而強爲之，勝乃其幸，敗者必至之理，與故殺之無異也。次律之志，豈不欲勝？而強非其長，則此四

---

　　① "幅"，項刻本原作"副"，涵芬樓校刻時從諸本改。
　　② "公經國大謀，人所不知者，獨文公得與。觀此帖，不特見文公好賢樂士之急"，初編本句讀誤作"公經國大謀，人所不知者。獨文公得與觀此帖，不特見文公好賢樂士之急"。
　　③ 項刻本"固亦"，商、毛刻本作"亦固"。
　　④ "濤"，商、毛刻本同，項刻本作"陶"。
　　⑤ "青"，商、毛刻本同，項刻本作"清"。

萬人之死，其誰當之乎？顧一跌猶未足償。陸機河橋之役，不戰而潰者二十餘萬人，固未必皆死，然各刻本缺“然”字，① 今依黃鈔本補。死者亦多矣。訟其冤者，孰不切齒孟玖？然不知是時機何所自信，而敢遽當此任！師敗七里澗，死者如積，澗水爲不流。微孟玖，機將何以處乎？吾老出入兵間，未嘗秋毫敢有嘗試之意。② 蓋嘗謂陸機河橋之役、房琯陳陶之戰，③ 皆可爲書生輕言各刻本“言”誤“信”，④ 今依黃鈔本正。兵者之戒，不論各刻本“論”誤“謂”，⑤ 今依黃鈔本正。當時是非當否也。

兵興以來，盜賊夷狄所及無噍類。有先期奔避伏匿山谷林莽間者，或幸以免。忽襁負嬰兒啼聲聞於外，亦因得其處。於是避賊之人，凡嬰兒未解事、⑥ 不可戒語者，率棄之道旁以去，⑦ 纍纍相望。哀哉！此虎狼所不忍，蓋勢不得已也。各刻本、黃鈔本俱無“哀哉”以下十四字，今依徐鈔本補。⑧ 有教之爲綿球，隨兒大小爲之，縛置口中，略使滿口而不閉氣；或有力，

---

① 項刻本有“然”字，商、毛刻本無。
② “有”，商、項、毛刻本作“言”。
③ 各本皆作“陶”。又，項刻本“陶”字下原有夾注“史作濤”。
④ 項刻本作“言”，商、毛刻本作“信”。
⑤ 項刻本作“論”，商、毛刻本作“謂”。
⑥ 按，“啼聲”以下至“嬰兒”項刻本原脫，涵芬樓校刻時從諸本補。
⑦ “旁”，項、毛刻本同，商刻本作“傍”。
⑧ 項刻本與徐鈔同，有“哀哉”以下十四字，商、毛刻本無。

更預畜甘草末，臨繫黃鈔本"繫"作"急"。① 時，量以水漬，使咀味。兒口中有物實之，各刻本無"實之"二字，② 今依黃鈔本補。自不能作聲，而綿軟不傷兒口。或鏤板以揭饒州道上。己酉冬，虜自江西犯饒、信，所在居民皆空城去，顛仆流離道上，而嬰兒得此全活者甚多。③ 乃知雖小術，亦有足活人者，君子可不務其大乎！此亦不可不知。許幹譽爲余道。願廣此言，使人無不聞也。各刻本缺"乃知"以下四十一字，④ 今依黃鈔本補。

三十年間，士大夫多以諱不言兵爲賢，蓋矯前日好興邊事之弊。此雖仁人用心，然坐是四方兵備縱弛不復振，器械刓朽，教場鞠爲蔬圃。吾在許昌親見之，意頗不以爲然。兵但不可輕用，豈當併其備廢之哉？乃爲新作甲仗庫，督掌兵官復教場，以日閱習。一日，王幼安見過，曰："公不聞邢和叔乎？非時入甲仗庫檢察，有密啓之者，遂坐謫。"吾時中朝不相喜者甚衆，因懼而止。後聞有欲以危語中吾者，⑤ 偶不得此，亦天也。然自夷狄暴起，東南州郡，類以兵不足用，且無器甲，⑥ 望風而潰者皆是，恨吾前日之志不終。然是時

---

① 項刻本亦作"急"，商、毛刻本作"繫"。
② 項刻本有"實之"二字，商、毛刻本無。
③ "甚多"，商、毛刻本同，項刻本作"多矣"。
④ 項刻本有"乃知"以下內容，商、毛刻本無。
⑤ "語"，商、毛刻本同，項刻本作"言"。
⑥ "甲"，商、毛刻本同，項刻本作"械"。

吾雖欲忘身爲之，^① 不過得罪，終亦^②黃鈔本"亦"下有"未"字。^③ 必無補也。

孔、孟皆力詆愿人。余少不能了，以爲居之似忠信，行之似廉潔，終愈於不爲忠信廉潔之人，何傷乎？而疾之深也！既泛觀古今君子小人情僞之際，^④ 然後知聖賢之言不徒發也。彼不爲忠信廉潔者，其惡不過其身。人既曉然知之，則是非亦不足爲之惑。乃非其情而矯爲之，則名實顛倒，內外相反，苟用以濟其奸，何所不可爲？方孔、孟時，先王遺風餘澤未遠，猶有能察而知之者，所憂特賊德而已。後世先王之道知者無幾，不幸染其習而勿悟，則將舉世從之。莊子所謂"小惑易方，大惑易性"者，其爲患豈勝言乎！

"子貢問曰：'鄉人皆好之，何如？'子曰：'未可也。''鄉人皆惡之，何如？'子曰：'未可也。不如鄉人之善者好之，其不善者惡之。'"一鄉之人未必皆善，亦未必皆不善，^⑤ 今無別於善惡而皆好之，^⑥ 非鄉原乎？^⑦ 若反此，不幸非其罪而不善者惡之，則孟子所謂自反而仁與禮者，雖以爲禽獸可

---

① "欲"，商、毛刻本同，項刻本無。
② "終"，商、毛刻本同，項刻本無。
③ 項刻本"亦"下有"未"字，商、毛刻本無。
④ "泛"，商、毛刻本同，項刻本作"縱"。
⑤ "皆不"，商、毛刻本同，項刻本作"能"。
⑥ "皆"，商、毛刻本同，項刻本作"一皆"。
⑦ 商、項、毛刻本亦作"原"。

也；若善者亦惡之，則不可矣。故君子不畏不善人之所惡，而貴善人之所好。兩者各當其分，則何擇於好惡哉！然惟仁者能好人、能惡人，① 則好惡非仁者未易得其正，亦必自知者明，自反者審，然後不爲外之好惡所奪也。

閱所曝碑册，② 見李邕所作《張柬之碑》，讀之偶終篇。③ 五王與劉幽求等皆有社稷大功，然五王沉勇忠烈，非幽求輩險譎貪權、偶能濟事者比。其間桓彦範與柬之尤奇材，可與姚崇相先後，④ 蓋皆本於學術。然其不幸智不及薛季昶、敬暉，⑤ 不能自免於禍，亦坐書生習氣、仁而不能斷也。幽求能勸彦範誅三思，非有以過二人，正以其一於前，無所顧避爾。柬之、彦範既欲成此，又欲全彼，其志豈不哀哉！⑥ 然天下事要有不得已者，勢必不能兩立。若以柬之、彦範之材，而輔之幽求之決，豈特卒保其身，安得更有景龍事乎！世言廢幽求等坐姚崇不喜，⑦ 非崇不能容，乃所以全之也。村校中教小兒誦詩，多有“心爲明時盡，君門尚不容。田園迷徑

---

① “然”，商、毛刻本同，項刻本無。

② 按，“閱所曝碑册”，商、毛刻本同，項刻本無此句。又，項刻本下句“見”上有“偶”字，商、毛刻本無。

③ “偶”，商、毛刻本同，項刻本無。

④ “先後”，商、毛刻本同，項刻本作“後先”。

⑤ “薛季昶、敬暉”，項刻本原脫，涵芬樓校刻時從諸本補。

⑥ “柬之、彦範既欲成此，又欲全彼，其志豈不哀哉”，初編本句讀誤作“柬之、彦範既欲成此，又欲全彼其志，豈不哀哉”。

⑦ “喜”，商、毛刻本同，項刻本作“善”。

路，歸去欲何從”一篇，初不知誰作。大觀間，三館曝書，昭文庫壁間有弊篋，置書數十册，蠹爛，幾不可讀。發其一，曰《玉堂新集》，載此篇，乃幽求咏懷作也。豈非遷杭、郴州刺史時耶？然幽求豈是安田園者？姑懟而云爾。

　　故事，制科必先用從官二人舉，上其所爲文五十篇，考於學士院，中選而後召試。得召者不過三之一。惟歐陽文忠公爲學士時所薦皆天下名士，無有不在高選者，① 蘇子瞻兄弟、李中書邦直、孫翰林巨源是也。世遂稱歐陽善舉賢良。程試既不過策論，② 故所上文亦以策論中半，然多未免猶爲場屋文辭。③ 惟孫巨源直指當世弊事，列其條目，援據祖宗源流本末，質以故事，反覆論説，皆可施行，無一辭虛設。各刻本“設”作“説”，④ 今依黄鈔本改。韓魏公一見，曰：“慟哭泣涕論天下事，⑤ 其今之賈誼乎？”時方爲於潛縣令，會以期喪，不及試。免喪，魏公猶當國，即用爲崇文館編校書籍，遂見進用，不復更外任。蓋猶愈於正登科也。

　　李育，字仲蒙，吳人，馮當世榜第四人登第。⑥ 能爲詩，

---

① “有不”，項刻本原作“不有”，涵芬樓校刻時從諸本改。
② “過”，項刻本原無，涵芬樓校刻時從諸本補。
③ “免”，項刻本原作“見”，涵芬樓校刻時從諸本改。
④ 商、毛刻本作“説”，項刻本作“設”。
⑤ “泣涕”，商、毛刻本同，項刻本作“涕泣”。
⑥ “登第”，商、毛刻本同，項刻本作“登科”。

性高簡，故官不甚顯，亦少知之者。與外大父晁公善，① 尤
愛其詩。先君嘗得其親書《飛騎橋》一篇於晁公，字畫亦清
麗，② 以爲珍玩。《吳志》：孫權征合肥，爲魏將張遼所襲，
乘駿馬上津橋，橋板徹丈餘，③ 超度得免，故以名橋。今在
廬州境中。詩本後亡去，略追記之，附於此："魏人野戰如鷹
揚，吳人水戰如龍驤。氣吞魏王 徐鈔本"王"作"士"。按，厲孝
廉鶚《宋詩紀事》載此亦作"王"。④ 惟吳王，建旗敢到新城旁。
霸主心當萬夫敵，麾下倉皇無羽翼。塗窮事變接短兵，⑤ 生
死之間不容息。⑥ 馬奔津橋橋半撤，⑦ 洶洶有聲如地裂。蛟怒
橫飛秋水空，鶚驚徑度秋雲缺。奮迅金羈汗沾臆，濟主艱難
天借力。艱難始是報主時，平日主君須愛惜。"此詩五七歲時
先君口授，小子各刻本"子"作"兒"，⑧ 今依惠校本改。識之。

　　錢塘西湖，建康鍾山，皆士大夫願游而不獲者。⑨ 仕宦
適至，⑩ 未有不厭足所欲。兩郡余皆辱居之。在錢塘十月，

---

① "外大"，項刻本原誤作"大外"，涵芬樓校刻時從諸本改。
② "麗"，商、毛刻本同，項刻本作"灑"。
③ 商、項、毛刻本亦作"徹"。
④ 商、項、毛刻本皆作"王"。
⑤ "塗"，商、項刻本同，毛刻本作"途"。
⑥ "間"，項、毛刻本同，商刻本作"門"。
⑦ "撤"，項刻本原作"徹"，涵芬樓校刻時從諸本改。
⑧ 商、毛刻本作"兒"，項刻本作"子"。
⑨ 商、項、毛刻本亦作"願"。
⑩ "至"，商、毛刻本同，項刻本作"之"。

適虜犯京師，信息未通，日望望涕泣，①引首北向，何暇顧
其他，僅以祈晴一至天竺而已。建康亦留半歲，正當冬春之
間，出師待敵，寢食且廢。鍾山雖兵火殘破之餘，形勢故在，
六朝遺迹故事，班班猶可數，城中但見屹然在側爾。②而少
從先君入峽，瞿塘、灩澦、高唐、白帝城，皆天下絕險奇
異，③乃一一縱觀，④至今猶歷歷在目。晚往來浙東七里瀨、
金華三洞諸勝處，每至輒留數日，非興盡不歸。乃知山林丘
壑，⑤亦各有分，非軒冕者所可常得，天固付之山人野老也。

　　上所好惡，固不可不慎，況於取士！神童本不專在誦
書，⑥初亦不以爲常科，適有則舉之爾，故可因之以得異材。
觀元獻不以素所習題自隱，文公不以一賦適成自幸，童子如
此，他日豈有不成大器者乎？大觀行三舍法，至政和初，小
人規時好者，謬言學校作成人材，已能如三代，乃以童子能
誦書者爲“小子有造”。此殆近俳，而執事者樂聞之，凡有
以聞，悉命之官，以成其說。故下俚庸俗之父兄，幸於苟得，
每苦其子弟以爲市。此豈復更有人材哉？宣和末，余在蔡與
許，見江外以童子入貢者數輩，率以老書生挾二三人持狀立

---

①　“望望”，商、毛刻本同，項刻本作“望”。
②　“屹”，項刻本原作“峴”，涵芬樓校刻時從諸本改。
③　“奇異”，商、毛刻本同，項刻本作“異奇”。
④　“一一”，商、項、毛刻本作“一二”。
⑤　“丘”，楙花盦本原作“邱”，今改。又，商、項、毛刻本皆作“丘”。
⑥　“書”，項刻本原誤作“數”，涵芬樓校刻時從諸本改。

庭下求試,① 與倡優經過而獻藝略等。② 初亦怪, 抱之使升堂坐定, 問之, 乃志在得公厨數十千爲路費爾。爲之悵然。後或聞有得官者,③ 今莫知皆安在, 理固然也。

景修與吾同爲郎, 夜宿尚書新省之祠曹廳。步月庭下, 爲吾言往嘗以九月望夜道錢塘, 與詩僧可久泛西湖, 至孤山, 已夜分。是歲早寒, 月色正中, 湖面渺然如鎔銀。傍山松檜參天, 露下葉間, 蘺蘺各刻本"蘺"作"巖",④ 今從《宋詩紀事》所載。皆有光。微風動, 湖水晃漾, 與林葉相射。可久清癯苦吟, 坐中淒然不勝寒。⑤ 索衣, 無所有, 空米囊, 覆其背, 謂平生得此無幾。⑥ 吾爲作詩記之云:⑦ "霜風獵獵將寒威,⑧ 林下山僧見亦稀。怪得題詩無俗語, 十年肝膈湛寒輝。"⑨ 此景暑中想像, 亦可一灑然也。⑩

讀書而不應舉則已矣。讀書而應舉, 應舉而望登科, 登

---

① "以",商、毛刻本同,項刻本作"一"。
② "獻藝",商、毛刻本同,項刻本作"獻藝者"。
③ "聞",商、毛刻本同,項刻本作"因之"。
④ "蘺蘺",項刻本同,商、毛刻本作"巖巖"。
⑤ 按,王兆鵬《兩宋詞人年譜》、徐時儀校點《避暑録話》等,此句句讀皆作"可久清癯,苦吟坐中,淒然不勝寒",可備一説。
⑥ "謂",項刻本同,商、毛刻本作"爲"。
⑦ 按,商刻本"詩記"二字爲小字雙行,當爲漏刻後所訂補。
⑧ "將",商、毛刻本同,項刻本作"動"。
⑨ "膈",商、項、毛刻本作"鬲"。
⑩ "一",商、毛刻本同,項刻本作"以"。

科而仕，仕而以叙進，① 苟不違道於義，② 皆無不可也。而世有一種人，既仕而得禄，反嘮嘮然以不仕爲高，若欲棄之者，③ 此豈其情也哉！故其經營有甚於欲仕，或不得間而入，或故爲小異以去，因以遲留，往往遂竊名以得美官而不辭，世終不寤也。有言窮書生不識饅頭，計無從得。一日，見市肆有列而鬻者，輒大呼仆地。主人驚問。曰："吾畏饅頭。"主人曰："安有是理？"乃設饅頭百許枚，空室閉之，徐伺於外，寂不聞聲。穴壁窺之，則以手搏撮食者過半矣。亟開門，詰其然。曰："吾見此，忽自不畏。"主人知其紿，怒而叱曰："若尚有畏乎？"曰："有。猶畏臘茶兩碗爾。"此豈求不仕者耶？各刻本作"也"，④ 今依黃鈔本改。

　　東林去吾山東南五十餘里，沈氏世爲著姓。元豐間，有名□者，⑤ 字東老，家頗藏書，喜賓客。東林當錢塘往來之沖，故士大夫與游客勝士聞其好事，必過之，沈亦應接不倦。⑥ 嘗有布裘青巾稱回山人，⑦ 風神超邁，⑧ 與之飲，終日不醉。薄暮，取食餘石榴皮書詩一絶壁間曰："西鄰已富憂不

---

① "叙進"，項刻本原作"進叙"，涵芬樓校刻時從諸本改。
② "於"，商、毛刻本同，項刻本作"與"。
③ "者"，商、毛刻本同，項刻本無。
④ 項刻本作"耶"，商、毛刻本作"也"。
⑤ "者"上，商、項、毛刻本亦皆脱。
⑥ "沈"，商、毛刻本同，項刻本作"東老"。
⑦ "裘"，商、毛刻本同，項刻本作"袍"。
⑧ "超"，商、毛刻本同，項刻本作"亦高"。

足，東老雖貧樂有餘。白酒釀來緣好客，黃金散盡爲收書。”
即長揖出門，① 越石橋而去。追躡之，已不見，意其爲呂洞
賓也。邵山人長蘅《補蘇詩注》引王會《回仙碑》云：“熙寧元年八月十
九日，湖州歸安縣有隱君子沈思，字持正，隱於東林，因以東老名。能釀
十八仙白酒。一日，有客自稱回道人，長揖東老，求一醉云云。”按，其文
可補此書所未備，故附記之。當時名士多和其詩，傳於世。蘇子
瞻爲杭州通判，亦和，用韓退之《毛穎傳》事云：“至用榴
皮緣底事，中書君豈不中書。”雖以紀實，意亦有在也。

　　橘極難種。吾居山十年，凡三種而三槁死。其初移栽，
皆三四尺餘，一歲便結實，纍然可愛。未幾，偶歲大寒多雪，
即立槁，雖厚以苫覆草擁，② 不能救也。蓋性極畏寒，而吾
居在山之半，又面北，多北風，與平地氣候絶不同。山前梅
花及桃李等，率常先開半月，③ 蓋五七里各刻本、黃鈔本皆脱
“里”字，④ 今依徐鈔本補。之間如此。今吳中橘亦惟洞庭東、西
兩山最盛，他處好事者園圃僅有之，不若洞庭人以爲業也。
凡橘一畝比田一畝利數倍，而培治之功亦數倍於田。橘下之
土幾於用篩，未嘗少以瓦礫雜之。⑤ 田自種至刈，不過一二

――――――

① “揖”，觀古堂刻楝花盦本原誤作“楫”，今改。又，商、項、毛刻本皆
作“揖”。
② “苫”，商、項刻本同，毛刻本誤作“苦”。
③ “常”，楝花盦本原誤作“長”，今據商、項、毛刻本改。
④ 項刻本與徐鈔本同，亦有“里”字。商、毛刻本無。
⑤ “少”，項刻本原作“小”，涵芬樓校刻時從諸本改。

耘，而橘終歲耘無時，不使見纖草。地必面南，爲屬嘉定程庭鷺曰："'屬'字疑'層'字之訛。"級次第使受日。每歲大寒，則於上風焚糞壤以溫之。"吾不如老圃"，信有之矣。

　　吾居雖略備，然材植不甚堅壯，度不過可支三十年即一易。人生不能無役，閒中種木，亦是一適。今山之松已多矣，地既加各刻本"加"作"皆"，① 今依黃鈔本改。闢，當歲益種松一千，② 桐、杉各三百，竹凡見隙地皆植之。盡五年而止，可更有松五千，桐、杉各千五百。三十年後，使居者視吾室，敝則伐而新之。竹但取其風霜毀折與侵道妨行者，③ 可不外求而足。今歲積益，徐鈔本"益"作"善"。④ 與此山竹無慮增數千竿，松、杉生不滿三尺者處處有之。⑤ 桐子已實，伺其墜，多畜之。冬春之間，當與汝曹日策杖山行自課，擇僕之健而愿者兩人供役，吾不爲無事矣。然此居竟何有？吾年六十，猶思預植良材爲後計。柳子厚詩云："晚學壽張樊敬侯，種漆南園待成器。"使子厚在，黃鈔本"在"字作"聞此"。⑥ 寧免一笑耶？

---

① 項刻本作"加"，商、毛刻本作"皆"。
② "益"，項刻本原作"易"，涵芬樓校刻時從諸本改。
③ "道"，商、毛刻本同，項刻本作"路"。
④ 項刻本與徐鈔本同，"益"作"善"，商、毛刻本作"益"。
⑤ "之"，項刻本原無，涵芬樓校刻時從諸本補。又，商刻本"有之"二字爲小字雙行，當爲漏刻所訂補。
⑥ 項刻本亦作"聞此"，商、毛刻本作"在"。

人之操行，莫先於無僞。能不爲僞，雖小善亦有可觀，其積累之，必可成其大；苟出於僞，雖有甚善，不特久之終不能欺人，亦必自有怠而自不能掩者。吾涉世久，閱此類多矣。彼方作爲大言以掠美，牽率矯厲之行以誇衆，孰不能竊取須臾之譽？或因以得利，然外雖未知，未有不先爲奴婢窺其後而竊笑者，雖欲久，可乎？今吾父子相處，固自閨門之內；而賓客之從吾游者，未嘗不朝夕左右、入吾室而並吾席也。吾固無善可稱，然終日之言，苟有一毫相戾，何獨有愧鄉黨里鄰，[1] 尚能厭服汝曹之心哉？[2] 嘗記歐陽文忠與其弟侄書有云：“凡人勉强於外，何所不至？惟考之其私，乃見真僞。”[3] 此非其家人無與知者，[4] 可以書諸紳也。

晋史言王逸少性愛鵝，世皆然 “然” 字似訛。[5] 之。人之

---

① “里鄰”，商、毛刻本同，項刻本作“鄰里”。

② “厭”，商、毛刻本同，項刻本作“壓”。

③ 按，朱熹《三朝名臣言行録》卷二“參政歐陽文忠公”下載有歐陽修與其侄通理書，其後附語云：“内翰蘇公題其後曰：‘凡人勉强於外，何所不至？惟考之其私，乃見真僞。此歐陽公與其弟侄家書也。’”又，文天祥《文山先生全集》卷十《跋歐陽公與子綿衣帖》載：“東坡跋歐陽公《與其侄通理書》云：‘凡人勉强於外，何所不至？惟考之其私，乃見真僞。’今觀此帖，綿衣之外，一語不及其私，以此見前輩心事未有不可對人言者。”則此當爲蘇軾之語，葉氏誤。明葉盛《水東日記》卷七更是明確指出這點：“歐陽文忠公與十二侄帖，蘇長公題其後曰：‘凡人勉强於外，何所不至？惟考諸其私，乃見真僞。此歐陽公與其侄家書也。’葉石林乃以公書帖中語，誤矣。”

④ “其”，商、毛刻本同，項刻本無。

⑤ 按，“然”字意亦通。又，商、項、毛刻本皆作“然”字，則“然”字實不訛，葉廷琯注誤。

好尚，固各有所僻，未易以一概論，如崔鉉喜看水牛鬥之類。① 此有何好？然而亦必與性相近類者。逸少風度超然，何取於鵝？張正素嘗云:② “善書者貴指實掌虛，腕運而手不知。鵝頸有腕法，倘在是耶?③ 今鵝十百爲群,④ 其間必自有特異者，畜牧人皆能辨，人即貴售之,⑤ 以爲種。蓋物各有出其類者。逸少既各刻本 “既” 作 “即”,⑥ 今依黃鈔本改。意有所寓，因又賞其善者也。” 正素能書，識古人行筆意，其言似有理。

　　司空，國史有傳，其大節略已備矣，而平生出處與各刻本 “與” 誤 “每”,⑦ 今依黃鈔本正。章奏論事見於謀國者，遺落甚多。先大父太師兄弟三人，皆以司空蔭入官，至老不敢忘也。⑧ 吾少時猶記太師有親書其遺事一卷三十四條,⑨ 今莫知本安在。本院子孫既微，大觀末，吾嘗從求家集及手書稿草，猶得五六十卷，意欲爲論次及作家傳，久之不能成。喪亂以來，圖籍零落。今歲曝書追尋，尚有前日之半，喜不自禁。

---

　　① “鉉”,觀古堂刻楝花盦本因避康熙諱缺末一筆,今改。

　　② “張正素”,項刻本同,商、毛刻本作“張素正”。從下文“正素能書”各本皆同來看,當作“張正素”,商、毛刻本誤。

　　③ “倘”,商、項、毛刻本作“儻”。

　　④ “十”,商、項、毛刻本作“千”。

　　⑤ “人”,商、毛刻本同,項刻本無。

　　⑥ 項刻本作“既”,商、毛刻本作“即”。

　　⑦ 項刻本作“與”,商、毛刻本作“每”。

　　⑧ “也”,商、毛刻本同,項刻本無。

　　⑨ “三十四”,商、毛刻本同,項刻本作“三四十”。

稍涼，筆研可親，終當成此志，亦欲使汝曹知吾門内先此立朝者卓卓如是，非如乃翁猥退無能也。

韓退之作《毛穎傳》，此本南朝俳諧文《驢九錫》《雞九錫》之類，而小變之耳。俳諧文雖出於戲，實以譏切當世封爵之濫，而退之所致意，亦正在中書君老不任事。"今不中書"等數語，不徒作也。文章最忌祖襲，此體但可一試之耳。《下邳侯傳》，世已疑非退之作，而後世乃因緣模仿不已。① 司空圖作《容成侯傳》，其後又有《松滋侯傳》，近歲《温陶君》《黄甘緑吉》《江瑶柱》《萬石君傳》，紛然不勝其多，至有托之蘇子瞻者，妄庸之徒遂爭信之。子瞻豈若是之陋耶？② 中間惟《杜仲》一傳，③ 雜藥名爲之，其製差異，或以爲子瞻在黄州時出奇以戲客，而不以自名。余嘗問蘇氏諸子，亦以爲非是。然此非玩侮游衍有餘於文者不能爲也。

神仙出没人間，不得爲無有。但區區求遇其人而學之者，皆妄人也。神仙本出於人，孰不可爲？不先求己之仙而待人以爲仙，理豈有是乎？今鄉里之善人見不善之人，④ 且恥與之接矣，安有神仙而輕求於妄人者？古今言嘗遇仙，必天下

---

① "模仿"，項刻本作"規仿"，商刻本作"換傲"，毛刻本作"換仿"。
② "之"，商、毛刻本同，項刻本無。
③ "杜仲"，項、毛刻本同，商刻本誤作"拔仲"。
④ 下"之"字，商、項、毛刻本無。

第一等人，顧未必皆授以道，① 然或前告人以禍福，使有所
避就；或付之藥餌，使壽考康強。② 非見之也，彼自以類求
耳。唐人多言顏魯公爲神仙，近世傳歐陽文忠公、③ 韓魏公
皆爲仙，④ 此復何疑哉！

　　自古夷狄亂華，無甚於劉元海。其得志無幾，而子和卒
見弒，至聰遂亡，曾不及二十年。⑤ 其次安禄山，不二年亦
弒於慶緒。阿保機雖僅免於弒，不及反國，⑥ 以帝耙歸。⑦ 元
昊稱兵西方十五六年，其末弒於㑩令哥。天之於善惡逆順不
可欺如此！⑧ 桀、紂爲虐，所殺中國之人猶可數計，而皆以
亡天下，紂不免誅死，豈有裔夷長驅塗炭，毒流四海，因之
以死者何可爲量數，而得令終耶？今金賊犯順亦已十年，以
天道言之，數之一周也，其將有禄山、元昊各刻本、鈔本“昊”
皆作“海”。⑨ 按，元海身未被弒，不可與禄山並言。且此叙于禄山後，應
作“昊”爲是。之變乎？

───────

　　① “授”,商、毛刻本同,項刻本作“授之”。
　　② “強”,槑花盦本原作“彊”,今改。又,項刻本作“彊”,商、毛刻本誤
作“疆”。
　　③ 項刻本“傳”下有“以”字,商、毛刻本無。
　　④ “韓”,項、毛刻本同,商刻本誤作“緯”。
　　⑤ “十”,項、毛刻本同,商刻本爲空白。
　　⑥ “國”,項、毛刻本同,商刻本誤作“因”。
　　⑦ 按,《太平廣記》,新、舊《五代史》等典籍記載“以帝耙歸”者,皆爲遼太宗
耶律德光,而非太祖阿保機,葉夢得氏誤。
　　⑧ “逆順”,商、毛刻本同,項刻本作“順逆”。
　　⑨ 項刻本作“昊”,商、毛刻本作“海”。

孟子言："烏是何言也?""烏"蓋齊、魯發語，不然之辭，至今用之，作鼻音，亦通於汝、潁。① 《漢書》記故人見陳涉，言："夥！涉之爲王耽耽者！""夥"，吳、楚發語，驚大之辭，亦見於今。應劭作②各刻本"作"誤"亦"，③ 今依黃鈔本正。禍音，非是。此脣音，與壞相近。《公羊》記州公如曹，以齊人語"過我"爲"化我"，今齊人皆以過爲夬音。歐陽文忠記打音本謫黃鈔本"謫"作"滴"。④ 耿切，而舉世訛爲丁雅切。不知今吳越俚人正以相毆擊爲謫耿音也。⑤

吳越之俗，以五月二十日爲分龍日，不知其何據。前此夏雨時行，雨之所及必廣。自分龍後，則有及有不及，若有命而分之者也。故五六月之間，每雷起雲簇，各刻本"簇"作"族"，⑥ 今依黃鈔本改。忽然而作，類不過移時，謂之過雲雨，雖三二里間亦不同。或濃雲中見，若尾墜地、蜿蜒屈伸者，亦止雨其一方，謂之龍挂。深山大澤，龍蛇所居，其久而有神，宜有受職者，固無足怪。屋廬林木之間，時有震擊而出，往往有隙穴見其出入之迹，或曰此龍之懶而匿藏者也。佛老

---

① "潁"，商、毛刻本作"穎"，項刻本作"穎"，皆誤。
② "應劭"，商、項、毛刻本作"應邵"。
③ 項刻作"作"，商、毛刻本作"亦"。
④ 項刻本"謫"亦作"滴"，商、毛刻本作"謫"。
⑤ "俚人"，項刻本作"人俚"。
⑥ 項刻本作"簇"，商、毛刻本作"族"。

書多言龍行雨甚苦，是以有畏而逃。以是推之，龍之類蓋不一。① 一雨分役，亦若今人之有官守、長貳、佐屬；其勤惰、材不材，爲之長者各察而治之耶？

崔唐臣，閩人也，與蘇子容、呂晉叔同學相好。二公先登第，唐臣遂罷舉，久不相聞。嘉祐中，二公在館下。一日，忽見艤舟汴岸、坐於船窗者，唐臣也。亟就見之，邀與歸，不可。問其別後事，曰："初倒篋中，有錢百千。以其半買此舟，往來江湖間，意所欲往則從之，初不爲定止。② 以其半居貨，間取其贏以自給，粗足即已，不求有餘。差愈於應舉覓官時也。"二公相顧太息而去。翌日，自局中還，唐臣有留刺。③ 乃攜酒具，再往謁之，則舟已不知所在矣。歸視其刺之末，有細字小詩一絶云："集賢仙客問生涯，④ 買得漁各本"漁"作"魚"，今依徐鈔本改。⑤ 舟度歲華。案有《黄庭》尊有酒，少風波處便爲家。"訖不復再見。頃見王仲弓説此。

山林園圃但多種竹，不問其他景物，望之自使人意瀟然。⑥ 竹之類多，尤可喜者筀竹，蓋色深而葉密。⑦ 吾始得此

----

① "蓋"，商、項、毛刻本作"益"。
② "止"，項、毛刻本同，商刻本誤作"正"。
③ "刺"，棣花盦本誤作"剌"，今從商、項、毛刻本改。
④ "賢"，商、項刻本同，毛刻本誤作"仙"。
⑤ 項刻本作"漁"，商、毛刻本作"魚"。
⑥ "瀟"，項刻本原作"消"，涵芬樓校刻時從諸本改。
⑦ "蓋"，項刻本同，商、毛刻本作"益"。

山，即散植竹，略有三、四千竿，雜衆色有之，意數年後所
向皆竹矣。戊申己酉間，二浙竹皆結花而死，俗謂之竹米。①
於是吾所植亦槁盡，今所存，惟介竹數百竿爾。方其初花時，
老圃輒能識之，告吾亟盡伐去，存其根，則來歲尚可復生，
而余終不忍。至已槁而後伐，則與其根俱朽矣。比雖復補種，
而竹種已難得，不能及前五之一，然猶更須三、五年始可望
其干雲蔽日。今日有告余種竹法者，但取大竹，善掘其鞭，
無使殘折。從根斷取其三節，就竹林燒其斷處，使無泄氣。
種之一年，即發細筍，掘去勿存。② 次年出筍，便可及母。
此良有理。插柳者燒其上一頭，則抽條倍長；鬻牡丹者燒其
柄，或蠟封，即不蔫，蓋一術也。當即試之。然種竹須當五、
六月，雖烈日，無害，小瘁，久之復蘇。世言五月十三日爲
竹醉，可移。不必此日，凡夏皆可種也。杜子美詩云："西窗
竹影薄，臘月更須栽。"③ 余舊用其言，每以臘月種，④ 無一
竿活者。此亦余信書之弊而見事遲也。⑤

　　劉惔盛暑見王導，導以腹熨彈棋局，云："何乃淘？"惔

---

① "竹米"，商、項、毛刻本作"米竹"。
② "去"，商、毛刻本同，項刻本作"出"。
③ "栽"，項刻本原作"裁"，涵芬樓校刻時從諸本改。
④ "種"，商、毛刻本同，項刻本作"移種"。
⑤ "亦余"，商、毛刻本同，項刻本作"余亦"。"也"，商、毛刻本同，項刻本
作"耶"。

出，人問王公何如，愷曰："未見他異，唯聞吳語。"① 當謂
淘爲冷，吳人語也。今二浙乃無此語。②

世以登科爲折桂，此謂郤詵對策東堂，③ 自云桂林一枝
也。自唐以來用之。温庭筠詩云："猶喜故人新折桂，自憐羈
客尚飄蓬。"其後以月中有桂，故又謂之月桂。而月中又言有
蟾，故又改"桂"爲"蟾"，以登科爲登蟾宫。用郤詵事固
已可笑，而展轉相訛復爾，④ 然文士亦或沿襲因之，弗悟也。

丁仙現自言及見前朝老樂工，間有優譚及人所不敢言者，
不徒爲諧謔，往往因以達下情。故仙現亦時時效之，非爲優
戲，則容貌儼然如士大夫。紹聖初，修天津橋，以右司員外
郎賈種民董役。種民時以朝服坐道旁，⑤ 持撾親指麾役工，⑥
見者多非笑。一日橋成，尚未通行，仙現適至，素識種民。
即訶止之，曰："吾橋成，未有敢過者。能打一善譚，當使先
衆人。"仙現應聲云："好橋，好橋!"即上馬急趨過。種民
以爲非譚，使人亟追之，已不及。久方悟其譏己也。

---

① 項刻本"吳語"下有"耳"字，商、毛刻本無。
② 按，項刻本此條之上原有"杜周士《人物志》云"一條，内容與卷上"杜子
美詩"談張鎬内容重複，而文字略有出入，涵芬樓校刻時删。
③ "郤"，商、項刻本同，楙花盦本原誤作"卻"，今改，下同。又，毛刻本兩
"郤"字亦誤作"卻"。
④ 商、項、毛刻本均作"展轉"。
⑤ "時以"，商、毛刻本同，項刻本原作"以時"，涵芬樓校刻時從諸本改。
⑥ "撾"，商、項、毛刻本同。按，"撾"應作"檛"，馬鞭。"麾"，商、毛刻本同，
項刻本作"揮"。"役工"，商、毛刻本同，項刻本作"工役"。

　　韓忠憲公罷政事，①　嘗語康公兄弟以馬伏波論少游事云：
“吾已無及。汝曹他日能如少游言，爲鄉里善人、守墳墓，亦
足矣。”康公既葬忠憲許昌，仕寖顯。一日，歸省墓下，用王
逸少故事，期六十即挂冠歸，以終公志。爲文自誓。元豐末，
謫守鄧州，明年六十，乃具述前語，求致仕，章十上。時裕
陵眷康公未衰，②　苦留之，遣中使喻旨曰：“先臣有知，見卿
宣力國事，當亦必以爲然。”康公猶請不已。乃就易許昌，
曰：“可以守墳墓矣。”公不得已，拜命。未幾，再入爲相。
韓宗武云。各刻本以“再入爲相”句止，而誤移“韓宗武云”四字於下
條之首。③　今依徐、黃兩鈔本改正。按，宗武字文若，康公弟縝之子，即
上卷記其有所遇如王子高者。康公事蓋是其所述也。

　　杜子美詩：“自平宮中吕太一，收珠南海千餘日。近供生
犀翡翠稀，復恐征戍干戈密。④　蠻溪豪族小動搖，世封刺史
非時朝。蓬萊殿前諸主將，才如伏波不得驕。”《代宗紀》：
“廣州市舶使吕太一反，逐其節度張休。”或疑“宮中”二字
恐誤。讀《韋倫傳》，言“宦者吕太一”，則蓋中人爲宮市於
嶺南者爾，故稱“市舶使”。《池北偶談》引黃鶴《杜詩注》云：
“考《舊史》，當作‘中官吕太一’。”按，錢注亦以鶴説爲是，正與此條説

---

　　①　“韓忠憲”，商、項刻本同，毛刻本作“韓忠獻”，誤。
　　②　“時”，商、毛刻本同，項刻本作“是時”。
　　③　按，此條項刻本與棴花盦本同，至“韓宗武云”止，惟“韓宗武”誤“稱宗
武”。涵芬樓校刻時從徐、黃本改正。
　　④　“戍”，項、毛刻本同，商刻本誤作“戌”。

合。此詩似爲哥舒晃作。太一以廣德二年反，晃大曆八年以循州刺史反，殺嶺南節度使呂崇賁，相去蓋十年。自此詩而上，至《青絲》五篇，疑皆失其題，故但以句首語名之，所以讀者多不能遽了。《魏知古傳》復有薦洹水令呂太一，在開元間，與大曆 "大曆" 似應作 "廣德"。亦相遠。各刻本 "遠" 誤 "反"，① 今依黄鈔本正。此别一人，姓名適同爾。

浙東溪水峻急，多灘石，魚隨水觸石皆死，故有溪無魚。土人率以陂塘養魚，乘春魚初生時取種於江外，長不過半寸，以木桶置水中，細切草爲食，如食鹽，謂之魚苗。一夫可致數千枚。投於陂塘，不三年，長可盈尺。但水不廣，魚勞而瘠，不能如江湖間美也。《大業雜記》載吳郡送太湖白魚種子，置苑内海中水邊，十餘日即生。其法取魚産子著菰蔣上者刈之，② 曝乾，亦此之類。但不知既曝乾，安得復生？必别有術。今吳中此法不傳，而太湖白魚實冠天下也。

虎丘山，③ 晉王珣故居。珣嘗爲吳國内史，故與其弟珉皆卜居吳下。舊傳宅在城内日華里，今景德寺即是。虎丘乃其外第爾。珣與珉分東、西二宅，本在山前，後捨爲寺，④

---

① 項刻本作 "遠"，商、毛刻本作 "反"。
② "著"，楸花盦本原作 "着"，商、毛刻本同，今改。又，項刻本作 "著"。"蔣"，商、毛刻本同，項刻本作 "藻"。"之"，商、毛刻本同，項刻本無。
③ "虎丘"，觀古堂刻楸花盦本原作 "虎邱"，今改，下同。
④ "寺"，商、項刻本同，毛刻本脱。

乃號東西寺。今寺乃在山巔，下瞰劍池。父老以爲會昌末寺
各刻本無"末"字，① 黃鈔本無"寺"字，② 今依徐鈔本補。廢，其地
歸於民。今爲田者，猶能指其故處。大中初，各刻本無"初"
字，③ 今依黃鈔本補。寺復，④ 乃遷於上，⑤ 則非復珣、珉各刻本
脫"珉"字，⑥ 今依黃鈔本補。之舊矣。寺之西亦有小院，謂之西
庵，蓋但存其名。余大父故廬與景德寺爲鄰。自虜入寇，景
德寺皆焚，而虎丘偶獨存，其勝概猶爲吳下第一也。

　　徐復，所謂沖晦處士者，建州人。初亦舉進士。⑦ 京房
《易》，世久無通其術者。復嘗遇隱士，得之，而雜以六壬遁
甲。自筮，終身無禄，遂罷舉。范文正公知蘇州，嘗疑夷狄
當有變，使復占之。復爲言西方用師，起某年月，盛某年月，
天下當騷然。故文正益論邊事。及元昊叛，無一不驗者。仁
宗聞而召見，問以兵事。⑧ 曰："今歲直《小過》，⑨ 剛失位
而不中。惟强君德，乃可濟爾。"⑩ 命以大理評事，⑪ 不就，

---

① 項刻本有"末"字，商、毛刻本無。
② 商、毛刻本有"寺"字，項刻本與黃鈔本同，無。
③ 項刻本有"初"字，商、毛刻本無。
④ "寺"，商、毛刻本同，項刻本作"乃"。
⑤ "乃"，商、毛刻本同，項刻本無。
⑥ 項刻本有"珉"字，商、毛刻本無。
⑦ "亦"，商、毛刻本同，項刻本無。
⑧ "以"，商、毛刻本同，項刻本亦作"其"。
⑨ "直"，商、毛刻本同，項刻本作"值"。
⑩ "爾"，商、毛刻本同，項刻本作"事"。
⑪ "以"，商、毛刻本同，項刻本作"爲"。

賜號而歸。杭州萬松嶺，其故廬也。① 時林和靖尚無恙，杭州稱二處士，而和靖卒乃得謚。② 與復同時者又有郭京，亦通術數，好言兵，而任俠不倫，③ 故不顯。

　　道家有言“三尸”，或謂之“三彭”，以爲人身中皆有是三蟲，能記人過失，至庚申日，乘人睡去而讒之上帝。故學道者至庚申日輒不睡，謂之“守庚申”。或服藥以殺三蟲。小人之妄誕有至此者！學道，以其教言，則將以積累功行以求升舉也。不求無過，而反惡物之記其過；又且不睡以守，爲藥物以殺之，豈有意於爲過，而幸蔽覆藏匿、欺罔上帝、④可以爲神仙者乎？上帝照臨四方，納三尸陰告，而謂之讒，其悖謬尤可見。然凡學道者未有不信其説。⑤ 柳子厚最號強項，亦作《罵尸蟲文》。唐末，獨各刻本“唐”上衍“且”字，⑥“獨”誤“猶”，⑦ 今依徐、黃兩鈔本刪并正。有道士程紫霄。⑧ 一日，朝士會終南太極觀，⑨ 守庚申。紫霄笑曰：“三尸何有？此吾師托是以懼爲惡者爾。”據牀求枕，作詩以示衆曰：“不

　　① 按，“賜號而歸。杭州萬松嶺，其故廬也”，初編本句讀爲“賜號而歸杭州。萬松嶺，其故廬也”，聊備一説。
　　② “而”，商、毛刻本同，項刻本無。
　　③ “俠”，項、毛刻本同，商刻本誤作“挾”。
　　④ “罔”，商刻本同，項、毛刻本作“妄”。
　　⑤ “者”，項刻本原無，涵芬樓校刻時從諸本補。
　　⑥ 商、毛刻本“唐”上有“且”字，項刻本無。
　　⑦ 商、毛刻本“獨”誤“猶”，項刻本不誤。
　　⑧ 項刻本“霄”下有“者”字，商、毛刻本無。
　　⑨ “太”，項、毛刻本同，商刻本誤作“大”。

守庚申亦不疑，此心長與道相依。玉皇已自知行止，任爾三彭説是非。"投筆，鼻息如雷。詩語雖俚，① 然自昔其徒未有肯爲是言者，孰謂子厚而不若此士也？

余在建康，有李氏子自言唐宗室後，持其五代而上告五通援赦書求官。縑素雖弊，字畫猶如新。其最上廣川郡公汾州刺史李暹一告尤精好。② 其初書舊銜"趙州刺史"，次云"右可，汾州刺史云云"，然後書告詞，先言門下，末言主者施行，猶今之麻詞也。"開元二十年七月六日"下，後低項列銀青光禄大夫、守兵部尚書兼中書令、集賢殿學士云云，蕭嵩宣，中書侍郎闕、知制誥王丘奉行，③ 此中書省官也。再起項列侍中兼吏部尚書、弘文館學士臣光庭，④ 與黃門侍郎、給事中等，言"制出如右，請奉制付外施行。謹言。年月日"。畫制可者，門下省官也。再列尚書左丞相闕，⑤ 開府儀同三司、行尚書右丞相云云，璟侍中云云，蓋光庭前銜而不名。次列吏部侍郎林甫、肜，告某官"奉被制書如右，符到奉行，⑥ 年月日"。下者，尚書省官也。璟與林甫、肜三名

---

① "語"，商、毛刻本同，項刻本無。
② "川"，項刻本原作"州"，涵芬樓校刻時從諸本改。
③ "丘"，槑花盦本因避孔子諱缺第一筆，第二筆有間斷，今據商、項、毛刻本改。
④ "弘"，槑花盦本因避乾隆諱缺最後一筆，今改。
⑤ "闕"，商、項刻本同，毛刻本脱。
⑥ "到"，項刻本原作"列"，涵芬樓校刻時從諸本改。

皆親書，大如半掌，極奇偉。蓋裴光庭、宋廣平、① 李林甫，肜當爲韋肜。中書省官書姓，而門下、尚書省則不書。光庭以兼吏部尚書，故再見於尚書省官而不名。② 蕭嵩、裴光庭，學士結銜皆在官下。③《香祖筆記》云：“據此，④ 則集賢、翰林諸學士結銜在官上始於五代，⑤ 可信不疑。”余見唐告多，惠校本“多”作“敕”。大抵皆吏部告，惟此中書所命如今堂除者，故有辭，但前不言“敕”而言“門下”爲異爾。兵興以來，先代遺迹存者無幾，可以示後生之樂多聞者也。按，《建康集》第三卷有目一條云“書唐李氏告後文”，闕不載，當即是題此所見。特《建康集》皆第二次作鎮時所著，⑥ 此《書後》一文則應在第一次時。惜僅存其目耳。

晏元獻爲參知政事，仁宗親政，⑦ 與同列皆罷，知亳州。先有摘其爲《章懿太后墓志》不言帝所生以自結者，然亦不免俱去。一日，游渦水，見蛙有躍而登木捕蟬者，既得之，口不能容，乃相與墜地，遂作《蜩蛙賦》，略云：“匿蕞質以潛進，⑧ 跳輕軀而猛噬。雖多口以連獲，⑨ 終扼吭而弗制。”⑩

---

① “宋廣平”，商、毛刻本同，項刻本作“宋璟”。
② “官”，商、毛刻本同，項刻本無。
③ “銜”，項刻本原作“御”，涵芬樓校刻時從諸本改。
④ “據”，楸花盦本原作“据”，今改。
⑤ “於”，楸花盦本原作“于”，今改。
⑥ “著”，楸花盦本原作“箸”，今改。
⑦ 項刻本“仁宗”上有“後”字，商、毛刻本無。
⑧ “蕞”，項刻本原作“撮”，涵芬樓校刻時從諸本改。
⑨ “以”，商、毛刻本同，項刻本作“而”。
⑩ “吭”，商、毛刻本同，項刻本作“腕”。

歐陽文忠滁州之貶，① 作《憎蠅賦》；晚以濮廟事，亦厭言者
屢困不已，又作《憎蚊賦》；蘇子瞻揚州題詩之謗，作《黠
鼠賦》，皆不能無芥蒂於中而發於言，欲茹之不可。故惟知道
者爲能忘心。② 惠校本"心"作"也"。③

　趙康靖公初名稱，直史館黃宗旦名知人，一見公，曰：
"君他日當以篤厚君子稱於世。"因使改名約己。而忽夢有持
文書示之若公牒者，大書"趙概"二字。初弗悟，既又夢有
遺之書者，題云"秘書丞通判汝州趙概"。始疑其或喻己，
乃改後名。後六年登科，果以秘書丞通判海州，④ 但"汝"
字不同爾。議者或"汝"字篆文與"海"字相近，⑤ 公夢中
或不能詳也。既稍顯，又夢與王文安公同入一佛寺，文安題
壁云："刑部郎中知制誥趙概。"後十年，亦以此官入掖垣，
遂爲學士。禮上，各刻本"上"誤"部"，⑥ 今依黃鈔本正。王文安
公爲三司使，同會，偶爲書題名記云："自刑部郎中知制誥召
入。"⑦ 兩人相顧大笑。此尤可怪。故康靖平生尤信夢，晚作
《見聞記》，其一篇書當時諸公間夢事甚詳。

---

① "歐陽文忠"，商、毛刻本同，項刻本作"歐文忠公"。
② "者"，商、毛刻本同，項刻本無。
③ 商、項、毛刻本皆作"心"。
④ "州"，項刻本原誤作"中"，涵芬樓校刻時從諸本改。
⑤ "或"，商、毛刻本同，項刻本作"謂"。
⑥ 項刻本作"上"，商、毛刻本作"部"。
⑦ 按，項刻本"郎"上原衍"侍"字，涵芬樓校刻時從諸本刪。

　　劉原甫廷試本爲第一。王文安公，其舅也，爲編排試卷官。既拆號，見其姓名，遂自陳請降下名。仁宗初以高下在初、覆考官，編排官無與，但以號次第之耳。文安猶力辭不已，遂升賈直孺爲魁，以原甫爲第二。各刻本、黃鈔本“二”皆作“三”。① 按，原甫登第實第二。

　　陸龜蒙作《怪松圖贊》，謂草木之性本無怪，生不得地，有物遏之，而陽氣作於內，則憤而爲怪。范文正公初數以言事動朝廷，當權者不喜，每目爲怪人，文正知之。及後復用爲西帥，上疏請城京師以備虜，曰：“吾又將怪矣。”乃書龜蒙《贊》以遺當權者，曰：“朝廷方太平，不喜生事。某於搢紳中獨爲各刻本“爲”誤“如”，② 今依黃鈔本正。妖，言既齟齬不得伸，辭因乖戾，得無如龜蒙之松乎？”時雖知其諷己，訖不能盡用其言。

　　世言遲久有待者曰“宿留”，自漢即有此語。二十八星謂之舍，亦謂之宿。宿者，止其所居也。留，作去音。古一字而分二義者多以音別之，如自食爲食，食人則音伺；自飲爲飲，飲人則音蔭之類是矣。③ 蓋應留而留，則爲平音；應

　　① 按，項刻本實作“第二”，商、毛刻本作“第三”。
　　② 按“爲”，商、項、毛刻本皆作“如”，“如”亦通，則各刻本實不誤。此爲葉廷琯氏迷信黃鈔本而妄改原文，夾注誤。若作“如”，則應句讀爲“某於搢紳中獨如妖，言既齟齬不得伸”，故句讀如上。又，初編本句讀爲“某於搢紳中獨如妖言，既齟齬不得伸”，誤。
　　③ “矣”，商、毛刻本同，項刻本作“已”。

去而留，則爲去音。逗遛亦同此義。[1]

顔魯公真迹，宣和間存者猶可數十本。其最著者，《與郭英乂論坐位書》，[2] 在永興安師文家；《祭侄季明文》《病妻乞鹿脯帖》，在李觀察士衡家；《乞米帖》，在天章閣待制王質家；《寒食帖》，在錢穆甫家；其餘《蔡明遠帖》《盧八倉曹帖》《送劉太真序》等，不知在誰氏，皆有石本。《坐位帖》，安氏初析居，分爲二，人多見其前段，師文後乃併得之，相繼皆入内府，世間無復遺矣。

錢穆甫爲如皋令，會歲旱蝗發，而泰興令獨紿郡將云："縣界無蝗。"已而蝗大起，郡將詰之，令辭窮，乃言縣本無蝗，蓋自如皋飛來。仍檄如皋，請嚴捕蝗，無使侵鄰境。穆甫得檄，輒書其紙尾報之，曰："蝗蟲本是天災，即非縣令不才。既自敝邑飛去，卻請貴縣押來。"未幾，傳至郡下，無不絕倒。

《左氏》記晋平公夢黄熊事，亦見《國語》，二本皆作"熊"字，韋氏《國語注》遂以爲熊羆之熊。杜預於《左氏》不言何物，世多疑"熊"當如《爾雅》"鼈三足爲能"之"能"，謂傳寫有衍文。據陸德明《左氏釋文》，直以爲"能"

---

① "遛"，商、毛刻本同，項刻本作"留"。
② "乂"，商、項刻本同，毛刻本誤作"又"。"論"，商、毛刻本同，項刻本作"議論"。

字，音奴來反，則固已云爾。不知以意删其文耶？抑別有據也？①余考古文，熊、能二字本通用，故賢能之"能"，字書以爲獸名，堅中而強力則熊也。②是"熊"字或爲能，"能"字或爲熊，初未嘗有別。熊羆之熊，能鼈之能，二物共一名，各隨其所稱，則何必更論衍文？正當讀爲能爾。宋莒公兄弟留意小學，雖補注《國語》，略能辨之，以正韋氏之誤，然意不盡徹，終不免改"熊"爲"能"也。

　　吾明年六十歲。今春治西隒隙地，③作堂其間，取蘧伯玉之意，④名之曰"知非"。趙清獻年五十九，聞雷而得道，自號知非子，此真爲伯玉者也。今吾無清獻之聞，而遽以名其居，⑤姑志其年耶？抑將求爲伯玉耶？夫伯玉亦何可求爲？南郭子綦有言："今之隱几非昔之隱几者也。"⑥古之人於一隱几之間猶有所辨，尚何論六十年？豈不知其有與物俱遷而獨存者乎？苟知存者之爲是，則遷者無物而不非也。自是觀之，則吾亦可以少税駕於此堂矣。始吾守蔡州，方三十九。明年，作堂於州治之西廡，名之曰"不惑"。吾以爲僭，然

①　"抑"，商、項、毛刻本作"或"。
②　"中"，商、毛刻本同，項刻本無。
③　"隒"，商、項、毛刻本作"塢"。
④　按，"今春治西隒隙地，作堂其間，取蘧伯玉之意"，初編本句讀爲"今春治西隒隙地作堂，其間取蘧伯玉之意"，誤。
⑤　"居"，商、毛刻本同，項刻本作"堂"。
⑥　上"隱几"，商、毛刻本同，項刻本作"隱几者"。"者"，商、毛刻本同，項刻本無。

吾有志學焉者也。今二十年，幸其所願學者未嘗廢，[①] 亦粗以爲不至於顛迷流蕩而喪其本心者，雖求爲伯玉可也。

漢末五斗米道出於張陵，今世所謂張天師者也。凡受道者出五斗米，故云五斗米道，亦謂之米賊，與張角略相同。[②] 張魯蓋陵之孫，然其法本以誠信不欺詐爲本，而魯爲劉焉督義司馬，因與別部司馬張修共擊漢中太守蘇固，遂襲殺修而奪其兵，[③] 惡在其不欺詐耶？王逸少父子素奉此道，逸少人物高勝，必非惑於妖妄者，其用意故不可知。[④] 然孫恩入會稽，[⑤] 其子凝之爲内史，各刻本、黄鈔本皆以"孫恩"作"盧循"，[⑥] "凝之"作"徽之"，[⑦] "内史"作"太守"，[⑧] 今據《晋書·王羲之附傳》改正。[⑨] 以入静室求鬼兵，不設備，遂爲恩各本"恩"誤"循"，[⑩] 今正。屠其家，亦可見矣。近世江浙有事魔吃菜者，[⑪] 云其原出於五斗米，[⑫] 而誦《金剛經》，其説皆與今佛者之言異，故

①　"願"，商、毛刻本同，項刻本原作"愿"，涵芬樓校刻時從諸本改作"願"。
②　"角"，梸花盦本原誤作"甪"，今據商、項、毛刻本改，下同。
③　"兵"，商、毛刻本同，項刻本作"軍"。
④　"其"，商、毛刻本同，項刻本無。
⑤　"然"，商、毛刻本同，項刻本無。
⑥　項刻本實作"孫恩"，商、毛刻本作"盧循"。
⑦　項、毛刻本作"凝之"，商刻本作"徽之"。
⑧　項刻本作"内史"，商、毛刻本作"太守"。
⑨　"據"，梸花盦本原作"据"，今改。
⑩　項刻本作"恩"，商、毛刻本作"循"。
⑪　"江浙"，商、毛刻本同，項刻本作"浙江"。
⑫　"出"，商、毛刻本同，項刻本無。

或謂之金剛禪，然猶以"角"字爲諱而不敢道也。①

揚子雲謂嚴君平本蜀莊姓，②各刻本"平"下作"爲蜀莊"三字，③今依黄鈔本改。避明各刻本"明"誤"武"，④今正。帝之諱也；其稱李仲元蓋與君平爲一等人。⑤班固作《王吉傳序》，載君平與鄭子真事甚詳，而不及仲元。顔師古以《三輔决録》：⑥"君平名遵，子真名樸。"余讀《蜀志》，秦宓《與王商書》論嚴君平、李弘立祠事曰："李仲元不遭《法言》，令名必淪。"又以知仲元蓋名弘，但惜其行事不著爾。

---

① "然"，商、毛刻本同，項刻本無。
② "揚"，商、項刻本作"楊"。
③ 項刻本亦作"爲蜀莊姓"，商、毛刻本作"爲蜀莊"。
④ 項刻本"明"原作"武"，涵芬樓校刻時從觀古堂刻本改。
⑤ "蓋"，項刻本同，商、毛刻本誤作"益"。
⑥ 按，此句各本皆同，作"顔師古以《三輔决録》"，文意殊不可解，疑有脱文，或"以"爲"引"之誤，存疑。

附録一　津逮秘書本毛晋跋

　　石林著述甚富，種種爲士林推重。如《建康集》，鎮建康而作；《玉澗雜書》，居玉澗而作。《石林燕語》作於宣和五年，《避暑録話》作於紹興五年，《巖下放言》則休致後所作也。其《詩話》、詩餘，余既梓行久矣。諸種各無善本，僅見宋刻《建康集》，又逸去第三卷《書唐李弼告後》諸篇。既得宋刻《避暑録話》，迥異坊本。自叙藏書三萬餘卷，藏碑千餘帙；① 更得善釀法，可與玉友、鶴觴騎驢酒、白墮酒並美；拈出六一居士詩云“一生勤苦書千卷，萬事消磨酒十分”，書之座右，愾然有當余心。且究心醫學奇方，如中暑，“取大蒜一握、道上熱土雜研爛，以新水和之，濾去滓，刵其齒灌之即蘇”；又中毒菌、笑菌，“掘地以冷水攪之令濁，少頃取飲，皆得全活”；獨活湯治産婦頭足反弓奇疾之類甚多。“仁人之言，其利溥哉！”許昌賑荒一事，尤可師也。虞山毛晋。

----

① “帙”，毛刻本原误作“秩”，今改。

附録二　《四庫全書總目・避暑録話》提要

　　《避暑録話》二卷，宋葉夢得撰。案，晁公武《讀書志》載此書作十五卷，與此本卷數多寡懸殊，疑今所行者非完帙。然《文獻通考》已作二卷，毛晋《津逮秘書》跋云得宋刻、迥異坊本，亦作二卷，則宋代亦即此本。考諸書所引《避暑録話》，亦具見此本之中，無一條之佚脱，知《讀書志》爲傳寫之謬矣。夢得在南渡之初，巋然耆宿，其藏書至三萬餘卷，亦甲於諸家。故通悉古今，所論著多有根柢。惟本爲蔡京之門客，不免以門户之故，多陰抑元祐而曲解紹聖，如“論詩賦”一條爲王安石罷詩賦解也，“葉源”一條爲蔡京禁讀史解也，“王姬”一條爲蔡京改公主曰“帝姬”解也。至深斥蘇洵《辨奸論》，則尤其顯然者矣。然終怵於公論，隱約其文，尚不似陳善《捫蝨新話》顛倒是非、黨邪醜正、一概肆其狂詆。其所叙録，亦多足資考證而裨見聞，故善書竟從屏斥，而是編則仍録存焉。

附録三　涵芬樓校刻宛委堂本夏敬觀跋

　　右《石林避暑録話》四卷，宋葉夢得撰。夢得字少蘊，蘇州吳縣人，事迹詳《宋史·文苑傳》。是書《宋·藝文志》《文獻通考》均題二卷，《四庫》著録亦二卷。提要稱晁公武《讀書志》作十五卷，蓋誤記袁州本《郡齋讀書志》後附趙希弁《附志》所載爲晁《志》也。明世三刻，商氏《稗海》本、毛氏《津逮》本皆二卷。毛氏稱得宋槧，實則駁誤與商刻相等。嘉禾項德棻宛委堂所刻出陳仲醇手鈔，獨作四卷，遇宋帝諱、廟號，悉缺、避、空格，猶是沿宋槧之舊，流傳絶罕。近代張氏學津討源本仍從毛刻，惟葉調笙廷琯楸花盦本校勘精審，刻甫工竣，毀於兵燹。長沙葉煥彬德輝觀古堂重刻之楸花盦，所據以校正者爲惠定宇校録吳方山本、黃蕘圃所録孫潛夫校鈔本、瓜涇徐氏荷葉裝舊鈔本，刻於道光庚子，尚不知有項本。程庭鷺序則謂聞有項刻與毛本間有異同，程氏實亦未之見也。而《吹網録》刻於咸豐己未，乃以項本加入識語，且云“黄、項二鈔乃分四卷，不知何據”，① 是則仍未見項氏刻本。黄蕘翁録本謂“石林自序一篇，商、毛二刻所無，孫氏據舊鈔補入”，今項刻石林自序正列卷一之首，然則孫氏所見與陳仲醇鈔本同出一源，惜蕘翁未見項刻耳。

此依項刻排印，而以槑花盦本所校注於字下。項刻與黄本同者十之七八，間有與惠校、徐鈔合者，當爲孫氏所漏校。如張平子《歸田賦》“俯釣清流”，諸本誤“釣”爲“瞰”；“莊子言‘蹈水有道’曰‘與齊俱入’”，諸本誤“齊”爲“濟”；“自古夷狄亂華”一則，結句“禄山、元昊”，諸本誤“昊”爲“海”；劉原甫廷試第二，諸本誤“二”爲“三”；“漢末五斗米道”一則，諸本誤“孫恩”爲“盧循”“内史”爲“太守”，槑花盦本尚待雜引他書以訂正，而不知項刻固悉如其校。又如“《高僧傳》略載孫綽《道賢論》”一則，“于法蘭”項刻作“于法簡”，“簡”字誤，“于”字不誤，諸本作“竺法蘭”，“蘭”字不誤而“竺”字則謬；“趙清獻公好焚香”一則，“炳蕭以供祭祀”，項作“蕭炳”，惟誤倒耳，諸本則改爲“燔蕭”；“李習之論山居”一則，“柏奇峻堅瘦似李元禮”，元禮，李膺字也，諸本誤爲“李元膺”；“杜牧作《李勘墓志》”一則，② “因字夫授”，諸本誤作“天

<hr>

① 按，同治本《吹網録》卷六“避暑録話”條“不”作“未”，詳見黄永年校點《吹網録·鷗陂漁話》，遼寧教育出版社1998年版，第135頁。

② 按，“勘”《避暑録話》原文爲“戡”，涵芬樓刻本誤。

授"，則又栦花盦所未及校正者。此類尚多，不及備舉。其栦花盦校正徵引繁博，自有觀古堂刻本在，亦不盡采閲者，合參之可也。己未孟春新建夏敬觀跋。